奇鳳院《くほういん》・嗣穂《つぐほ》
阿僧祇《あそうぎ》・厳次《げんじ》
「晶は今、精霊器を無断入手した廉にて詰問している最中にございます！」
「――それらの件に関して、奇鳳院は一切を問題なしと判断し不問に付します」
「はあっ!?」
泡沫に神は微睡む 2
少年は陰陽師と邂逅し、妖刀を追う

鍋が沸き立ち、
そこに泥鰌《どじょう》と味噌を放り込む。
葱と茄子も適当に放り込んでから、
お玉でぐるりと掻き混ぜた。
「朝餉《メシ》にしようぜ、
血が足りないんだろ?」
雨月 晶
うげつ・あきら
御井 陸斗
みい・りくと
「匿ってくれたこと、感謝する」

「晶さんは正当な権利の下、あかさまより奇鳳院《くほういん》所蔵の器物を下賜されました」
珠門洲《しゅもんしゅう》の頂点たる嗣穂《つぐほ》との同席に晶も咲も緊張を隠せない――
輪堂 咲 りんどう・さき

武藤元高
むとう・もとたか
玄生としての取引を、
公安の陰陽師に咎められ——。
「これでも宮仕えでね。
予算を気にせず戦闘ができるのは、
公安の良い所だよ」

# 泡沫に神は微睡む

泡沫に神は微睡む

少年は陰陽師と

邂逅し、妖刀を追う

安田のら

nora yasuda

絵——あるてら

2

口絵・本文イラスト
あるてら

装丁
coil

# 目次

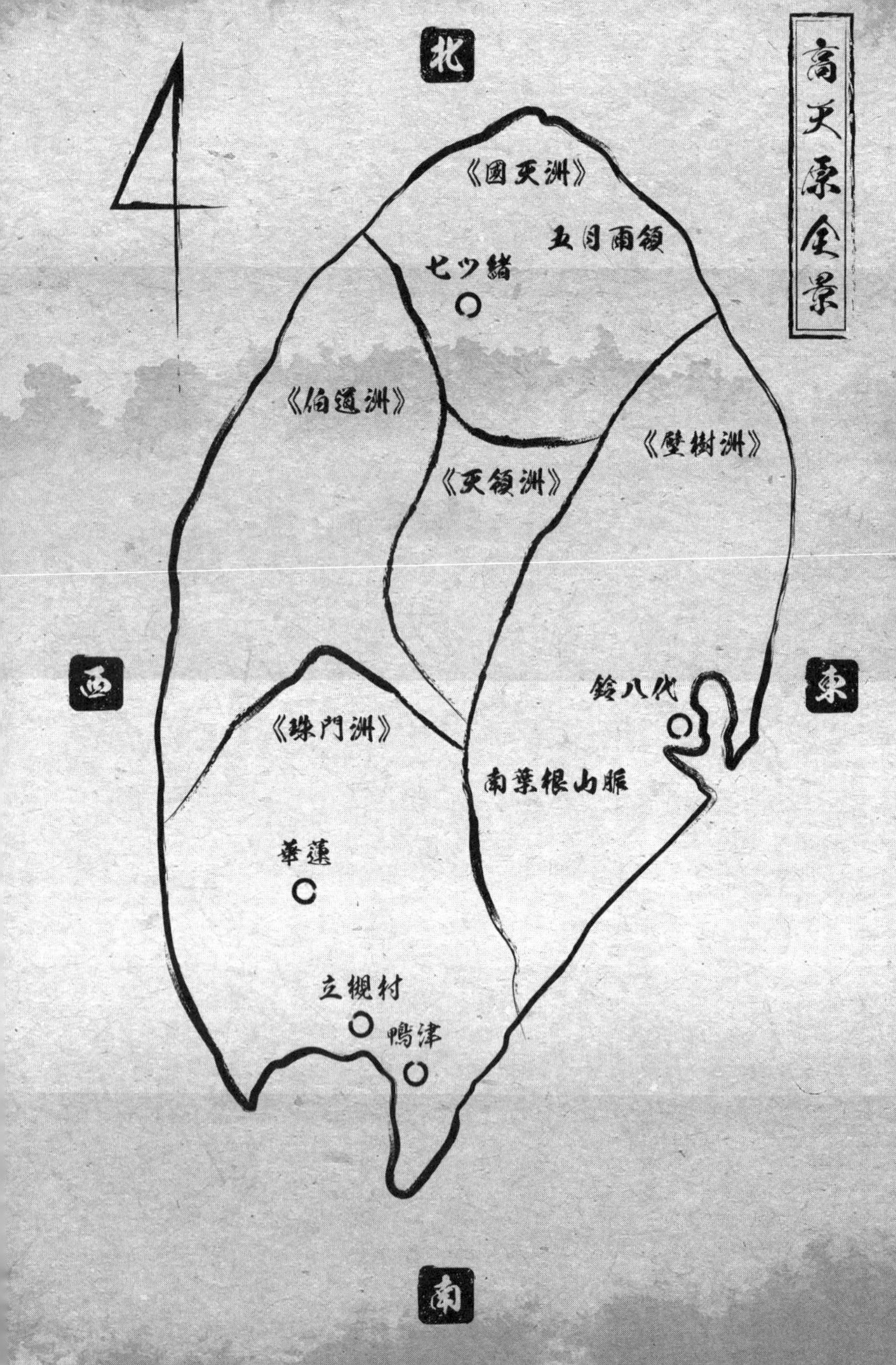
高天原全景
北
《國天洲》
五月雨領
七ツ緒
《伯道洲》
《天領洲》
《壁樹洲》
西
東
鈴八代
《珠門洲》
南葉根山脈
華蓮
立槻村
鴨津
南

# 閑話　雨月の慶事、綻びは鈴の音に似て

雨月《うげつ》本邸にて。

――國天洲《こくてんしゅう》、五月雨《さみだれ》領。

その吉報が人別省より雨月に届いたのは、週末の朝議が終わり、家臣一同と恒例の朝餐《ちょうさん》を囲んでいた最中のことであった。

「――真《まこと》か！」

齎《もたら》された思わぬ慶事《けいじ》に、常は礼節に厳しい雨月天山《てんざん》が興奮のあまり膝立ちになりかけながら、報告を中継いだ女中へと食い気味にそう問い質《ただ》す。

「本当に、あの穢レ擬き《もどき》がくたばったと⁉」

「は、はい！　先ほど、人別省よりお役人さまが来られて、報せを受けました」

精霊を宿さぬ穢レ擬き《出来損ない》。3年前に放逐した晶《息子》は、己にとって忌むべき恥辱の象徴であった。

多少は勉学に優れ、僅かに剣術で優ろうと許容などできはしない。

――況《ま》してや、雨月《八家第一位》の主家たる義王院《四院》の許婚《いいなずけ》として望まれているなど！

その響きを耳にする度に倦《う》むような感情を抱いていた天山だが、晶《あきら》の死という人別省からの一報に、一転して晴れやかな思いを覚えていた。

「役人どのは？　帰られたか？」

「いいえ、客間にてお待ちいただいております」

「よくやった！　食事を終えた後に儂《わし》が応対する、そのまま待ってもらえ」

「畏まりました」

女中が小走りに部屋を辞した後、天山は思い出したかのようにどかりと座り直して食事を再開した。

興奮冷めやらぬ面持ちで、乱雑に焼き魚や菜っ葉の煮びたしが口の中に消えてゆく。

気付けば、家臣たちの間にも和気藹々《あいあい》とした喧騒が交わされている。

「貴方《あなた》……！」

「おめでとうございます、父上」

そんな中、目尻に涙を浮かべた妻の早苗《さなえ》と、洲都七ツ緒《ななつお》での衛士《えじ》見習いとしての研修を終えた一人息子の颯馬《そうま》が、天山に勝るとも劣らぬ喜びを湛えて話しかけてきた。

「うむ。其方《そなた》らも長らく待たせて済まなかったな。あれが何処《どこ》ぞで息をしていると云《い》うだけで、ここまで我らに迷惑をかけるとは。――数日でくたばるように手間暇かけてお膳立てしてやったと云うのに、やはり穢レはしぶとくていかんな」

滅多に浮かべる事の無い笑顔を颯馬に向けて、もう一人の息子で有った筈《はず》の少年を吐き捨てるように罵った。

しかし、天山の言葉は咎められることなく、そこに集った家臣たちは労《ねぎら》いと会釈を返す。

無理も無い。

晶を追放した際、人別省に晶の死亡を伝えれば嫡男のすげ替えは済むと、天山以下の者たちは思い込んでいた。だがそこから、雨月の思惑は上手《うま》く進むことが無かったからだ。

まず、人別省は晶の魂石《こんせき》が輝きを喪っていないことを根拠に、晶の死亡を認定することは無かった。

袖の下《賄賂》を匂わせても、央洲管轄下の人別省に堂々と干渉する事は難しく、雨月颯馬の嫡男認定は、周囲の認識はともかく、書類上の公的な認定には至らなかった。

この事実が今の今まで続き、天山は思惑が外れた事に苛立ちを隠しきれなくなっていた。

公的な場に晶を連れることは極力として無かったため、晶の存在が他家に漏れることは無かったことが天山の救いであったろう。

皮肉な事とはいえ、晶が公に出てこない現実を認識していても義王院《ぎおういん》が沈黙を保っていたのが、天山の策動を助長させた一因でもあった。

義王院としてみれば、晶の存在を他洲に知られる危険性を排除したかったのだ。

実情は天山の思惑とは正反対であったが、偶然にもその意図が合致してしまったがための悲劇ともいえた。

天山は気付くことは無かったが、人別省が晶の死亡を認定しなかった事から始まる、嫡男の登録から排斥できなかった事は、雨月が晶を放逐したという事実を義王院に知られることをここまで遅らせてきたのだ。

状況を変えることができずに、鬱々としたまま過ぎる日々。

更には、神無月《10月》の神嘗祭《かんなのまつり》で予定されている義王院静美《しずみ》と雨月晶の婚約を控え、義王院家から寄越される晶との面会の催促に断りを入れ続けるのは限界に近づいていた。

晶の精霊無しという事実が義王院に知られる前に、嫡男のすげ替えを完了するのは不可能かと思い始めていた矢先の、待ちに待った吉報である。

天山は、高揚した気分のままに食事を終えた。

「だが、その苦労も今日で終わりだ。人別省には、晶の死亡と颯馬の嫡男認定を申請しておこう」

水が入った盃を高く掲げて、天山は意気揚々とその場にいる家臣たちに告げる。

「忌々しい穢レ擬《擬き》きがくたばってくれたのだ。颯馬の次期当主と義王院への婿入りは、これで胸を張って進めることができるな！」

「「おめでとうございます！」」

その言葉に、家臣たちが揃って笑顔で盃を上げる。

長年の胸のつかえが取れた天山は久しく憶えも無いほどの上機嫌で盃を干すと、待たせている役人との面会のために席を立った。


周囲の喧騒を余所《よそ》に、不破直利《ふわなおとし》は一人重苦しい気分で食事を進めた。

食欲も失せて、茄子《なす》の羹《あつもの》が入った椀の傍《そば》に箸《はし》を置く。

はあ。吐き出される吐息も、明らかに重い。

周囲は祝賀一色であったが、直利はただ一人、晶の死を悼んでいた。

晶は、直利が教導を受け持った最初の生徒であった。

それ故に、思うところは色々とあった。

――天山や実情を知るその家臣たちは気楽に晶をこき下ろしていたが、素の優秀さで云うならば颯馬以上と評価できたであろう。

なにしろ、呪符の中でも最難関と云われる回生符の書き方を、年齢10《よわいとお》で修めてみせたのだ。

これは、快挙というより他にない。

回生符を書くには、太極図を理解して龍脈を読み、真言《マントラ》を整然と書き込む必要があるからだ。

加えて、これを成すためには、自身の工房となる領域に龍脈を引き込むことも必要になるほどである。

それ以外にも龍脈の変化に気を遣わなければならないし、それに合わせて記入する真言《マントラ》を変えなければならない。

回生符を作成できる者は無条件で符術師《ふじゅつし》を名乗れるほどに、その技術は希少なのだ。

晶の実力が評価されないままに無為に失われてしまった事実が、直利は残念でならなかった。

気鬱なままに食事を終えて、直利は重い腰を上げて退室する。

「不破先生」

「――颯馬君、何ですか？」

廊下を歩く直利の背中に、雨月颯馬が声をかけてきた。

歩みを止めて、気鬱な表情を努めて押し隠しながら颯馬の方を振り返る。

「いえ、そこまで大した用ではありません。あれ《い》の教導も不破先生が務めておられたでしょう。あれが居なくなったことで不破先生の肩の荷も下りた訳ですから、一つ労いを、と思いまして」

「……お気遣いなく。晶くんは、符術師としての才覚はそれなり以上にありました。教導する身としては、教えがいのある生徒であっただけに残念でなりません」

現在、颯馬の教導を受け持っている直利は、颯馬の言葉に直言を避けて軽く首を振った。

言外で颯馬と晶の出来を比べて、雨月の行いを遠回しに批判したのだ。

それを悟った颯馬は、やや鼻白んだ様子で言葉を重ねてきた。

「……それは聞き捨てなりませんね。あれの無能ぶりは不破先生もよくご存じのはず。そもそも、精霊無しのあれが符術師になどなれないことは自明の理でしょう」

「呪符の作成と霊力の有無は別に考えるべきですよ。晶くんは回生符を書ける技術はあったのです。年齢10でその領域に辿り着いていたのは、評価してしかるべきです。呪符の作成に関して颯馬くんは、晶くんに大きく水をあけられていると自覚すべきでしょう」

颯馬の年齢は今年で12。つい先だってようやく、水撃符を作れるようになったばかりである。

本人の名誉のために云っておくが、これでも充分すぎるほど優秀ではある。

だが、年齢《よわい》10で回生符を書けた晶と比較すると、符術の分野ではやはり格下感が否めない。

颯馬自身その自覚はあるのか、二の句を封じられて沈黙した。

ただ、言葉は封じられたものの、その現状に納得をした様子は無い。

颯馬は、間違いなく雨月の歴史を紐解《ひもと》いても上位数人に挙げられるほどの天才である。

神霊遣《みたまつか》いであることを除いても武に優れて、脳筋と云われがちな武家の中にあって、文官としてもやっていけるほどに文にも長けていた。

加えて、人当たりが良く驕らない性格と人間関係を上手く立ち回れる器用さ、政治家としても大成するほどに周囲の声望を集めていることも、直利は認めていた。

颯馬に対する天山の親バカぶりは止《とど》まるところを知らず、今年に入ってからは颯馬に雨月の神器、布都之淡《ふつのあわい》を持たせるようになったほどであった。

だが、いかに優秀であろうとも、颯馬は晶を目の敵のように憎んでいたのも、また、事実である。兄という立場、そして、分不相応にも主家である義王院に受け入れられた凡百。

颯馬にとって、晶は望めぬ立場を簡単に得ていた存在だったからだ。

その晶に一歩劣る分野がある。その現実をたやすく受け入れられるほど、颯馬は人生経験豊富という訳ではなかった。

「……明日より、私は三ヶ岬《さんがみさき》領に怪異の征伐に赴きます。帰参の予定は早くて2週間ほど。符術の指導は、その後と思っていてください」

「――はい」

颯馬が沈黙したことで不毛な平行線をたどりそうになる状況を早々に切り上げて、直利は颯馬から視線を外した。

颯馬もそれを理解してか、特に反駁《はんばく》を見せることなく首肯を返した。

颯馬と別れ雨月の玄関を出た直利は、頬に当たる冷たい感触に目を眇《すが》めた。

空を仰ぐと、先ほどまではからりと晴れていたはずの空の青が、やや薄墨色に染まっていた。

「雨か……」

随分と空気が乾いている。通るだけの小雨だろうと判断して、傘を差さずに表に出る。

雨の勢いはそこまでではないが、想像に反して頬を打つ雨粒が初夏とは思えないほどに冷たい。

その冷たさが、何とも云い知れない不吉さを感じさせた。

「凶兆で無ければ良いが……」

思わず口にしてしまったその言葉が、舌禍を招かないよう急いで口を噤《つぐ》む。

しかし、一度、覚えてしまった不吉さを脳裏から拭うことができず、直利は表通りを小走りに走り抜けた。

後には、雨だれが水琴窟を鳴らす音が寂しく響くのみ。

直利が去った後、暫くの間、人の姿が周囲に見えることは無い。

直利の予想に反して、その雨は季節外れの冷たさのまま、一日中、降り続けた。

◇

雨月の屋敷が慶事に沸いたその日の夕刻、しとつく小雨に煙《けぶ》る廿楽《つづら》駅の駅舎から、義王院静美に付き従っていた少女が二人、足を踏み出した。

ちりん。片方の少女が持つ薙刀《なぎなた》袋に結わえられた鈴が、自身を急《せ》かすように一つ鳴る。

その音に、感慨深そうに薙刀袋を持った少女が呟《つぶや》いた。

「――一両日での廿楽入り、やればできるものですね」

「何とか、でしたが。一晩で領を一つ跨ぐなんて無茶、吉守《よしもり》さんには悪いことをしました。楓《かえで》、支社には今から行けるかしら？」

太刀《たち》袋を肩から下げた同行《どうぎょう》そのみが、薙刀袋を持つ少女、千々石《ちぢわ》楓にそう問いかける。

楓は頬に手を当てて、嘆息しながら応《いら》えを返した。

「……電報は打っておきました。千々石商会の支社長と腹心が残っているはずです。秘匿は厳命しておきましたから、余程の間抜けでもない限り、雨月に悟られるようなヘマはしていないかと。

――ですけど、雨月の動向が余りにも鈍すぎるのが気になります」

千々石楓と同行そのみ。義王院の側役《そばやく》二人が碌《ろく》な偽装もしないまま行動を起こして、蒸気自動車《スチームモービル》を走らせての派手な領境越えをしたのだ。

雨月が叛意を持っているならば、五月雨領内に入る前に確実に反応しているはずである。

しかし、宇城《うき》領を越えて、五月雨領はおろか、領都《廿楽》に入り込んでも雨月が接触してくる様子は無かった。

「領都に引き込んで、人目を無くしたところで封殺するとか？」

「もっと切羽詰まった状況ならともかく、事を起こした後での斥候段階《様子見相手》でそれは悪手に過ぎるでしょう」

無いな。と思いつつも、そのみが何とか口にした雨月の行動予測を、楓がばっさりと切って捨てる。

そう返ってくることは分かっていたので、特段に気分を損ねることは無く、そのみは肩を竦《すく》めた。

雨月の真意が奈辺に在ろうと、ここまでの侵入を容易《たやす》く赦《ゆる》したのだ。

そうである以上、多少そのみたちが周囲を騒がしたところで、雨月は問題ともとらない可能性が高い。

雨月への刺激を控えるように、そのみたちは命じられていたが……、

「――暫く周囲を探って何も出ないようなら、適当な陪臣を叩きのめしましょう。矜持《きょうじ》を派手に傷つけてやれば、自身の栄達惜しさに大抵の情報は口にしてくれるでしょうし」

「……そうですね」

僅かな沈黙の後、楓もその言葉に同意した。

神無《かんな》の御坐《みくら》は、ただ人が三宮四院はおろか神柱に意を通しうる鬼札足りうる存在だ。

だが、己が欲望に沿って神無《かんな》の御坐《みくら》を傷つけた場合、玉体を冒した者は死ぬに死ねないほどの絶望を味わう羽目になる。


本来、精霊と神柱は現世《うつしよ》に干渉しない。

これは、神代契約の不文律ではあるが、何事にも例外は存在する。

その一つが、神柱に属する存在に手を出したものに対する干渉だ。

――象《しょう》の御統《みすまる》たる神柱は、象徴となる領域に干渉されることを極端に嫌う。

何故《なぜ》ならば、象徴とは神柱の領域。極論、神柱を構成する基礎、自分自身と同義であるからだ。

神無《かんな》の御坐《みくら》は、神代契約において神柱と結ばれるための存在。

神代契約の上位に位置する条項、神々の伴侶《はんりょ》と呼ばれる所以《ゆえん》だ。

つまり、神柱の領域と同義と看做《みな》される晶に物理的に手を出せば、國天洲の大神柱たる玄麗《げんれい》の激怒を買い、雨月の滅亡は確定となるはずである。

何かを企んでいようとも、神柱を激怒させるほど雨月天山は阿呆ではない。

故に、事ここに至って尚《なお》、この時点ではまだ、そのみたちはおろか、義王院静美でさえも事の次第を軽く見ていた。

――最低限、晶の身の安全は保障できる、程度には。

そして、それこそが義王院の思い違いでもあった。

雨月天山は、叛意など欠片《かけら》も抱いていない。

むしろ、義王院への忠義こそ己《おの》が誇りと信じて疑っていない。

ただ、神無《かんな》の御坐《みくら》という、八家当主にのみ口伝として伝えられる項目を遺失しただけだ。

……それがどれだけ致命的なことかも知らずに。

神無《かんな》の御坐《みくら》を知らずにここまで至った雨月と、神無《かんな》の御坐《みくら》の知識を持っている義王院。

その思い違いが、最悪の形で露見しようとしていた。

# 序　それでも日々は、変わらず過ぎて

――統紀3999年、文月《7月》28日、南部珠門洲《しゅもんしゅう》、洲都華蓮《かれん》にて

「はっ、はっ、はっ」

咽喉《のど》の奥が、酸素を求めて痛みを訴える。

晶《あきら》はそれを根性で抑え付けて、さらに一歩と速度を上げた。

妙覚山《みょうかくさん》の麓には、山から下りてきた穢獣《けもの》が直接、民家を襲わないように、意図的に背の低い雑草しか生えないよう調整した原野が広がっている。

晶《あきら》の所属する第8守備隊の主な活動内容は、この原野に迷い込んできた穢獣《けもの》の討滅である。

今もまた、晶は狗《いぬ》の穢獣《けもの》を追って疾走《はし》っている最中であった。

――苦《ク》、婁《ル》、屡《ル》ゥウゥウッツッ‼

瘴気《しょうき》の異臭を放ちながら狗が数匹、晶と並走するように疾走る。

――やっぱり速度じゃ劣る、か……‼

内心、歯噛みをしながらも狗と自身の差を素直に認めるが、現状の打破には至らない。

分かっていた事だ。

身体強化の精霊技、現神降《あらがみお》ろしを習得したと云《い》っても、行使《つか》い始めてようやく一月だ。

例えるなら、産まれたばかりの赤ん坊がようやく掴まり立ちをし始めたのと、練度の尺度は然程、変わりはしない。

構築力も収束率も、阿僧祇厳次《あそうぎげんじ》は勿論のこと、久我諒太《くがりようた》や輪堂咲《りんどうさき》にも遠く及ばない。

ぎり。歯を食い縛って、心の中で啼《な》き叫ぶ仔狼《じぶん》の矜持《くだらなさ》を無視した。

「――――勘助《カン》ッッッ‼」

「応《おう》よォッ！」

疾走る先、右手の方に伏せていた勘助《かんすけ》率いる楯《たて》班が、晶の合図で一斉に立ち上がる。

間を置かずに、楯班の後ろに立つ勢子《せこ》班の班員たちが、手に持つ半鐘《はんしょう》を高く掲げた。

「鳴らせぇぇぇっ‼」

――かぁぁぁぁんんん……。

勘助の号声の下、一糸乱れぬ動きで獣除けの半鐘が打ち鳴らされる。

半鐘に籠められた獣除けの呪《まじない》が、半鐘の音に乗って大気を揺らした。

1度、2度。幾重にも畳みかけられる呪の波に、狗の速度がわずかに鈍る。

刹那に生まれた狗の隙。それを見逃さず、晶は手にした刀を脇構え《金の構え》に直し、体内を巡る精霊力を刀身に焚《く》べた。

臙脂《えんじ》よりもなお昏《くら》い色を宿した刀身が、その異質さとは裏腹の華やかな朱金《しゅきん》の輝きを宿し、唸りを上げる。

勢いを止めずに、晶は刀を水平に斬り抜いた。

放たれるのは、奇鳳院流《くほういんりゅう》にて必ず初めに教わる精霊技。

奇鳳院流《くほういんりゆう》精霊技、初伝――

「――燕牙《えんが》ぁっ‼」

やや、やや過剰に注ぎ込まれた精霊力に、収束しきれなかった分が炎の渦となって晶の周囲を灼く。

その渦を斬り飛ばすように放たれた『燕牙《えんが》』が、炎に出鼻を挫かれて動きを止めた狗2匹を上下の半身に卸した。

――後、2匹。

背後を斬り抜く無理矢理な姿勢を取った事で体勢が崩れるが、構う事なく更に踏み込むようにして半回転。

精霊力を失った刀身に、精霊力を注《つ》ぎ込む。

晶を慕うように、再度、身体《からだ》の周囲で炎が渦を巻いた。

生き残った狗2匹目掛けて、朱金の輝きを宿した刀身が放たれる。

完全に崩れた姿勢にも拘《かかわ》らず、炎の軌跡が綺麗《きれい》な縦の半月を描いた。

それは、晶がようやく覚えた6つ目の精霊技。

奇鳳院流《くほういんりゆう》精霊技、連技《つらねわざ》――

「――時雨輪鼓《しぐれりゆうご》‼」

上から下へ。

時雨と云うよりも、最早、滝とでも云うべき勢いで、炎の渦が残った狗を呑《の》み込んだ。

悲鳴は疎《おろ》か肉や骨に至るまで、穢獣《けもの》が存在した証明《あかし》を残す事は赦されない。

朱金の業火は黒く焦げた大地だけをその場に晒《さら》す事で、戦闘の終了を告げた。

◇

「――――……っぃでっっ‼」

それまで無茶を重ねた動きのつけは、当然のこと、無かったことにはできない。

完全に崩れた姿勢のまま、晶は顔面から地面へと突っ込んだ。

「晶ァッ‼　もちっとばかし火力抑えろっつったろうがぁ‼」

「すいませんでしたぁっ‼」

衝撃と激痛に悶える晶に、その上から有り難くも嬉しくない怒声が追い打ちをかける。

鼻血と土でどろどろになった晶は、ここ一月で習慣になってしまった謝罪文句で、声の主である阿僧祇厳次に謝った。

「何度も云ってんだろうがっ。手前《テメ》ェのバカ精霊力《ヂカラ》を自慢してぇなら、余所《よそ》でやれっ。炎をブン回して、仲間ごと灼《や》こうとするな！」

「はいっっ‼」

「猿じゃねぇんだ！　覚えただけの精霊技《こわざ》に頼るなっ。罰として屯所まで駆け足っ。勘助《カン》っ、班員を纏《まと》め付き合ってやれっっ‼」

「――判りましたぁっっ‼」

流石《さすが》に山狩りほどでは無いとはいえ、疲弊しきった身体を鞭打つその指示に、引き攣った表情の勘助からやけくその返事が返ってくる。

その横で、よろよろと晶は立ち上がって、手にした臙脂の刀身をした精霊器を脇に結わえた丹塗《にぬ》りの鞘に納刀《おさ》めた。

晶の付き合いで駆け足が決定してしまった班員たちが、晶を恨めし気に視線だけで追う。

それでも恨みから揉めることなく誰が声を出すでもなく、よたついた足取りで少年たちは走り出した。

――百鬼夜行より一ヶ月を数えようとする頃、
この一層、厳しくなった日常が、晶と練兵たちの日常となりつつあった。

◇

「…………阿僧祇の叔父さま」

這《ほ》う這うの体《てい》で走り出す少年たちを見送って殿《しんがり》に付いた厳次の背後から、少女の声が遠慮がちに掛けられた。

「咲お嬢、そちらは大丈夫ですかい？」

明かり取りも無い暗がりから、当初の予定を完全に外れて第8守備隊に居着く形になってしまった輪堂咲が姿を現した。

厳次が晶の精霊技の教導で手が離せないため、咲が晶の方へ余分な穢獣《けもの》が行かないように調整をしていたのだ。

「うん。狗を8匹ほど仕留めたよ。精霊技も現神降《あらがみお》ろししか行使《つか》っていないから、妙覚山《やま》は余分に刺激していないはず」

「成果は上々ですな、討滅跡の清めは昼連中にやらせるとしましょう」

あまり理解はされない事であるが、生来の獣は当然のこと、瘴気に染まった穢獣《けもの》も自然の一部なのである。

何故ならば、霊力やそれが流れる龍脈がある以上、瘴気はどこにだって発生し得るし、山脈の上から降りてくる穢獣《けもの》が絶えることは無いからだ。

山狩りを成功させて穢獣《けもの》が減ったとはいえ、麓《ふもと》近くで徒《いたずら》に精霊力を行使して山を刺激などすれば、隠れていた穢獣《けもの》の出現を誘発しかねない。

大体において守備隊の日常は、人を寄せ付けない山野から迷い出てきた小さな穢獣《けもの》を夜間に討滅し、穢獣《けもの》が動きにくい昼に場所の清めを行うという作業分担で成り立っていた。

「うん、分かった。――晶くんは？」

「今頃、屯所に向かって駆け足の最中でしょうな。走り込み《鍛錬》は、今の晶には必須でしょう。練兵としちゃあ身体の出来に文句は無いですが、防人《さきもり》を基準にするなら未熟も良いところですから」

予想はしていたものの、巌次の評価はかなりの辛口であった。

咲の眉間に皺が寄り、即断を旨とする彼女には珍しく思考に沈む。

練兵と防人の身体能力差を評価する基準は単純で、身体強化《現神降ろし》の精霊技を修得しているか否か、それに尽きる。

生来の身体能力を跳ね上げる『現神《あらがみ》降《お》ろし』だが、その生来の身体能力を鍛えていないと身体強化の倍率が激減するためである。

端的にどれだけ鍛錬が足りていないのかというと、見た目に華奢《きやしや》な女性の身体つきをしている咲が晶と力比べをしても強引に勝利をもぎ取る事が可能なほどに、互いの身体能力に差が存在していた。

「……やっぱり、時間が足りませんか」

「鍛錬の時間が生む差です、こればっかりは如何《いかん》ともし難いですな」

だが、逆を云うならば、時間が解決する問題でもある。

その現実を理解しているため、そんな問題に直面しても二人の会話に渋りはあっても焦りは無かった。

「それで、叔父さまの評価はどうですか？」

重ねて問われた同じ問い掛けに、厳次は思わず咲の方を横目で見る。

その視線は何とも云い難いもので、まるで昔からよく知る少女が別の存在になったような、そんな視線であった。

だが、問い掛けの内容は充分に理解していたため、それについて言及することなく屯所に向かって歩き始めた。

「……まぁ、空恐ろしい才能ですな。剣術に関しては予想通りでしたが、精霊技の修得速度が頭4つは図抜けてます。『現神降《あらがみお》ろし』は鍛錬初日に修得して、『燕牙《えんが》』はその翌日に修得。一ヶ月も経たんうちに、奇鳳院流《くほういんりゆう》の初伝を4つ、連技《つらねわざ》を2つ修得してみせるときた。さらに云うなら――」

異才、鬼才とは、あのようなものの事を指すのだろうな、と、先ほどの怒鳴り声とは裏腹の薄気味悪さを滲ませた声音で、厳次は晶の事をそう評価した。

異才の発揮どころは、修得速度にのみ留まらないからだ。

「今のところ教えた精霊技は、全て、呪歌無しで修得している。……こう云っちゃ何だが、まるで、精霊が晶の代わりに精霊技を行使しているかのようだ」

ぼやくような厳次の評価に、思わず咲の表情が強張った。

無意識なのだろうが、厳次の感想は真実のかなり近いところを言い当てていたからだ。

だが幸いにして、先を行く厳次に咲の内心が悟られることは無かった。

「……晶くんは、回気符を作れるんですよね。呪符の基礎が分かっているなら、呪歌無しでも精霊技の構築に慣れていたのかも」

厳次の思考をその事実から逸らそうと、わざと的外れな意見を口にする。

それでも一定の説得力があるためか、唸りながらも厳次は直ぐには否定をしなかった。

呪歌とは、精霊技の補助として詠《うた》う詩歌《しいか》の一種だ。

それ自体には呪術としての意味は無いが、詩歌の随所に精霊技の構築補助の術式が配置されているため、精霊技と併《あわ》せて詠うことでより確実に精霊技を行使可能になる技術である。

半面、威力が画一的になりがちになるため、主に、精霊技を覚えたての新人が使うものでもある。

もっとも単純な構成の『現神降《あらがみお》ろし』と『燕牙《えんが》』を覚えるのに呪歌を必要としなかった、と云うならばまだ、常識の範疇《はんちゅう》で優秀と評せただろう。

だが、それを除いても、初伝を2つと構成難度が跳ね上がる連技《つらねわざ》を2つ、短期間で修得するなど優秀を通り越して異常でしかない。

「かもしれんが、奴の燕牙《えんが》を見たか？　収束の粗い一撃のくせに、狗を2匹まとめて斬り飛ばしやがった。精霊力の質も量も、下手すると八家以上かもしれん」

「……優秀に越したことはないわ」

「ここまで優秀だと、通り越して胡散《うさん》臭いでしょう。はっきり云って、奇鳳院《くほういん》の姫さまが後見じゃなかったら、万朶《ばんだ》総隊長殿の意見通り他洲の間諜《かんちょう》を疑って、投獄くらいはこちらでも考えます」

守備隊総隊長の万朶は、百鬼夜行の際の布陣について恣意を挟んだ責任を問われ、非常に難しい立場に立たされている最中である。

責任逃れの生贄として白羽の矢が立ったのが、夜行の主である沓名《くつな》ヶ原《がはら》の怪異を倒して除けた晶であった。

間諜疑いで憲兵を引き連れて晶を捕縛しようとした万朶を退けたのが、奇鳳院《くほういん》の次期当主、嗣穂《つぐほ》の一声である。

洲の最上位に立つ少女の雷声で一旦は騒動も収まったが、さらに立場を悪くして退《ひ》くに退けない結果となった万朶は、晶の処分を求めて奇鳳院《くほういん》に奏上し続けているのは有名な話だ。

「大丈夫ですよ。嗣穂さまが後見になるのは、それだけ晶くんを信頼しているからです。間諜疑いは、もう晴れたんでしょ？」

「無理矢理、だがな」

建前上はそうだが、納得はしていない。厳次は言外にそう告げた。

その心情を表すかのように、厳次の歩みが僅かに早くなる。

尻切れ蜻蛉《トンボ》に口が開閉するが、結局、咲は厳次を諫《いさ》める気は起きなかった。

そう。厳次の疑義に応えている咲自身も、状況を完全に把握しきれている訳では無かったからだ。

晶の教導役を任じられた都合上、神無《かんな》の御坐《みくら》という言葉に纏《まつ》わる幾ばくかの事項に触れることが許されているから、周囲の押さえに回れているに過ぎない。

はあ。

生温《なまぬる》い嘆息を吐いて、歩みを止めない厳次の後ろを追うようにそぞろ歩く。

あれからもう一ヶ月《ひとつき》は経とうとしているが、厳次を始め、晶の周囲は落ち着く様子を見せていない。

——仕方がない、か。

諦め混じりに、そう内心で零す。

如何《いか》に晶に問題が無かったとしても、晶の後ろ盾に奇鳳院《くほういん》が座っていても、それで、はい終わり、と簡単に方向転換できるほど人間は器用ではない。

むしろ、表面上は問題なく過ごしているように見せかけられている事こそ、称賛されてしかるべきかもしれない。

そもそも、百鬼夜行の収束からして問題だらけの終わり方だったのだ。

知らず、中天に懸かる月を仰ぐ。

あれから、もう、一ヶ月。

——そして、まだ一ヶ月しか経っていない。

# 1話　ただ望みて、夜闇に逃げる

「は、、あ。あぁ」

昏い通廊が何処《どこ》までも続く中、年齢《とし》の頃16辺りの少年は後悔に掻き乱された呼気を肺腑《はい》から搾り出した。

赤黒く流れる瘴気《しょうき》に誘われて、少年が窶《やつ》している書生の衣服が頼りなく揺れる。

――陸斗《りくと》。お前は、一族の期待ぞ。

厳格な祖父の眼差しが記憶の底から覚悟を刺し貫き、防人としての理想を少年に語り掛けた。

気高く在れ。

護国を果たせ。

民の前《さき》に立つ、

――守《も》り人たれ。

正しく期待に応えてきた心算《つもり》だ。

少年が思い描く理想の防人であった祖父の背中に憧れて、御井《みい》の家系を復興することを誓ったはずなのだ。

……どこで間違えたのだろう?

迷いなく進んできた将来《みち》の果てで、何故、昏いだけの廊下を歩いているのか。

自問自答が絶え間なく少年を苛み、進む決意《あし》を鈍らせる。
――しかし、
廊下の壁に貼り付けられた夥《おびただ》しい枚数《かず》の呪符が、微風も無いのに微かに揺れた。
――……ははぁ、成る程。防人殿の慾《よく》するところ、確《しか》とこの身が受け止めました。

瘴気が嗤《わら》い、陸斗の身体《からだ》を絡めて誘う。

少年の背中から前方へ、まるで、その身体を喰《く》らおうとせんかのように。

生温く赤黒い腐臭だけが、その歩む先に満ちていた。


――然《さ》して長くも無い後悔の後、陸斗は通廊の終わりへと踏み込んだ。

行き止まりに広がるのは、想像よりも殺風景な廟堂。そして、その中央に納められた一振りの刀。

漆塗りの鞘に鼠色の拵《しつら》えというだけなら変哲もない、……だが上位の界符で幾重にも封じられたその刀。

――明らかに異常を宿したその刀を盗み出す事こそ、陸斗が此処《ここ》に立つ真の目的であった。

刀までは、十も歩を数えれば容易《たやす》く詰まるだけの距離しかない。

……しかし、廟の内部に渦巻く瘴気が、陸斗と刀の距離を永劫に隔てていた。

――防人殿の覚悟に、私も一助を添えさせていただきたい。

記憶に囁くその声に圧《お》され、少年は袂《たもと》から呪符を一枚引き抜く。

励起すらしていないにも拘らず、その呪符を引き抜いた刹那から瘴気が慄《おのの》き、陸斗から距離を取った。

陸斗が今いる廟堂は、そのものからして目の前の刀を封じるためだけにある封印結界である。

常世《とこよ》に繋がる黄泉平坂《よもつひらさか》を模した、穢《ケガ》れた存在を現世《うつしよ》のものから隔離するためだけに構築された特殊なそれ。

瘴気を纏う穢レは、黄泉平坂を登ることは叶わない。

対して正者は、黄泉平坂を下りた先に満ちる瘴気に耐える事ができない。

――穢《ケガ》レからも正者からも、斉《ひと》しく封じたものを隔離する。

和紙でできた如何にも頼りない呪符の楯だけを救いに、少年は廟の中央へと真っ直ぐに足を踏み出した。

――怖《オ》、汚《オ》、悪《オ》、ォォォォォ…………。

戦慄《わなな》く瘴気が渦を巻いて、逃げ道を探して廟の内部を吹き惑う。

正者であれば骨も残らないほどの濃密な死風が荒れる中、しかし、陸斗の周囲だけは畏れるように凪《な》いでいた。

「……胡散臭い男だったが、あれの真偽は本当だったか」

その事実にのみ安堵を浮かべ、刀の前へと事も無げに立つ。

廟堂とは打って変わり、注連縄《しめなわ》の内側には清浄な風が舞っていた。

これまで進んできた封印結界とは違い、刀を縛り付けるための浄化結界。

正者である陸斗は畏れることなく注連縄の内部へと侵入《はい》り込み、同時に役目を終えた呪符が浄化結界に触れて青白い焔《ほのお》に変わる。

指に残った白い灰《呪符の残滓》も、忽《たちま》ちに微風へと溶けて跡形も残らなかった。

これまで自身を護ってくれた呪符に心を残すことも無く、少年は2枚目の呪符を袂から引き抜く。

――轟《ゴオ》ゥ。

直視できないほどの濃密な瘴気が、呪符を中心に荒れ狂い、
常世の毒、瘴気の死風が陸斗の掌《たなごころ》に凝り、一振りの刃《やいば》に変わった。

匕首《あいくち》というにもやや短いそれは、それでも在るだけで浄化の結界を容易く蝕《むしば》む。

赤黒い斬閃は結界の抵抗すら無意味と奔《はし》り抜け、瞬後、役目を終えた瘴気の刀は澱む大気へと霧散した。

これまで瘴気を抑えてきた浄化の力が無くなり、周囲の瘴気が少年に向けて殺到。

しかし、汚濁の渦に呑み込まれるよりも速く、最後の呪符を袂から引き抜いた。

――此《こ》れ為《な》るは、私が真国《ツオンマ》にて修得した鬼道《グイタオ》の結集なれば。

防人《さきもり》殿があの結界に侵入《はい》り、解き放ち、逃げ果《おお》せるに必ずや力になるでしょう。

呪符から噴き出た瘴気が薄く護りと変わる。

廟に納められていた刀を掴み、陸斗は一気呵成に来た道を戻り始めた。

――怖《オ》、汚悪《オオ》、オオォォッツ‼

それまで隠し続けてきた刀が喪《うしな》われたことに気付いたか、廟堂が生きているかのように全体を震わせながら崩壊を始め、

崩れゆく壁から瘴気が噴き出し、少年の跡を追うかのように波濤と迫る。

――逃《二》げるに足りず、過ぎては死《四》。満《三》ちるだけが黄泉《よみ》の還《かえ》り法と為し得るかと存じます。

長年の澱と朽ちた木っ端が、封印結界へと続く暗がりから噴き出した。

茫漠と舞う瘴気の残り香が風に浚《さら》われ、その奥から刀を持った少年が転《まろ》び出る。

大気に混じる塵芥《じんかい》を吸い込んだか、僅かに咳き込んだ後に立ち上がるその姿を、

――電気式の灯明《あかり》が、余すところなく照らし出した。

「未だ若い⁉」

「見た目で油断するな。どんな手段を持っているかも判らんぞ！」

「不届き者が、動くな！」

「ここを何処だと心得ている！　盗品を置いて、後ろに下がれ」　―

怒声が飛び交い、陸斗の耳朶《じだ》を苛んだ。

灯明の奥から走りくる人影に、詰めるようにして逃げ道を塞がれる。

地味さの目立つ水干姿。所属も判らないように特徴の見えない陰陽師《おんみようじ》たちは、陸斗の手にある刀を目にし、血相を変えた。

進退も行き詰まる立場に追い込まれた事を悟り、少年は口の端を噛み締めた。

唇に奔る鮮烈な痛みだけが怯懦《きようだ》に揺れる覚悟を支え、

――あの厄物を何時《いつ》までも抱え込む心算《つもり》は、彼の華族殿もさらさらに御座いませんでしょう。……若しやすると、あれを盗み出した防人殿は、奇鳳院《くほういん》の感謝に能《あた》うかもしれませんなぁ。

記憶の囁きが背中を押し、少年の震える親指が刀の鯉口に掛かる。

「隔離結界！」

「応急で構わん。前隊、九字を展開。逃げる余裕を与えるなよ！」

号声で指示が飛び、格子状に結界が周囲を詰めようと立ち上がった。

格子に組み上がる九字結界は、数ある結界の中でも構築速度に優れた結界の一つだ。

陰陽師の前面に一枚しか展開できないという欠陥があるものの、人数《かず》で補えば無視のできない強度の檻が出来上がる。

これの構築を先んじて赦《ゆる》してしまえば、陸斗に挽回の目は無くなる。……はずであった。

――何。彼の刀を掌中に納めておられれば、有象無象は怖るるに足らず。

記憶に嘯《うそぶ》く男性の胸元で、『導きの聖教』の象徴が鈍く灯りを照り返した。

少年の親指が鯉口を切ると、勢い余ってか鞘の口元を封じていた呪符が千々に切れ飛んだ。

——途端に、どろりと刀から溢れ出す赤黒い輝き。

「いかん！　彼奴《きやつ》め、あれを行使する心算《つもり》だぞ‼」

「結界を重ねろ。界符も惜しむなぁっ‼」

——彼の刀こそ、音にも聴こえし妖刀。銘を[redacted]ともなれば、防人殿の希求する願いも、きっと叶う事でしょうなぁ。

——飢《キ》、禍《カ》飢《キ》、剪《キ》、鬼《キ》イィイイッッ‼

「「ぐうぅぅうぅっっ‼」」

永きに亘る呪符の束縛から解き放たれて、脈打つ刀身が嬉々と啼く。

瘴気の波濤《なみ》が茫漠と広がり、陰陽師たちを打ち据えて過ぎていった。

下位精霊を宿すだけのただ人ならば死に至るほどの濃度。それでも陰陽師たちが結界を崩すことは無い。

だが、僅かだが生まれた隙に、陸斗は落ち着いた所作で納刀に移る。

ぱちり。音を立てて刀身が鞘に納まった瞬間、

——世界から音が消えた。

急激な無音に認識が混濁し、結界の維持も破綻を余儀なくされる。

倒れる陰陽師がいなかった事だけが幸いか。

やがて立ち直った陰陽師たちの視界からは、少年の姿も失われていた。

「あの小僧、異能を行使しやがった」

「どうせ向こうも捨て駒だ、生死は構うな」

「守備隊には？」

「できるか、くそっ‼　選《よ》りにも選って盗まれたのは、……――！」


「はっ、はっ、はっ……っっ」

粗く吐く呼吸《いき》の赴くままに、陸斗は山の斜面を滑り落ちた。

後悔も不満も遠く。実のところ、自分自身が正気であるのかも疑わしい。

本来であれば考えもしないはずの暴挙。その結果が、陸斗の腕に抱えられて揺れていた。

――陸斗。お前は、没落した我が一族の希望ぞ。奇鳳院《くほういん》に忠義を示し、必ずや御井家再興を果たせ。

祖父の声が御井陸斗の背中を後押しする。

――妖刀と呼ばれておりますが、その正体が精霊器である事に違いもありません。

お家再興を願うならば、所有の決まっている精霊器を望むよりは、封じられているだけの妖刀をその手に納めるが早道かと愚考いたしますな。

混濁する記憶の端で、嗤う口元がぬうるりと三日月を刻んだ。

「――くそっ‼」

綯《な》い交ぜに寄せては返る感情を振り切って、滑り落ちるだけの身体に勢いをつける。

窮地は脱したといえども、未だそれほど距離を取れているわけではないのだ。

追捕する連中が包囲網を完成させるよりも早く、華蓮《かれん》の郊外へと脱出しないと間違いなく捕縛されてしまう。

精霊力を練り上げて、現神降《あらがみお》ろしを行使。

崖の上から華蓮の街並みに向けて、強化された身体能力で地面を蹴る。

未だ眠らぬ人の熱気が渦を巻く灯りの只中《ただなか》へと、未だ若さの猛りにある身体を躍らせた。

# 2話　残響は遠く、燎原に思いを馳せて　1

極度の疲労でふらつきつつも晶《あきら》たち練兵班が第8守備隊の屯所に辿り着いたのは、夜四つの鐘を目前に控えた戌の刻の終わり頃《21時前》であった。

既に不寝番《ねずのばん》の隊員たちも警邏《けいら》に出払っているのか、屯所内は不気味ささえ感じるほどに静まり返っている。

そんな静けさの中を、少年たちは顔を洗うのも取るに取りあえず小走りに走り抜け、道場に置かれた賄いの握り飯に飛びついた。

白米で握られた大振りの塊と沢庵《たくあん》に、抑えきれない歓声が沸き上がる。

基本的に練兵として求められている職務内容は、朝の鍛錬と夕刻から夜半にかけての夜番、もしくは不寝番《ねずのばん》における正規隊員の同道及び補助の2通りである。

これに加え、少年たちは日中、仕事を覚えるための丁稚《でっち》奉公に出ているものが大半だ。

月俸制がようやく浸透し始めた昨今であっても、基本的に丁稚奉公の報酬は技術と寝る場所《無報酬》である。

当然、食事を摂る機会というのはかなり限られているため、朝と晩の仕事終わりに振る舞われる賄いの握り飯は少年たちの貴重な活力源であった。

「あぁ、くそ、美味《うめ》ぇなぁ」

見る間に減っていく白い握り飯と沢庵に、誰かが堪えきれずにそう呟《つぶや》いた。

「全くだ。これが無けりゃ、守備隊なんてやってらんねぇよ」

握り飯を貪《むさぼ》る合間の愚痴《ぐち》に、他の誰かが応《いら》えを返す。

その愚痴の応酬に、さらに別の少年が同意するように首肯を見せてゆく。

「……にしてもよ、最近の隊長、少し厳しくないか?」

「しょうがないだろ。隊長は新しい防人殿の教導にかかりっきりなんだし」

「……おい、よせよ」

「何《ン》だよ? お前らだって同じ事思っているだろうが。あの百鬼夜行の後、あいつばっかり贔屓《ひいき》されているってさ。——何でも、すげぇ、偉い、お方が、後見に、ついてくれた、とか? かぁ〜、羨ましいよなぁ。俺たちにもなんかしてくれてもいいのによぉ」


「おいっ‼」


「だから、な……」

諫《いさ》める友人に振り向くと、道場の入り口に立つ晶が目に入り、流石《さすが》に気まずさから続く言葉を失う。

だが、明白《あからさま》に撒かれていた陰口に応えることなく、晶は事務室の方へと消えていった。

どうにも後味の悪い雰囲気が漂う中、練兵班の班長に昇格した勘助《かんすけ》が席を立つ。

「……云いたいことは色々とあるだろうが、筋違いも甚《はなは》だしいぞ。晶が防人《さきもり》になって、未だ一ヶ月も経ってないんだ。それなのに、練兵《俺たち》の元班長ってだけでここまでよくしてくれている。考えてみろ。この一ヶ月、練兵《俺たち》に犠牲は出たか？　――他の防人だとこうはいかねぇ事だって解ってるだろ。嫉妬混じりの《やきもちまじりの》性根の腐ったしゃべりは止《や》めろ、晶が生きて練兵を一抜けできた事を祝ってやれ」

反論は無い。それが事実である事を、ここに居る全員が理解していたからだ。

沈黙する班員たちを尻目に、勘助は道場を出ていった。


「晶」

食事を諦めて帰路に就いた晶の背中に、勘助の声が投げかけられた。

「飯、持ってきてやった」

「……助かる」

防人になって待遇が劇的に改善されたものの、日々の生活や考え方をいきなり変えられるものではない。

晶の飯が守備隊の賄い頼りであるのも、華蓮《かれん》の片隅の長屋住まいであるのも相変わらずであった。

短く礼を云って、新聞紙に包まれた握り飯を受け取る。

「すまねぇな。班員を纏《まと》めんのに、お前をダシに使った」

「それについては話し合っただろ。気にしてない」

練兵班の再編成に伴う結束の強化は、晶や勘助にとって急務であった。

何しろ晶が班長になったとたん班長を抜けて、引き継ぎも碌《ろく》にできていないままに勘助に責任が移ったのだ。

結果として、練兵班の内部事情は空中分解を起こしそうなほどに浮つき、応急処置《時間稼ぎ》として二人が取った対策が、晶に悪感情を向けて一時的な結束を図るという悪手に近い策であった。

この手の誰かを槍玉に上げる手法は、過剰な排斥行動を誘発する恐れがある。

そこは理解していたが、それでも、敢えて踏み切った理由は、簡単であった。

「あいつらだって防人になった俺に手出しするほどバカじゃないだろ。練兵班のダシにするなら俺が一番うってつけだ」

「……すまん」

「いいって。――俺は帰るよ。後始末は頼む」

もう練兵班の班長でもない。晶は、自分の古巣にこれ以上の手出しは控えるべきだと思い、そう告げた。

後の仕事を勘助に託して、今度こそ晶は帰路へと就いた。


虫が鳴く暗闇の中、出穂間近の稲穂が揺れる田圃《たんぼ》脇のあぜ道を、晶はそぞろ歩く。

暗闇と云っても、月の明かりが思ったよりも周囲を照らし出しているためか、歩くのにはそこまで困難さを感じない。

月明かりの中に長屋の佇まいが朧《おぼろ》に見えてきた辺りで、田圃の脇を流れる小川に隠すように仕掛けておいた魚籠《びく》を持ち上げた。

軽く揺すると、何かがのたくる感触が返ってくる。

泥鰌《どじょう》が数匹、まずまずの釣果に頬が緩む。

明日は朝の鍛錬の後は非番だし、贅沢に落とし卵で柳川鍋と洒落《しゃれ》こもうか。

――幾ら覚悟していたと云っても、練兵たちの陰口に何ら感じるものがないとは云ってない。

知らずささくれた感情が、泥鰌の返す手応えで安直に立ち直った。

泥を吐かせるために、井戸水を張った盥《たらい》に魚籠の中身を全て放り込む。

ぱちゃぱちゃ。魚籠の中から盥の中へと、泥鰌が3匹と川エビや田螺《たにし》がいくつか転がり込んだ。

活きの良さを主張するかのように、泥鰌が水飛沫《しぶき》を撥《は》ね上げる。

頬に重吹《しぶ》いたそれを袖《そで》の端で、ぐいと乱雑に拭い、賄いの握り飯に齧《かぶ》り付いた。


……やがて食事を終えて、くちくなった腹を抱えて布団の上に寝転がった。

今更ながらに襲ってきた疲労が、鉛のような重さとなって晶《あきら》に圧し掛かってくる。

「…………あぁ、疲れた」

思わず漏れた弱音が引き金になって、猛烈な眠気が晶の意識を暗闇へと誘《いざな》い、現実と夢の境界線が曖昧になる。

慌ただしい、そして、濃密な一ヶ月だった。

胸に去来するのは、瞬きの間に過ぎ去った一ヶ月の記憶。

思考が闇に落ちる直前、晶は一ヶ月前の出来事を夢の中で思い出していた。


——一ヶ月前、百鬼夜行の翌日。

喧騒が晶の耳を苛《さいな》んだ。

「……う」

何だか殺し合い一歩手前の怒鳴り合いのようで、ただ事ではないと思考よりも早く警戒心が立ち上がる。

結構な時間、眠りこけていたようで、すぐさま明瞭になった思考が、体調が完全に復調した事を伝えてきた。

柔らかい朝日と共に目に入るのは、杉板を載せただけの天井。視線を横に滑らせると、鉄管《パイプ》組みの簡素な寝台《ベッド》。

屯所にある医務室の片隅で横になっている事に、晶は気が付いた。

「——ようやく起きたか」

「阿僧祇《あそうぎ》隊長……」

半身を起こして周りを見渡すと、晶とは対面の隅に阿僧祇厳次《げんじ》が座っているのが目に入る。

……身体《からだ》の爽快さや窓から差し込む明るい陽《ひ》の光とは裏腹に、厳次が見せる表情はどうにも剣呑なものであった。

その居心地の悪さに、努めて意識を向けないように廊下に響く喧騒に意識を向ける。

「この騒ぎは…………」

「お前には関係無………、いや、関係はあるが、新倉《にいくら》が抑えている。今は気にするな」

――そんなこと云われたら、余計に気になる。

そう云いたくなったが、そう口にできる雰囲気でも無いので空気を読む。

黙り込んだ晶に頷《うなず》き、改めて厳次が口を開いた。

「色々と訊《き》きたい事はあるがとりあえず、だ、――晶よ、お前は一体、何だ？」

「…………………は？」

厳次の言葉に、呆気にとられる。

何だも何も、今、厳次が口にしただろう。

「俺は、俺です。――晶ですが？」

そうとしか云えない答えを口にする。

だが、厳次の渋面がさらに渋くなるだけであった。

「茶化してんのか？　――お前は何だ？　と訊いたんだが？」

「茶化していません。俺が一体、どうしたと云うんですか？」

「…………質問を変えてやる。――お前、昨日の出来事をどこまで憶えている？」

「昨日？」

そう問われて、晶の思考がようやく現実に結びついた。

百鬼夜行に練兵として参加したのは、はっきりと記憶に残っている。

だが、明瞭に記憶に残っているのは、暴れる大鬼《オニ》に槍一本で立ち向かったところまでだ。

そこから先は、どこか熱病に浮かされたような一線を越えた昂揚のただ中で暴れているような、ぶつ切りの記憶しか残っていなかった。

それでも、わずかに残った記憶を辿り、繋ぎ合わせる。

「……何だか凄《すご》い荒唐無稽な夢を見た気分です。何か空を飛んで、何時《いつ》の間にか剣を持って、振り回したら大鬼とか大蛇が消し飛んで」

正直に口にしたら、とりあえず変人扱いは確定しそうな光景だ。

現実味が無さ過ぎて、口にするのも恥ずかしいその記憶を何とか舌に乗せる。

一笑に付されると覚悟したが、対する厳次の渋面は変わらずそのままであった。

「全部、記憶からすっ飛んでるって云《い》うなら、面倒ごとからひっくるめて表に放り出しているところなんだがな。まぁ、要訣は押さえているようだから、良しとしてやる。

――お前が口にした荒唐無稽なモンは、全部、現実だ」

「…………は？」

呆気にとられる晶を置き去りにして、厳次は容赦なく現実を突きつけた。

「昨日のお前の戦果は、確認しているだけで大鬼二体に首魁《しゅかい》である沓名ヶ原《くつながはら》の怪異。その全部を、初撃で浄滅させている。穢獣《けもの》の主《ヌシ》はおそらく10匹程度、それ以外の穢獣《ザコ》は１００匹以上だが、正確な数は不明のままで計上した。どっちにしても誤差でしかないからな」

「ご、誤差って」

「当たり前だろう、妖魔二体に首魁の怪異を挙げたんだぞ。これだけでも個人じゃ考えられんほどの功をお前は挙げたことになる。この時点で、八家当主を除いた個人の功として設定されている上限を、単純に三つは超えている。穢獣《けもの》の群れを平らげた程度は、戦功論考の俎上《そじょう》にも上らん」

せいぜい云って、オマケだオマケ。

そう手を振って話を締める。

「で、だ。……論功を行うに当たって、当然、功を挙げた奴は誰だって話題に上がるよな。考えてみろ。洲外から流れてきた外様《よそ》モンの練兵が、いきなり例を見ない大火力で百鬼夜行の大半を灼き尽くしたんだぞ？　昨日から今の今まで、上層部《うえ》も第8守備隊《した》も入り乱れての大混乱の真っ最中だ」

そこまでまくしたてるように言い立ててから、厳次は晶を真正面に見据えた。

「こっからが本題だ。………今、お前には間諜《かんちょう》の疑いが掛かっている」

「間諜っ!?」

未だかつて、己の身に降りかかってくるものとは考えもしなかった嫌疑に、晶は驚きの声を上げた。

「何でまた、俺はただの平民ですよ！」

「ただの、だったらこうなっていない。繰り返すが、お前は百鬼夜行を単独で平らげたんだ。それも、莫迦《ばか》みたいに高出力の精霊器を使ってな」

「精…………霊、器？」

「お前が今、云ってたろう、剣の形をした精霊器だ。使っていたところは見ていたが、気絶したお前の手元にはなかった。まぁ、どさくさで川に落ちた可能性が高いからな、今、守備隊総出で川底を浚《さら》っている」

「あの剣、精霊器だったんですか？」

「当然だろう、精霊力を宿す武器なんてもんが他にあってたまるか。それで、次に問題になったのが、その剣の出処《でどころ》になる」

ガシガシと頭を掻いて、腕を組みなおす。そんな厳次の所作に、相手の余裕の無さが見て取れた。

「最初は倒れた防人《さきもり》の精霊器を使用したのかと思っていたんだが、防人と精霊器の数は合ったんで、直ぐに違うと分かった。そもそも俺の隊に、奇鳳院流《くほういんりゅう》の奥伝を撃てる等級の精霊器は、俺のもの以外は登録されてねぇからな、どう考えても出処の筋が通らん」

一言で精霊器と括《くく》ってはいるが、精霊器にも大雑把な等級が存在していることは晶も知っていた。単純に精霊力を宿せる量で分けているのだが、晶が知る限り、奥伝を放てるほどの精霊器は甲級か乙級と決まっていたはずだ。

そこまで考えて、厳次の台詞《せりふ》に含まれていた見過ごせない響きに気が付く。

「奥…………伝？　まさか、俺が？」

「そうだ。奇鳳院流《くほういんりゅう》の奥伝、『彼岸鵺《ひがんぬえ》』。お前が放ったんだ。見ていた者も多いからな、言い逃れは利かんぞ」

「…………………………う」

何か弁明の言葉を返そうとするが、そんな都合のいい言葉がある訳も無く無意味に口が開閉する。

やっていない。違う。俺じゃない。

そう口にすることは簡単だが、やっていないとの証明は、やったを証し立てるよりも難しい。

それに、やっていないところを見たとまで云われたのだ。

記憶に無いと云ったところで、信じられる事も無いだろう。

「出処不明の、しかも上位の精霊器だ。それを、他洲の平民が使用したと聞いて、第1守備隊の万《ばん》朶《だ》総隊長がお前に間諜の疑いを掛けたんだ」

「あの、話が繋がってないです」

「……精霊器は非常に厳重に管理されている。華族の血統を証明するために使われるほどだから、その厳しさはおそらくお前が思っている以上だろうな。つまり、平民《お前》が精霊器を使った時点で、犯罪行為と見做《みな》されるんだよ。加えて、他洲から侵入してきた奴が上位の精霊器を窃盗して、華族になろうとした事件《前例》が過去にもあったと、記録にあったそうだ」

今、表で起きている騒ぎは、晶を捕縛するためにやってきた万朶総隊長と憲兵隊が、新倉副長ともみ合っているからだ。

吐き捨てるようなため息と共に、そう厳次は口にした。

「でも、だからって間諜疑いなんて、」

「あぁ、俺もお前が間諜だなんて思っちゃいない。お前が守備隊に入隊して3年だ。幾ら何でも手間をかけ過ぎだし、そもそも、間諜なら百鬼夜行のどさくさにまぎれて逃げていなけりゃ、話の平《ひょう》仄《そく》が合わん」

そこまで云ってから、だが、と厳次は大きく嘆息した。

「今のお前の立場は非常に悪い。なんたって百鬼夜行をほぼ独力で喰いきったからな。本来なら、八家の当主の功となるはずだったんだが、お前が横やりで掻っ攫った形になった。おかげで、万朶総隊長殿も立場を完全に無くしてしまった」

――それに、俺に失態を擦《なす》り付けて自身の保身を図ろうとした、万朶殿の目論見も完全に崩してしまった形になったからな。

万朶の焦る理由を、厳次は正確に把握していた。

おそらく、晶に間諜の嫌疑を掛けた理由は、共謀か間諜を見抜けなかった罪で厳次を罷免する、万朶の苦し紛れの一手なのだろう。

つまり、晶を守る事は、厳次の体面を守る事に直結しているのだ。

――だが、こいつ《晶》は何かを隠している。

確証はない。だが、厳次の勘がそう囁くのだ。

晶を守るためには、晶が隠している秘密を訊き出す必要がある。

そう考えて、あえて威圧的に晶を睨んだ。

「表の騒ぎは、万朶総隊長殿が官憲を引き連れてお前を捕縛しに来たんでな、新倉に頼んで押し留めてもらっているからだ。万朶総隊長殿は、今回の事態の落としどころをつけるための生贄《エサ》としてお前を確保したがっている。引き渡されたら、お前程度じゃ好き勝手に適当な冤罪をつけられて投獄されかねん。お前を庇《かば》ってやるためには、そうなる前に俺が今回の件の落とし前をつけておく必要があるんだ」

判ったな。そう念を押すように云う。

「とりあえず、あの剣をどこで入手したのか、何でもいいから心当たりを教えろ。生き延びた連中の話じゃ、戦闘に入った時点ではお前は何も持っていなかったらしいから、その後で手に入れた筈《はず》だが」

晶たちの時代、人権という概念はようやく芽吹きの段階を迎えたに過ぎない。

犯罪《やった》と犯罪《かもしれない》の嫌疑の扱いはほぼ等しく、容疑者の権利は存在しないも同義であった。

疑わしきは排除するというのが犯罪に対する世の対処法である以上、官憲に捕まる以前に疑いを晴らすのが最善の策であるのは、晶にも痛いほど理解できた。

厳次の言葉に必死になって記憶を探る。

「え、ええっと……、い、何時の間にか持ってたんですけど…………、そう、そうだ。銘《な》を…………」

「――――答える必要には及びません」

銘《な》を呼んだら、何時の間にか持っていた。

そう答えようとした時、医務室の引き戸が軽やかに引かれて、涼やかな鈴の音を思わせる声が、晶の言葉を遮った。

# 2話　残響は遠く、燎原に思いを馳せて　2

「――――答える必要には及びません」

引き戸が開けられると同時に、涼やかな声が医務室を支配した。

比喩でも表現でもなく、玲瓏としたただの一声が、厳次《げんじ》と晶《あきら》はおろか医務室の空気さえも塗り替える。

誰だ、と誰何《すいか》するつもりだった厳次だが、その向こうにいた人物を認めた途端、凍り付いたかのように動きを止めた。

――そこに立っていたのは、一人の少女であった。

年の頃は12の盛り、まさに匂い立つかのような淑《しと》やかさ。

腰まで届かんばかりの射干玉《ぬばたま》の御髪《みぐし》、芯の強さの輝きが宿る相貌《かお》。

一分の隙も無い完成されたしなやかな曲線を描いた肢体を包むのは、最高級の絹糸で仕立てられた綸子《りんず》の着物、その上からお気に入りと有名な、桜染めの肩掛けを羽織っている。

綸子の着物の胸元には、小さく縫われた家紋が揺れていた。

天から地へと珠《たま》を啄《ついば》む鳳凰、囲うは鳳翼が縁《ふち》を象《かたど》る日輪紋。

四院の一角にして珠門洲《しゅもんしゅう》における最上位、奇鳳院《くほういん》の次期当主。

――奇鳳院嗣穂《くほういんつぐほ》、その人であった。

その後背に二人の少女を引き連れて、何の臆面も無く嗣穂は医務室へと足を踏み入れた。

「お話の最中に不躾《ぶしつけ》かと思いましたが、内容が内容だけに失礼させてもらいました」

「こ……れは、奇鳳院《くほういん》の姫さま。ご尊顔を拝《はい》し奉《たてまつ》り、光栄の極みにございます。……して、姫さまが直接のお出向きとは、一体何の用向きがあってのことでしょうか？　申し訳ございませんが今は立て込んでいる最中でして………」

嗣穂の、突然の来訪に硬直していた厳次がようやく立ち直ったのか、席から腰を上げて一礼した。

「ええ、存じています。……何しろ私《わたくし》の用件も、それに連なることですから」

「それは………？」

どういう意味か訊き返そうとした厳次を余所目《よそめ》に、嗣穂は身体《からだ》ごと晶の方へと向き直った。

晶が目にした中でも、義王院《ぎおういん》に比肩する高位の貴種。その視線を正面から受けて、晶は目に見えて及び腰になる。

不安げな晶の様子に一切、嫌悪した雰囲気も無く、逆に警戒を解かせるかのような綻ぶ微笑《ほほえ》みを浮かべて口を開いた。

「初めまして、晶さま。珠門洲を統べる奇鳳院《くほういん》において次期当主の座にあります、奇鳳院《くほういん》嗣穂と申します。昨夜における百鬼夜行の討滅、おめでとうございます。——つきましては、此度《こたび》の一件と今後の件に関して、お話をしたいのですが」

「——なっ⁉　お、お待ちくださいっ‼　晶は今、華蓮に籍を持たぬ身で精霊器を無断入手した廉《かど》にて詰問している最中にございます！　如何《いか》な………」

嗣穂の言に、厳次の顔色が変わった。

上位の存在である嗣穂の言葉を遮る無礼を承知の上で、それでも敢えて横やりで口を挟んだ。

――当然だ。

洲外から流れてきた外様の平民というのが、晶の公的な立場である。

立ち位置としては、人別省に籍を持たない流浪の一歩手前、犯罪者予備軍と同等に見做されている。

対する奇鳳院《くほういん》嗣穂は、珠門洲を名実ともに支配する最上位の一族。

正反対とも云うべき立場の二人が面と向かって直に会話するなど、万に一つもあってはならない状況であるはずだ。

巌次の行動も大概に無礼であるが、それでも眉一つ顰《ひそ》めることなく、嗣穂は巌次に視線を遣った。

「……第8守備隊隊長の阿僧祇《あそうぎ》巌次、ですね？　百鬼夜行における舘波《たてば》見川《みがわ》中流域の、防衛指揮の差配、見事でした。守備隊一つで行える指揮としては、おそらく考えうる限りでも最上のものだったでしょう。貴方への勲功《くんこう》は後ほどになりますが、悪いようにはしません」

「そ、それは有り難く。で、ですが、今は」

「理解しています。晶さまの疑惑の件ですね？　――それらの件に関して、奇鳳院《くほういん》は一切を問題なしと判断し不問に付します」

「はぁっ!?」

嗣穂からの下知に、巌次は大きく口を開いて呆《ほう》ける。

繰り返すが、現状、晶は犯罪者として扱われている。

この根拠となっているものは、晶が精霊器を無断で扱った事に由来し、それは多数の目撃者までいる明確な事実だという事だ。

精霊器は、武門華族に限らず華族にとっての武力の象徴であり、華族という存在意義の証明でもある。

華族であるならば、最低限、家門に一つは精霊器が伝わっており、精霊器を継承することが一族の長《おさ》であることの象徴として扱われていた。

一昔前であれば、精霊器へと不用意に触れてしまうと正当防衛での切り捨て御免が通るほどに、華族の中では重く扱われた。

精霊器に触れる、のみならず精霊力を注ぎ込んで行使する。

明らかに重大な品の過失、それを一顧だにせず不問に付すという嗣穂の発言は、厳次をしても理解できない暴挙に近い。

——そして、それは嗣穂の後に続いた者にとっても同じであった。

「お、お待ちください、嗣穂さま！　不問に付すとはどういう事ですか⁉」

嗣穂の背後から、どかどかと息せき切って守備隊総隊長の万朶《ばんだ》が駆け寄ってきた。

「そ、その者は遺失精霊器を不法に入手したばかりか、行使に及んで華族の尊厳《精霊器》を汚したのですぞ‼　聞けば、洲外から流れてきた下民崩れだとか。そのような者に嗣穂さま直々に特赦を与えるなど……」

特赦。つまり、そこで起きた明確な犯罪行為の一切合切を見逃すということだ。

万朶の言葉に、その場にいた全員が凍り付く。

いかなる犯罪もなかったことにする特赦は、領を統治する者にとっての最大の特権だ。

罪を問わないという利点《メリット》がある半面、特赦を受けた者がとる以降の行動は、すべて嗣穂の責任にかかってくるため、自身の与《あずか》り知らないところで信用問題に関わってくるという圧倒的な不利点《デメリット》がある。

無論、問題のある無しに拘《かかわ》らず、発令した場合にはある程度の求心力の低下も覚悟せねばならない。

そこまでして、晶を庇い立てる理由は、奇鳳院《くほういん》には無いはずであった。

だが、

「問題はありません。そもそも、特赦ではありませんから」

「はぁっ⁉」

犯罪では無いと返された言葉に、万朶が呆けた表情で口を開けた。

遺失精霊器の違法入手と行使。どう考えても、洲外の下民なら死罪が相応の犯罪である。

明確な犯罪のため、嗣穂もここに関して否定することは無いと思い込んでいた万朶の思惑が脆くも崩れ去った。

「まず、遺失精霊器ではありません」

「では、何だと仰《おつしや》るのですか？」

永い年月の中で家督の相続争いや暗闘の末に失われた精霊器の事を、遺失精霊器と呼ぶ。

知識まで失われたそれらは、好き勝手に出力やら等級やらを盛って伝える事ができるため、神器と見紛《みまご》うような性能のものが多かった。

遺失精霊器の実状はどうあれ、晶が行使した精霊器は、明らかに等級としても並外れている。

万朶が、遺失精霊器を疑うのも無理は無かった。

「あれは、奇鳳院《くほういん》の所有にあったものです。私が、次期当主としての権限において、晶さまに所有を認めました」

「なぁっ！」

「また、其方《そなた》は洲外の下民と云《い》ってましたが、晶さまは朱沙《しゅさ》神社にて氏子が認められています。少なからず、神々にはこの地に相応《ふさわ》しい同胞と認められている証左でしょう」

土地神との契約である『氏子籤祇《うじこせんぎ》』は、ある意味、どんな要素よりも重要視される項目である。

予想もしない事実を突きつけられて、万朶は絶句するが、直ぐに立ち直って言葉を重ねてきた。

「し、しかしながら、あの場で周囲の被害も考えず『彼岸鵺《ひがんぬえ》』を行使した件もあります。どう考えても、この者は怪しすぎます。どうか、御再考の程を」

「くどい」

万朶が、執念深く食い下がる理由は明白だ。

現状、万朶は、第8守備隊を故意に危険な立場に置いた上、最終的な百鬼夜行討滅の手柄を晶個人に総取りされてしまっている。

不必要な捨て駒扱いを守備隊に強いた上で、穴埋めを目論んでいた百鬼夜行討滅での手柄が無くなっているのだ。

何としても、討滅の大勲功手である晶を密殺して手柄の持って行き先を有耶無耶《うやむや》にしなければ、字義通り、万朶の明日は無い。

だが、嗣穂は万朶の窮状を一顧だにせず、バッサリと切って捨てた。

「――く、されど嗣穂さま、精霊器を独断で個人に預けるなど如何《いかが》なものでしょうか。あれらは我ら華族が厳重に管理すべきもの、如何《いか》に奇鳳院《くほういん》といえども、我らに一言もないというのは独断が過ぎるのでは」

晶では切り口がないと判断して、嗣穂自身の手落ちを責める手法に素早く切り換える。

普通なら、これで少しは相手の牙城を揺らせるはずであった。

だが、

「万朶」

嗣穂の纏《まと》う空気が、斬れるほどに冷たく、重みを宿す。

「其方、何時《いつ》から奇鳳院《くほういん》に許可を要求できる立場になった？」

万朶の想定は、どこまでも普通の華族の範疇から出ないものであり、つまりは自身より上位の存在を想定するものでは無かった。

奇鳳院《くほういん》に許可を要求する。

それは奇鳳院《くほういん》に対する明らかな越権行為、意識の有無に拘らず、万朶にとって致命的な失言である。

そこにようやく思い至り、万朶の顔色が真っ青になる。

「い、いえ。奇鳳院《くほういん》に対して疑義を申し立てる心算《つもり》など、当方には全く無く…………」

「ほう。――其方は意識もせずに、私に許可を強請《ねだ》れるか」

一度、掘ってしまった致命的な墓穴は、抗弁する度に大きくなるだけの結果に繋がる。

挽回の糸口を探して、必死に取り繕おうと思考を空回すが、口を開閉するだけの虚しい結果しか得られなかった。

とばっちりを恐れてか、自身が引き連れてきたはずの官憲たちも、万朶から一歩距離を取る。

完全に孤立無援になった万朶は、汗ばむほどの暑気とは別種の寒さに背筋を震わせた。

保身に走ろうとしていたのに、何時の間にか喉元に刃《やいば》を突きつけられているかのような理不尽な遣り取り。

「………も、申し訳ございません。他洲の間諜《かんちょう》が見つかったかもしれないとの報を聴き及びまして、やや先走ったようでございます」

「――では、ここでの会話は、其方の企図《謀略》するものではなかったと？」

「無論にございます！　……後ほど調査を行い、誤報を出した者には厳罰を下すといたしましょう」

犯人は別口か？　嗣穂からの示唆に、万朶は全力で乗っかる事を即座に決めた。

大急ぎで脳裏に生け贄《スケープゴート》の名前を列挙しながら、白さの目立つ頭を下げる。

「そう。では、誤解も解けたという事で、晶さまの逮捕状は其方が取り下げてくれるのですね？」

「………勿論でございます。直ぐにでも戻って、逮捕状を取り下げさせていただきます」

「良しなに」

昔からお役所仕事と云うのは、理由を作り、許可を貰い、結果を出す、過程そのものを重視する。

奇妙な話ではあるが、結果そのものは重要ではないのだ。

時間が無かったとはいえ、万朶は理由を作った時点で、先走って晶の捕縛に動いた事実がある。

守備隊総隊長の立場を笠に着て、越権ギリギリの逮捕劇に及んでいたのだ。

万朶の感覚が確かなら、そろそろ正式に逮捕状が発行されている頃である。

理由が生まれた段階ならまだしも、強権を振るって許可を出させて、その直後に間違いでした無かったことにします、では簡単には通らない。

端的に云うならば、万朶は何かしらの結果を出さなければならないのだ。

晶を捕縛できるのならば万事解決と云えたが、それは嗣穂に却下されたため不可能となってしまった。

その上で、逮捕状の取り下げを万朶が行うよう、嗣穂から直々に命じられてしまっている。

――偶然ではない。間違いなく現状と結果を理解した上で、万朶《おまえ》の失態《ケツ》は万朶《おまえ》で処理しろ《拭け》と、嗣穂は万朶に命じているのだ。

この分では、身代わりを仕立ててしらばっくれる余裕が残っているか微妙なところだろう。

自業自得ながらの厄介な仕事を命じられた屈辱に、万朶は背中を震わせた。

強引に辞去の礼を述べながら長居は無用と踵《きびす》を返した万朶の背中に、嗣穂の声が投げかけられる。

「――万朶」「……は」

「少し立て込みますので遅れるかもしれませんが、功罪論考の評定を後ほど行います。特に、其方の評価は念入りに行うとしましょう」

「は、承知いたしました」

ここまで内情を暴かれているのだ。間違いなく良い意味では云われていない。

それでも努めて表情に出すことは無く、僅かに会釈を返したのみで万朶はその場を去った。

入れ替わりに、その場に嗣穂も顔を知る二人が姿を見せる。

「…………え？　嗣穂さま？」

「は？　どうしてこんなところに」

――咲《さき》と諒太《りょうた》であった。

四院と八家は公的な立場においても直答が許されるほどには家格が近く、昔からの知り合いである。

だが、それとは別に、三人は別の意味でも関係があった。

「あら、二人とも学院以来ね。もしかして、衛士《えじ》の研修？」

年齢の同じ三人は、高位の華族が進学する央洲《おうしゅう》にある天領《てんりょう》学院での同級生でもある。

特に、咲とは家格と年齢が近しい事に加えて、学院では同じ女学部であり、かなり気安く会話をする間柄であった。

「はい。……あの、嗣穂さまは、此方《こちら》に何用でしょうか」

「ええ。晶さまの今後について、話をしに来たのです。――お二人は、晶さまと面識がおありでしたか？」

晶、さま⁉︎⁉︎　その云いように、咲と諒太の目が丸くなった。

奇鳳院《くほういん》は、名実ともに珠門洲《しゅもんしゅう》の最上位である。

間違いなく、高天原《たかまがはら》においても一握りの上位、嗣穂がさまなどと、ついぞ聞いたことの無い敬称を口にするなど、二人にとっても青天の霹靂《へきれき》であった。

嗣穂の口ぶりに動揺はしたものの、ぐっと堪えて咲は口を開いた。

「か、顔見知り程度の知り合いですが。第8守備隊に来た時に、幾度か会話をする機会がありまして。山狩りの際にも助けてもらったので、彼の『氏子籤祇《うじこせんぎ》』に私も口添えをしました」

「なるほど、それで……」

咲の台詞に、嗣穂も納得の表情を見せた。

未だ年季明けに早いはずの晶が、時季外れの『氏子籤祇《うじこせんぎ》』を受けることができたのか、その経緯がいまいち不明のままであったからだ。

だが、この事実は望外の僥倖でもあった。

『氏子籤祇《うじこせんぎ》』へ推挙したならば、少なくとも咲は晶に対して悪感情を抱いていないだろう。

ちらり。その隣に立つ諒太に視線を走らせる。

咲の口に晶の話題が上ると、あからさまに諒太が嫉妬で口元を尖らせている。

――それだけで、両者の間柄についておおよその把握はできた。

「――判りました。では、咲さん。晶さまを連れていかなければなりません。今後の説明に和音《かずね》を残しますので、代わりの供回りをお付き合いお願いできますか?」

「それは………、できません。申し訳ありません。実は、晶くんが行使《つか》った精霊器ですけど、どっかに見失っちゃって。いま、川底を浚って捜索している最中なんです」

というか本音は、全力で拒否したい。

咲は八家の末席に名を連ねているので、奇鳳院《くほういん》の供回りを代行する程度の家格はある。

だが、資格を満たしている、と問題なく行える、は全くの別問題だ。

「……あぁ、ごめんなさい。連絡してなかったのね。晶さまの行使した精霊器なら、奇鳳院《こっち》で所在を把握しています」

「え!?」

「これで問題ないわね？　じゃあ、供回りをお願いします」

驚く咲を余所目に、両手の指を軽く絡ませて、雰囲気で説き伏せるように嗣穂はにこりと微笑んだ。


ＴＩＰＳ：遺失精霊器について。

歴史の中で失われてしまった精霊器のこと。

理由は色々あるが、家督の相続争いで失われたものが多い、と云われている。

実際は、穢《ケガ》レや領地間の争いで破損したものが9割を占めている。

失われた精霊器を探し出して、その力で悪の領主を倒し、没落した一族を再興する。

その一連の流れが、芝居で人気の定番シナリオ。

無いものは好き勝手に捏造ができるので、一振りで雲を斬ったとか、並み居る敵を薙ぎ倒して、八家の喉元に迫ったとか、常識で考えたらありえ無いだろと、総ツッコミを入れられそうなエピソードが存在するものもある。

因みに、エピソードや精霊器の銘も後から追加されたものが多いため、実物とは銘すら違う、なんて原型すら残っていないものも半数近くあるのが、裏話的な残念現実。

# 2話　残響は遠く、燎原に思いを馳せて　3

――バラタタ。

奇鳳院《くほういん》の家紋を掲げた黒塗りの蒸気自動車《スチームモービル》が、軽快な爆音を響かせながら大通りを疾駆する。

周囲の蒸気自動車《スチームモービル》とは一線を画するその威容に、周囲の者たちも大慌てで脇に寄って道を譲るさまが、車中の人となった晶《あきら》たちにはよく見えた。

普段なら目にすることがせいぜいの最新機械に乗っているのだ、本当なら心浮き立つだろう状況だが、現在、晶は針の筵《むしろ》もかくやの居心地の悪さを味わっていた。

何しろ、車内には嗣穂《つぐほ》と側役《そばやく》である新川奈津《にいかわなつ》、その対面に咲《さき》と晶が座っているという状況なのだから。

脳裏を疑問符で埋め尽くしながら、ちらりと正面を見る。

新川奈津。そう紹介を受けた少女が、感情の見えないすまし顔で晶の視線を真っ向に迎え撃ってきた。

気圧《けお》されて自然と下向く視線を、今度は自身の隣へ動かす。

プルプルと挙動不審になる身体《からだ》を必死に押さえつけて、隠しきれない半泣きの表情に耐える咲の姿に、場違いなほどの親近感を覚えた。

――あ、お仲間だ。

当の咲が聞けば間違いなく殺意を覚えるであろう呑気な思考に、不思議と落ち着きを取り戻す。

「——申し訳ありません、晶さま」

「は、はい！」

唐突にかけられた声に、知らず背筋が真っ直ぐに伸びる。

その姿に、困ったような微笑《ほほえ》みを嗣穂《つぐほ》は浮かべた。

「少々、状況が立て込んでいるので、余人の介入を許さず、被害の出ない場所に行く必要があるのです。女場《女性ばかり》で居心地が悪いかもしれませんが、1刻《2時間》ほど我慢してください」

「で、では、姫さま、お願いがあります。どうか、俺のことは晶、と。よ、四院の方からさまと呼ばれる身分のものではありませんので」

「……では、晶さん。ふふ、そうですね。私《わたくし》も、こちらの方が好ましい。では、代わりにどうか、私のことは嗣穂、と」

……お前とか、そこの、と呼ばれた方がよっぽど気が休まるのだが。

せめて呼び捨てでお願いします。と提案したつもりなのに、余計に居心地が悪くなる方向に状況が悪化したのは何故《なぜ》だろう。

理不尽な状況に、背中が冷や汗でじっとりと濡れる感覚を覚えた。

周囲に助け舟を期待するが、本来ならば嗣穂を諫《いさ》めるべき立場であるはずの新川奈津は、身じろぎ一つ微動だにしてくれない。

——これは役に立ってくれんな。

早々に見切りをつけて、ちらりと咲に視線を遣る。

奈津とは反対に、あわあわと、両の指を宙に躍らせながら百面相で泡を食う咲に、別の意味で援護の期待を諦めた。

――……こっちも無理だよな。

平民の晶と珠門洲《しゅもんしゅう》の頂点たる嗣穂が、直接、言葉を交わしている。

この異常事態を理解はしているものの、制止するのも畏れ多くて口を出しあぐねているといったところなのだろう。

「…………お気遣いいただきありがとうございます、嗣穂、さま」

せいぜいの妥協として、さまを強調しながら、晶は軽く頭を下げた。

ここまで直答をしてしまっている以上、こちらから口を開くという不敬を躊躇《ためら》うのも今更か、と思い切り、慎重に言葉を選びながらとりあえずの疑問を嗣穂に投げかけた。

「その、先ほど、精霊器の件で庇《かば》い立ていただきありがとうございます」

「いいえ、どういたしまして。それに、庇った訳ではありません。真実をお話ししただけです」

「失礼ながら、嗣穂さまより、精霊器を貸与いただいたと云《い》われたのは……」

流石《さすが》に、奇鳳院《くほういん》の所属にある精霊器を預けさせてもらった記憶なんてものは無い。

官憲に捕縛される理由を無くすための一時的な方便かと指摘すると、嗣穂は軽く頭《かぶり》を振った。

「間違ってはいません。晶さんは正当な権利の下、あかさまより奇鳳院《くほういん》所蔵の器物を下賜されました」

「あかさま？」

「はい。御名《みな》は、口にするのを憚られますのでご容赦を。――伽藍《がらん》にて、お会いになられたでしょう？」

思い出す。

万窮大伽藍《ばんきゆうだいがらん》で晶に微笑みかけてくれた、まるで炎そのもののような絶世可憐な少女。

――朱華《はねず》。

「……彼女が」

正直、朱華が奇鳳院《くほういん》においてどういう立ち位置なのかは判然としないが、この様子ではかなりの影響力を持っているであろうことは想像に難くない。

「はい。あの方より器物を下賜される、それは奇鳳院《くほういん》にとって正当な下賜の流れに他なりません。ご安心ください。間違いなく、あの器物は晶さんに渡っております」

嗣穂は、晶に不信感を抱かせないように常に穏やかな微笑みを装いながら、晶を説得に掛かった。実際に会ってみた印象ではそこまで尖った性格では無いと感じられたが、こんな突然に莫大な権能を与えられたのだ。

その事実を理解した時、目の前の少年がどういった方向に変節するのか全く分からない。

晶には、自身の権能を振るっても問題ない精神的な土台を、可能な限り早急に作ってもらわなければならないのだ。

――そのためには、晶の手綱を引ける相手が必要だ。

晶の現状を理解するために、日常の話題や色恋沙汰を匂わせながら、少しずつ晶から情報を抜いていく。

抜き取った情報で、晶という個人を彫り出し《理解》しながら、晶の隣、ようやく少しだけ落ち着きを取り戻し出した咲に視線を投げる。

……運が良かった。

同年代の八家、それも輪堂の娘が、憎からずの情で晶の傍に立っていてくれたのは、嗣穂にとって何よりの幸運であろう。

各々、様々な思惑を孕《はら》みながら、奇鳳院《くほういん》の蒸気自動車《スチームモービル》は大通りをひたすら南に向けて疾駆していった。

◇

それから、嗣穂が告げた通りの1刻《2時間》後、晶たちは見るからに何もない原野の端に足を付けていた。

僅かに灌木と幾つかの大きな岩が見える以外は、見渡す限り何もない。

「……あのう。ここは？」

「沓名《くつな》ヶ原《がはら》。この原野が、昨日の怪異が発生した場所です」

「え!?」

「ここで受肉するからこそ、あの怪異は沓名ヶ原の怪異と呼ばれています。――あぁ、安心してください。怪異の受肉には相当量の瘴気《しょうき》が必要となりますが、今は肝心の瘴気を根こそぎ受肉に消費されていますので、鬼火を生むほどにも残ってはいないはずです」

その言葉に、とりあえず晶の表情が緊張から安堵に向いた。

とはいえ、あの化け物が生まれた場所と聞いて気分が上向くはずもない。

晶のそれは、どこか不安さが残ったものであった。

「……それでその、嗣穂さま、どうしてこんな処に来たんですか?」

遠慮がちな咲の問い掛けに、嗣穂は順を追って口を開く。

「先刻にも云いましたが、都合が良かったからです。ここを選んだ理由は二つ。今から起きることを余人に見られたくないからと、そして、何が起きても被害が出ないからと」

沓名ヶ原に、碌《ろく》に装備も整えず足を踏み入れる。

嗣穂が先導する形で、困惑する晶と咲を引き連れて歩くこと数分。

4人は、晶の背丈をやや超える程度の岩の前に立った。

「こんなものかしら。……大きさは丁度いいのだし」

「畏まりました」

それまで沈黙を守ってきた新川奈津が小さく首肯を返し、咲の手を取って、晶の更に後方へと回る。

そうしてから、嗣穂は改めて、晶へと向き直った。

「此処《ここ》に連れてきた理由ですが、非常に単純なものです。晶さんに今のご自身を理解していただく、その一点だけを目的としています」

「は、はい」

「ご不満は承知の上ですが、あえて指摘させていただきます。その事実を理解していただくために、

——この岩を、斬ってください」

「はい、…………はぁっっ⁉」

自分自身の事を知らない、等と云われて不満を覚えた晶は、次いで放たれたその信じ難い言葉に、自分の耳よりも先に相手の正気を疑った。

「これ、……この岩をですか?」

「はい。この大きさが対象ならば、霊気の爆散もそれなりに吸収してくれるはずですので」

やばい、本気《マジ》だ。

微笑みはそのままなのに、欠片《かけら》も笑っていない嗣穂《つぐほ》の視線に、晶の頬が引き攣った。

岩斬りは、お伽話に聞く剣豪たちが見せる、剣の頂点たるを証明する判りやすい偉業の一つだ。

——何故ならば、高天原《たかまがはら》の刀剣は斬ることに特化された構造をしているからである。

そして、斬ると云う行為は、素人が考えるよりも遥かに繊細な作業なのだ。

当然、岩などという頑強な物体に対して行うことは想定されていない。

仮令《たとえ》、成功したとしても、精霊力で強化もしていない刀剣ならば、一撃で寿命が尽きてしまうと断言できる。

音に聞こえた歴代の剣豪たちで、それだ。

晶は奇鳳院流《くほういんりゅう》の剣術を習ってはいるが、上位精霊を宿していないため、初伝に届かない開帳《五段》のさらに一つ下の四段でしかない。

突然、こんな原っぱのど真ん中に連れてこられて、無茶ぶりに応えられるような技量は持ち合わせていない。

——というか、そもそも………。

「……俺、剣を持ってないんですが」

恐る恐る、素手であることを証明するかのように、両の掌を見せながら晶は慈悲を嘆願した。

「問題ありません」

……素手で岩を斬れ、とでも云うつもりなのだろうか？

いよいよ、目の前の貴人《姫》の正気が疑わしくなる。

晶の不敬な思考に気付いていないのか、嗣穂は続けて言葉を紡いだ。

「晶さんは、既に剣を持っています。ただ、剣を鞘から抜いていないだけ」

「………………」

晶を茶化すような響きは含まれていない。自然、反論の声は封じられた。

「剣は領域、鞘は言霊《ことだま》なれば。剣《領域》を抜くには、鞘《言霊》を掴むが必定でしょう」

そう言い含めながら、嗣穂は晶の後方へと回る。

「先《ま》ずは、剣を持っているつもりになって、攻め足、平正眼《水の構え》」

背中越しに掛けられた指示に、無手のまま、慌てて稽古で慣れた構えを取る。

……虚空を掴んだ両手が宙に浮くままで、体幹の芯が完全にブレている情けない構えであったが。

ただ時間が過ぎていく。その無為さよりは何か動いておこうと稽古を思い出しつつ、無手のまま両手を上段に構える。

——だからと云って、何が起こる訳でもなかったが。

上段に両手を振り上げた姿勢のまま、暫くの間が沈黙に消えた。

湿地特有の青く蒸れて膿《う》んだような風が、沓名ヶ原を吹き抜ける。

あまり好ましいとも思えない臭いだが、晶にとって一陣の風が運んできた涼は非常にありがたく、
額に残る涼やかさに目を眇《すが》めた。

「晶さん。——大鬼《オニ》を前にした時、貴方《あなた》には何が見えましたか？」

その時、嗣穂の囁きがするりと耳に滑り込んできた。

——あの時、俺は何を考えていたんだっけ？

迫りくる大鬼の、逃れえぬ死を前にして。

そうだ。朱華《はねず》の微笑みと一握《いちあく》の……、

「炎」

ぽつり、口から転《まろ》び出た呟《つぶや》きは、それでも見えない部品がかちりと嵌《はま》ったような、あるいは世界と晶を繋いでいる焦点《ピント》が合ったような感覚を齎《もたら》した。

今までどこかぼやけて見えていた世界が、全く違う鮮明さをもって晶を迎え、
虚空を掴んでいるだけだった両手と体幹に芯が戻る。

——往《い》ける。

晶の身体が、心が、魂魄《たましい》が、高揚のまま確信を叫んだ。

「絢爛《けんらん》たれ——寂炎《じやくえん》、　、雅燿《がよう》っっ‼」

轟《ゴウ》。晶自身を灼き尽くさんばかりの熱が丹田から噴き上がり、渦を巻いて両手に収斂《しゆうれん》する。

刹那のうちに実体を得たそれを、晶は気合を込めて振り下ろした。

# 2話　残響は遠く、燎原に思いを馳せて　4

「絢爛《けんらん》たれ――寂炎《じゃくえん》、、雅耀《がよう》っっ‼」

朱金に迸《ほとばし》る精霊力が上から下へと弧を描いて岩に激突。

――同時に、世界から音が消えた。

少なくとも、晶《あきら》たちにはそうとしか認識できなかった。

寂炎雅耀《じゃくえんがよう》が宿す莫大な熱量に空間が撓《たわ》み、軋みを上げて大きくうねる。

尋常ではない衝撃が周囲に撒き散らされ、その場にいた者たちの全身を打ち据えて過ぎていった。

現神降《あらがみお》ろしを行使していなかったら、間違いなく鼓膜が破壊されていただろう程の圧力の波濤《なみ》。

常人であれば意識を攫《さら》うであろうそれは、晶たちも見えぬ向こうで遠雷に似た残響を轟《とどろ》かせて消えていった。

残心を解いて、深く呼吸《いき》を一つ。

寂炎雅耀《じゃくえんがよう》の剣先に視線を向けて、今度こそ晶は言葉を失った。

……そこには岩はおろか、何も残っていなかった。

寂炎雅耀《じゃくえんがよう》は、炎という概念そのものを鍛え上げて造り上げられた業火の太刀《たち》だ。

それは事実上、人間が観測しうる熱量の上限値と等しく、朱金に輝くその刃《やいば》は、そこに極小の太陽が顕現しているようなものである。

無制限に解放された場合、その余波だけで洲都《華蓮》を含む一帯が消し炭に変わる程の熱量。

晶たちが無事でいられるのは、寂炎雅燿《じゃくえんがよう》が完全に熱量を統御しているからに他ならない。

その朱金の刃が岩に振り下ろされた時、熱量は正しく武器としてその効力を発揮した。

余波《おまけ》だけでも一帯を灼き尽くすほどの熱量が、ちっぽけな質量しか持たない岩を遊離電子《プラズマ》にまで分解する。

粗いとはいえ純粋な波動粒子《エネルギー》に変換された質量は、寂炎雅燿《じゃくえんがよう》の統御を超えて爆散し、晶の前方を焦獄の世界へと変えた。

「……っ！　…………っっ⁉」

見渡す限り、というまででは無いものの、数町四方に渡る空間が炭と溶岩《マグマ》の入り混じる地獄に変じているさまを見て、晶は無意味に口を開閉させた。

事を終えた朱金の大剣が、音も無く輝く粒子となって宙に霧散する。

その異常さえも、晶には気にかける余裕が無かった。

「……寂炎雅燿《じゃくえんがよう》。あかさまより下賜された、晶さんの半身たる器物の銘です」

眼前の惨状に動じるでも無く、ひどく落ち着いた嗣穂《つぐほ》の声が、晶の意識を現実に引き戻す。

「その剣は、ご覧の通り非常に強力な器物です。意識も制御もできずに抜けば、この通り、見える世界を焦獄の地へと容易《たやす》く変えます。——ご理解をいただけましたか？」

「…………何で」

「？」

「だって、俺には精霊が居ないはずで、こんな精霊技を撃てるなんて……」

「隠世《なばりよ》の精霊」

「へ？」

「晶さんの事情はよく知りませんが、世にはそう呼ばれる精霊が存在します。極めて隠形が得意で、他者には存在すら認識を許さない精霊だとか」

「……俺の精霊がそうだと？」

「さて？　ですが、これらの精霊には、一つ特徴が。――例外なく極めて強大な精霊なのです。もし宿すことができれば、無尽蔵とも呼べる精霊力を与えられる程度には。そして、晶さんは現在、精霊力の制御が全くと云《い》ってもいいほどになっていません」

前方に視線を戻すと、炭しか残らない世界が広がっている。

否応なく、晶は自身の現状を未熟さも含めて理解させられた。

「……それで、どうしろと？」

「ご理解が早くて助かります。――申し訳ありませんが、寂炎《じゃくえん》雅燿《がよう》は、しばらくの間、使わないでほしいのです」

嗣穂の要求は、当然のものだろう。

誰とでも何処《どこ》とでも、いったん抜けば焼け野原に変えてしまうような相手と、ただ人が住まう地で付き合いたいなんて思わないのは当たり前である。

――だが、

「じゃあ、俺の武器は……」

制御がなっていないと云っても、初めて与えられた強力な武器。晶は手放すという選択に難色を示した。

たまに雨月《うげつ》の陪臣どもが腰に佩《は》いている精霊器を見るのがせいぜいであった晶にとって、目に見える武力を得ることは密かな羨望であったからだ。

初めて得た羨望の精霊器。

それを失う危惧を理解してか、然《さ》して悩む様子も見せずに嗣穂は首肯した。

「はい。精霊力の制御を会得するまでの代わりの器物を、こちらでご用意いたしました。――奈津《なつ》」

「畏まりました」

咲《さき》と肩を並べて後方に控えていた奈津が、晶の前まで進み出て、手にしたものを差し出した。

臙脂《えんじ》の太刀袋に包まれた、2尺《約60cm》ほどの太刀。

金糸で編まれた太刀袋の口を緩めて、鯉口を切る。

鞘から覗《のぞ》き見えた刀身は、臙脂の太刀袋よりもなお昏《くら》く鮮やかな赤色。

どこか禍々《まがまが》しく揺らめくその輝きは、魅入るかのように晶の意識を支配した。

「銘は落陽柘榴《らくようざくろ》。寂炎雅燿《じゃくえんがよう》と同じ位階に属する器物にてございます。使いようによっては強力ですが、派手に暴発する恐れがないので、こちらを普段使いの器物にしてください」

ひうぅぅ。晶が手にしている落陽柘榴《らくようざくろ》を背後から覗き見て、それが何かと理解した咲が、卒倒寸前の顔色で悲鳴にならない悲鳴を上げた。

幸運だったのは、一杯一杯だった晶も、咲のそのさまに気付く余裕すら無かった事か。

有り難くも戸惑いながら、落陽柘榴《らくようざくろ》を大切に抱える。

そんな晶を認めて、ようやく嗣穂は心からの安堵の笑顔を浮かべた。

◇

晶たちが第8守備隊の屯所に帰還したのは、申《15時》の刻を回って直ぐの頃であった。

状況の諸々が一段落したのか晶が出立した時の喧騒も既に収まっており、周辺は随分と静かなものであった。

「それでは、晶さん。私《わたくし》どもはこれで失礼させていただきます。——話の続きはまた後ほど、土曜の夜半にいたしましょう」

「は、はい。よろしく、お願いします」

蒸気自動車《スチームモービル》から逃げるように降りた晶は、穏やかに微笑《ほほえ》む嗣穂へと一礼を返した。

晶と入れ違いに、屯所から出てきたもう一方の側役《そばやく》である名張和音《なばりかずね》を乗せて、蒸気自動車《スチームモービル》は爆音を響かせながら消えていった。

「…………っはあぁぁぁぁぁ」

「——気持ちは分かるが、気を抜き過ぎだド阿呆」

「⁉」

息の詰まる重圧がようやく無くなり、心の底から安堵の息を吐いた。

その背後から、いかにも機嫌の悪そうな阿僧祇厳次《あそうぎげんじ》の叱咤が飛ぶ。

厳次が居た事にすら気付いていなかった晶は、驚きの声を既《すんで》のところで呑み込んだ。

そのまま、それ以上の失態を見せないように、厳次の方へと向き直った。

頭を下げて一礼し、挨拶もそこそこに本題に入る。

「阿僧祇隊長。それで、俺の処分はどうなりましたか？」

「……それなりには聴いているだろうが、お咎めは無しだ。お前は明日から、防人《さきもり》としての訓練に入ってもらう。練兵班の班長は勘助《かんすけ》に引き継げ。強引だが、奇鳳院流《くほういんりゅう》の段位を二つ上げて、初伝を叩き込む」

「は⁉」

巌次から告げられた、この日、極めつきのとんでもない内容に呆《ほう》け面を晒した。

高天原《たかまがはら》に武芸の流派は数あれど、主幹となる流派は５つしかない。

全ての流派の祖となる月宮流《つきのみやりゅう》を筆頭に、四院の名を冠した４つの流派。

防人や衛士《えじ》となった者たちは例外なくいずれかの流派に属するため、これら５つの流派をして門閥流派と呼ばれていた。

門閥流派の一角である奇鳳院流《くほういんりゅう》も例には漏れず、火行の精霊を宿すものはその全てが奇鳳院流《くほういんりゅう》の敷居を跨《また》いでいる。

晶は精霊を宿していないものの、守備隊に所属しているため、戦闘技術の一環として３年前から奇鳳院流《くほういんりゅう》を学んでいた。

晶の段位は四段。開帳《五段》が精霊技を習得するための精神修養の過程である事を考えると、精霊力を扱えない平民として求められている最高段位に一応は達している。

……だが、段位というのはお題目や飾りではない。

厳然たる判定基準が存在し、その基準となった理由も明確に記述されている。

独断で一段上相当に扱うと云うのであるならば、問題が山積するものの前例がないわけではない。しかし、二段も上げてさらに精霊技を教えるとなれば、いくら奇鳳院《くほういん》の下知があったとしても容易に受け入れられる話ではないはずだ。

「そんなことをすれば、問題がどこからでも生まれてしまうのは俺も分かっている。……だが、勅旨は絶対だ。何を焦っているのかいまいち分からんが、奇鳳院《くほういん》の姫さまは、お前を一ヶ月で半人前《実戦に出せるだけ》の防人にせよと俺に命じられた」

頭痛と嘆息を堪えながら、厳次は横目で晶の抱えた落陽柘榴《らくようざくろ》を見る。

朧脂の太刀袋に仕舞われたそれを直に見ることは叶わなかったが、太刀袋の仕立てを見るに在野の精霊器とは一線を画す存在である事は容易に窺《うかが》い知れた。

嗣穂の言が事実であるならば、それは奇鳳院《くほういん》所有の精霊器なのだろう。

ならば最低でも、等級は甲《最上位》に分類されるはずである。

精霊器は、華族の証明代わりになるほど厳格に管理されているものだ。

値段の程度は時価で不明なものの、希少な霊鋼《たまはがね》を消費するため、高騰傾向にあるのは間違いない。

加えて奇鳳院《くほういん》の管理下にあったものならば、その価値も推して知るべしであろう。

端的に表現するならば、晶は数百単位で殺人を犯すリスクを天秤に掛けても傾くほどの財産をその手にしているのだ。

「……晶。確かお前は、北西の長屋住まいだったよな？」

「はい」

「余所《よそ》にどこか、隠れて住む場所に心当たりは無いか？」

「隠れ？　……いえ、ありません」

「だよなあ。——ならせめて、その精霊器を肌身離さず持っておけ」

精霊器の価値というこれまで縁の無かった概念に言及され、危機感の薄かった晶が、巌次の説明に顔を引き攣らせた。

それもそうだ。自分の手に最低数千円《数千万円》単位の価値が収まっているなど、誰が想像つくだろうか。

だが、これだけ脅しておけば、最低でも自衛くらいはしてくれるだろう。

「状況が落ち着いたら、俺の方でも住まいを探しといてやる。今日明日に見つかるものでもないからな、あまり期待はしないでほしいが」

「——よろしくお願いします」

「とりあえずはそれぐらいか。尋常中学校《じんちゅう》は夏季休暇に入ったよな？　——明日からは道場に詰めろ。開帳《五段》と並行しつつ、初伝を叩き込む」

「お、押忍《おす》」

言葉尻から漂ってくる不穏な響きに戦々恐々とする晶。

開帳《五段》は精霊技を修得するための土台作りであったはずだから、同時進行でもなんとか問題ないと判断したのだろうが、傍《はた》から見ても無理筋なのは明らかだ。

明日から始まる鍛錬を考えて暗澹《あんたん》となる晶に、巌次は悟られないように肩に力を入れた。

「そういえば、だ。——晶ぁ、」

「はい」

「新倉《にいくら》から聞いたがな、お前、槍を投げたんだってな」

びく。非常に分かりやすく、晶の肩が跳ねた。

後が無い者、馬鹿の代名詞として『投げやり』なんて言葉があるほど、穢《ケガ》レとの交戦において、自身の得物《ぶき》を手放すのは自殺行為と同義とされている。

穢《ケガ》レの脅威もそうだが、瘴気《しょうき》に直接触れるとそれだけで皮膚が冒されて、生きたまま腐ってしまうからだ。

継戦能力を重視する門閥流派として、それは避けなければならない致命傷でもある。

故に、どの流派においても戦闘時の鉄則として、武器を投げないことは最初期に教える教訓であった。

当然、阿僧祇厳次も入隊直後の練兵から、その旨は訓示として叩き込んでいる。

それしか方法が無かったとはいえ、晶は上司の指示を無視して独断に走った形になるのだ。

「それは……、その………」

視線が泳ぎ、暑気からのものとは違う汗が額に浮かぶ。

そんな晶の様子に、己のやらかしを理解しているかと、厳次は口元を緩めた。

「……まあ、経緯は聞いている。槍投げに思わんこともないが、あの時は手段も限られていたからな。咲お嬢も助けられたし、それに免じてこの件に関しては不問にしといてやる」

そのありがたい言葉に、晶はあからさまな安堵を浮かべた。

――だが、甘い。

「…………が、だ」「?」

厳次が問い詰めたい本命は、そちらではない。

「晶。お前、大鬼《オニ》を斬った時のことを憶えているか？」

「大鬼、ですか？　あの時は……」

確か、昂揚した感情のまま大鬼の頭上高くまで跳ね飛んで、大上段《火の構え》から大鬼の脳天を叩き斬った……。

――大上段で。

「…………あ」

ようやく、巌次の云わんとしていることを理解する。

剣術において、禁じ手とされている行為は非常に多い。

掬《すく》い突きなどの殺傷力の高い技もそうだが、合理性に欠けるために禁じられたものもある。

大上段《火の構え》もそうした理由によって、禁じ手に指定された一つであった。

基本の構えとされる五行の構えの一角である大上段《火の構え》は、相手よりも早く、最大の一撃を繰り出すことを術理の念頭に置いている。

その半面、放たれる初撃の軌道も読みやすい上、防御が一切考慮されていないため、相手からしたら容易に回避と反撃が可能であるという欠点がある。

そのため、大上段《火の構え》は試合において上位のみが取って良い構え、実戦には不向きな構えという認識が一般に浸透していた。

当然、巌次はこの認識を練兵たちに叩き込んでおり、晶も充分にそれは理解していたはずである。

「やるなっつった行動を連続で破るたぁ、随分とやらかしてくれるじゃねぇか。ええ、晶」

「…………………………」

弁明も何もできず、だらだらと額に浮かぶ脂汗を流すままに、直立不動のまま背筋をさらに伸ばす。

隣で無形の圧を放つ厳次の方をまともに見ることすら、恐怖のあまり思考にすら上らない。

「とりあえず、今日は帰って休め。――だが、明日から基礎も含めて鍛え直《シゴい》してやる。分かったな？」

「――はいっ！」

「よし、解散っ‼」

「お疲れ様でしたぁぁっっ‼」

弾《はじ》かれたように後ろも振り返らず、倒《こ》けつ転《まろ》びつ一目散に晶は駆け去っていった。

その姿を見送って、厳次はようやく肩の力を抜く。

これで昨日から続く厄介事に、一段落がついたからだ。

ぼりぼりと旋毛《つむじ》を掻いて、一息後に踵《きびす》を返す。

――晶たちは一段落だろうが、厳次にとっては事後処理がまだ残っているのだ。

事務仕事が苦手な厳次にとって、長い時間が始まろうとしていた。

**TIPS：段位について。**

**5つある門閥流派の段位は、10段階に分かれている。**

**一段《入門》、二段、三段、四段、五段《開帳》、初伝、中伝、奥伝、皆伝《奥許し》、極伝。**

**あくまでも、門閥流派は精霊技の流派であるため、この内、五段までが武技修練の対象となり、**

五段以降が精霊技の修練となる。

ちなみに、五段は精霊力を行使するための精神修養の項目が加わるだけで、内容としては四段とさほど変わらない。

## 閑話　密談は踊り、されど昏迷しか残らず

——どこか雨月颯馬《うげつそうま》に似た、でも印象に残らない凡庸な少年。

輪堂咲《りんどうさき》にとって、晶《あきら》の印象はその程度のものであった。

初対面での山狩りで幾度か言葉を交わし、主《ヌシ》に迫られたところを間一髪で救われた事があったとしても、晶の名前を覚えるには至らない。

人別省への早期登録に口添えしたのも、命の借りがあるし、袖すり合うも多生の縁と思ったから。

どうせ一週間で終わる仲間関係だし、何かの偶然で再会したとしても、思い出すのに幾ばくかの時間を必要とするような、——そんな程度。

晶を初めて見止めたのは、大鬼《オニ》と対峙していた時であった。

大鬼の気を惹《ひ》いて、全速力で疾走る晶の背中、それを呆《ほう》けた感情で見送ってしまった時。

それが、晶という個人を視界に収めた、初めての瞬間だった。


日が落ち始める中、１区に向けて走る車内の空間は、晶という異分子が消えたとしても非常に居心地が悪い。

晶に続いて降りる機会を逃した咲は、引き続いて腰の落ち着かない感覚を味わっていた。

奇鳳院《くほういん》嗣穂《つぐほ》、新川《にいかわ》奈津《なつ》、そして晶と入れ替わりに車内に乗り込んできた名張《なばり》和音《かずね》。その三人にちらりと視線を巡らせる。

――輪堂咲は、八家直系の生まれだ。

嗣穂は例外としても、側役《そばやく》の二人より家格では上位となる。

故に、地位としては相手に怖《お》じる必要は無いのだが、奈津と和音は職役《側役》を担っていることが、咲にとっては問題であった。

側役は、嗣穂の傍《そば》に交代で侍《はべ》り公私にわたって補佐を担う、云《い》わば秘書だ。

その地位は、次期当主である嗣穂に次いで高く、場合によっては当主の代行として発言する権利すら持っている。

対する咲は、八家の生まれであっても対外的には無役に過ぎず、同年代の二人ではあるが、職役の面では天と地ほどの差があった。

当然、言葉を掛けるのも畏れ多く、咲はどう口を挟むか苦慮していた。

「咲さん」

そんな居心地の悪さは、それでも唐突に嗣穂が口を開いたことで終わりを告げた。

「何か、訊《き》きたい事があるんじゃないですか？　そんな表情《かお》、してますよ」

「あ……いえ」

嗣穂は、穏やかな微笑《ほほえ》みを浮かべてそう指摘した。

警戒心を抱かせない笑顔に勢い込んで口を開くも、疑問をまとめきれずに咲は口籠る。

相手は奇鳳院《くほういん》の次期当主だ。春の雪解けを思わせる笑みをしていても、本心では何を計算しているか推し量ることすら難しい。

三宮四院で次代を担うと目されている者たちのなかにあっても、西部伯道洲《はくどうしゅう》の陣楼院神楽《じんろういんかぐら》に次いで年齢が若いが、公正な規範に対して苛烈な姿勢で臨む性格は、天領《てんりょう》学院の中でも夙《つと》に有名であった。

咲とて、領家の子女だ。世の中には知っていい情報と知らない方が幸せな情報があることくらいは理解している。

――問題は、咲がこれから訊こうとする内容は、知っていいのかどうか、だ。

自身が持つ疑問の内容を充分に吟味した上で、咲は嗣穂と視線を合わせた。

「…………畏れながら、嗣穂さまにお尋ねしたい事があります。何故、寂炎雅燿《じゃくえんがよう》を、晶く、、いえ、平民の彼に貸し与えたのですか？　あれも、落陽柘榴《らくようざくろ》も、珠門洲《しゅもんしゅう》の至宝、神器ではありませんか‼」

神器とは、神柱が支配する領域《い象》を鍛造した器物の総称である。

神柱の分け御霊《わけみたま》。半身たる神域を物質化したそれらは、希少な霊鋼《たまはがね》を基礎としていたとしても物質でしかない精霊器とは起源からして違う。

――広義とすれば神柱でもある神器は総じて強力な武具であるが、高天原《たかまがはら》の南方を守護する大神柱の神器ともなると、土地神が鍛造したものよりも威力も価値も数倍は変わってくる。

珠門洲の神器は４つ。

輪堂当主の所有する八塩折之延金《やしおりののべがね》と、久我《くが》の当主が所有する奇床之尾羽張《くしどこのおはばり》。

――そして、奇鳳院《くほういん》が所有する寂炎雅燿《じゃくえんがよう》と落陽柘榴《らくようざくろ》。

八家に下賜されている2つの神器はそれなりに知られているものの、洲の宝物でもある寂炎雅燿《じゃくえんがよう》と落陽柘榴《らくようざくろ》に至っては、咲ですら見たのはこれが初であった。

「あれは正当な権限の下、晶さんに譲渡されています。——既に契約もなされていますし、私《わたくし》の一存ではどうにもならないわ」

「……それでも、落陽柘榴《らくようざくろ》まで下賜するのはやり過ぎではないでしょうか。寂炎雅燿《じゃくえんがよう》も完全には制御できていなかったようですし」

思わず漏れた咲の抗議は、そう的外れなものではない。

神器とは、神柱の象徴であると同時に洲の象徴でもある。

そんなものを勝手に貸与したら、洲議が騒ぎたてるに決まっている。

洲議員たちにとって神器とは、洲の象徴、看板に収まっているだけの絵であってほしいからだ。

それ以上に、先刻に見た寂炎雅燿《じゃくえんがよう》の威力も問題だろう。

伝承では、寂炎雅燿《じゃくえんがよう》の一振りで見渡す限りの戦場を焦土にしたとあるが、あの威力ではそれも納得できる。

それと同格の落陽柘榴《らくようざくろ》を、自覚も無しに平民が振り回す。

正直、咲にとっては悪夢としか思えなかった。

「だから、ですよ。寂炎雅燿《じゃくえんがよう》と違い、落陽柘榴《らくようざくろ》にはかなり癖《アク》があります。正式な契約もさせていませんし、あの状態なら、壊れる心配のない精霊器の代わりが精々《せいぜい》といったところです」

神器の契約とは、所有者の魂魄《こんぱく》を神器の鞘にする儀式の事である。

これを行う事で所有者は初めて、神器の持つ権能やその究極である神域解放を行使する事が赦《ゆる》されるのだ。

寂炎雅燿《じゃくえんがよう》は言霊《ことだま》を掴んで抜刀している瞬間を先刻に確認済みだが、落陽柘榴《らくようざくろ》は現界したまま晶が持って降りている。

嗣穂の断言もあり、疑う余地は無いはずだが。

それでも疑わし気な咲の視線。しかし嗣穂の微笑みを貫くことは叶わない。

「……もう幾つか、お訊きしたい事があります」

「どうぞ?」

「隠世《なばりよ》の精霊の事です。――何故《なぜ》、嘘を吐いたのですか?」

鋭さを増す咲の視線を真っ向から受けながら、嗣穂は手の甲で口元を隠して笑った。

「嘘なんて吐《つ》いていませんよ。――私が嘘を吐けない事くらい、咲さんもご存知でしょう?」

半神半人の末裔たる三宮四院には、神柱の血を継ぐゆえの権能が与えられている。

種の上位者として、ただ人に隷従を強いる絶対の発言力。

途轍もない権能だ。特に権力者であれば、これ以上ない武器と言える。

だがその半面、この強制力が三宮四院自身にも適用されるが故の欠点もあった。

嘘が吐けないのだ。

結果的にならともかく、意図的に吐いた場合には少なくない代償を払う覚悟が必要なほどに。

「誤魔化さないでください! 隠世《なばりよ》の精霊のことは、私の知識にも幾何《いくばく》かあります。あれは現世《うつしよ》より姿を消したから、隠世《なばりよ》と呼ばれるのではありませんか。ただ人に宿るなんてこと、あり得ないはずです!」

晶の手前、揉める訳にはいかなかったため言及を避けたが、隠世《なばりよ》の精霊はそれなりに知られている存在だ。

昇華を続けた精霊は、神気を宿して神霊《みたま》となる。そして昇華の果てに、神柱の頂《いただき》に昇り土地神となる。

神霊と土地神の中間、神柱への羽化を待つ状態を『隠世《なばりよ》の精霊』と呼ぶのだ。

当然にして強大な精霊力、神気を有しているのだろうが、そんな存在が現世に顕《あらわ》れる訳も無い。

「本当に嘘ではありませんよ。――私《わたくし》は、隠世《なばりよ》の精霊について説明しただけですもの。それをどう受け取るかは、本人次第です」

「それは……、では、何でそんな事を…………」

嘘ではない。では、何を誤魔化したのだろうか。

嗣穂に理由がないのなら、晶に理由があると考えるべきだろう。

そこまで考えて、天啓のように晶の漏らした呟《つぶや》きが蘇った。

――だって、俺は精霊が居ないはずで、

「まさか」

咲の知識にあっても、精霊を宿していないただ人など聞いたことも無い。

そして間違いなく、これ以上は聞いてはいけない情報だ。

「天領学院の時にも思っていましたが、咲さんは本当に思慮に長《た》けていますね。貴女《あなた》が晶さんと逢《あ》っていたのが、この件における最大の僥倖《ぎょうこう》でしょう」

嗣穂に浮かぶ微笑みは先ほどに見たそのままのはずなのに、何処《どこ》か得体の知れないもののよう。

この時点で逃れようのない深みに足を踏み入れたことを、自覚せざるを得なかった。

「咲さんは、今、衛士《えじ》の研修だったわね？　他に何か、用事はあるかしら？」

「は、はい」

余計な仕事は受けられない。言外にそう云いながら咲は頷《うなず》いた。

実際に、輪堂と久我の当主より直々に久我諒太《りようた》の抑え役を恃《たの》まれているので、これ以上の用件を兼ね合う事ができないのだ。

「内容を訊いても、………………あぁ、そっか。久我くんね」

咲が答える前に、思考を巡らせて正解を云い当ててしまった。

この分なら、その原因が諒太の性格の矯正である事も、今後に控えている嗣穂の伴侶《はんりよ》選考を見越しての指示である事も看破されているのだろう。

「なら、問題は無いわ。伴侶選考は中止になったのですし」

「………………え？」

とんでもない爆弾発言が何でもない素振りで投げ込まれ、咲の思考が完全に停止した。

「ど、どうされるんですか⁉　中等部卒業までにはお披露目のはずですよ、今から伴侶選考をやらないと間に合わなくなります！」

慌てて云い募る咲だが、それも当然だ。

三宮四院の伴侶選考は、難航するのが常である。

開始から決定までに要する時間は様々だが、一年を切ることは無いと聞いている。

嗣穂は、今年で咲と同じ12歳。残り2年の猶予で決まるかはギリギリと云ったところだ。

「その通りです。ですけど、問題は無いのですよ。輪堂の当主に話を通しても、同様の決断をしてくれるでしょう」

「……本当ですか？」

輪堂孝三郎《父》はあれでも八家の当主だ。

一度下した決断を翻意することは、仮令《たとえ》奇鳳院《くほういん》の勅旨であっても難しい。

「ええ、勿論《もちろん》。そうそう、明日は輪堂の当主が登殿する予定だったたわね。丁度良かったわ。咲さんも一緒にお出《い》で下さいな」

ふ、と咲は、滑らかな話の繋ぎ方に違和感を覚えた。

まるで予定調和の台本を読み上げているような自然な会話に、それでも隠しきれないほどの強引さ。

「嗣穂さま。晶くんが今日出した被害、ワザとですね？」

それは、ただの勘だ。

だが、そう仮定しないと、筋が通らない。

「あら。どうしてそう思いましたの？」

「岩を前にした時、嗣穂《つぐほ》さまは囁かれました」

——この大きさが対象ならば、霊気の爆散もそれなりに吸収してくれるはずですので。

あの言葉を単純に捉えたなら、あの大きさの岩だからこそ被害を抑えられたと取れる。

加えて、嗣穂は嘘を吐けないという事実が、その第一印象を後押しする。

だが、嗣穂は主語を、誰の視点かを云わなかった。

そして、霊気の爆散を吸収した結果、どうなるかまでは言及しなかった。

「……本当に、咲さんは思慮に長けていますね。

ええ、その通りです。晶さんにはできるだけ早い段階で、失敗経験を、それも寂炎雅燿《じやくえんがよう》を握った場合の惨状を、実体験込みで安全に理解してもらいたかったのです」

「何故……」

「晶さんの権利である以上、寂炎雅燿《じやくえんがよう》を抜《ぬ》刀くことを止めることはできません。ですがこれで、晶さんは寂炎雅燿《じやくえんがよう》を軽々《けいけい》に抜《ぬ》刀くことはできないでしょう。……これは、咲さんのためでもあります。

今後ですが、咲さんには晶さんの教導役に就いていただこうと思っていますので」

「教導役!?　お待ちください、教導役には奇鳳院流《くほういんりゆう》の段位が最低でも皆伝《奥許し》が必要だったはずです。私は未《いま》だ中伝の身、それに教導役に相応《ふさわ》しい者は幾らでもいるでしょう！」

「言い方は悪いですが、そちらの教導には期待していません。そちらは、阿僧祇厳次《あそうぎげんじ》に命じています。咲さんに期待しているのは、華族としての在り様、心構え全般《帝王学》です。――論国《ロンダリア》の言葉で、導き手《メンター》って云うんですって。素敵ですね」

揺るがぬ嗣穂の微笑みが、暗にこれが決定事項《勅旨》であることを告げてきた。

……逃げ道はない。

事、ここに至って、咲は一歩、深みに足を踏み入れる覚悟を決めた。

「随分と、晶くんを厚遇するんですね。理由を訊いても良いですか？」

「ふふっ。そこまで難しい話ではありません。――神無《かんな》の御坐《みくら》、という言葉を知っていますか？」

「……いいえ。無知で申し訳ありません」

「無知ではないですよ。これは、八家当主以上の者のみが、口伝として教わる条項です。詳細は輪堂の当主に訊いてください。奇鳳院《くほういん》嗣穂が、咲さんに対して口伝の開示を許したと伝えれば、当主も否《いな》やとは云わないでしょう」

「……はい。最後に、お訊きしても良いでしょうか」

「ええ」

「何故、私なのですか？」

至極、真っ直ぐに問われたその言葉に、嗣穂は喉を鳴らして笑った。

ころころと、雑味のない品のいい笑い声だ。

「ふ、ふふ。良いでしょう、理由は単純です。一つに、咲さんは八家の出だからです。通常の華族と八家では、考え方に違いがあります。晶さんに必要なのは、八家という華族の考え方だと判断したからに過ぎません。二つに、咲さんは輪堂の出身だからです。久我法理《ほうり》の縁者であったなら、私も対応を変えていました。正直、あの者は野心が過ぎます。晶さんの教導には向かないでしょう」

一つ、二つと指を立てて説明を続ける。

そして、三本目を立てながら、嗣穂は最大の理由を口にした。

「最後に、咲さんが女であるからです」

艶然と、年端も行かぬはずの少女が嗤《わら》う。

それは、あどけなさを拭い落とした、紛《まご》う事なき支配者《おんな》の顔であった。

「基本、教導役には男性の方が就くと思っていましたが」

「剣技を伝えるに必要だから、です。真に教導足り得るのは、女性を於《お》いて他なりません。――男性《おのこ》を立てて、一歩下がり、寵愛《恋に恋させて》を利用し、閨《ねや》で情熱をもって囁《導》いてやりなさい。次代の栄華を望むなら、適切に男性の手綱を取ってやるのです。咲さんには、晶さんの警戒を解《ほぐ》して信頼を繋ぐことを期待しています」

要は、教導役と間諜《スパイ》を兼ねろと云《い》っているのか。

「……何か、晶くんに懸念でも？」

「万朶《ばんだ》や阿僧祇の手前ああ云いましたが、怪しさが無い訳ではありません。特に収入に関して、矛盾が幾つか見られます」

「収入？」

「気付きませんでしたか？　晶さんは、第8守備隊に卸している回気符を主な収入源として頼っていると」

沓名ヶ原《くつながはら》への道中での、嗣穂と晶の何気ない会話を思い出す。

頻《しき》りに晶の日常を気にしていたが、ただ、下々の生活が珍しいのか程度にしか考えていなかった。

「回気符の卸値《おろしね》は、10枚束で1円《1万円》です。それを週に一度卸しているのですから、月に4円《4万円》」

「……かなりの大金ですね」

平民であっても、立場による貧富の格差は相当に存在する。

長屋暮らしの少年だと、恵まれている収入だろう。

「いいえ、全く。符を書く和紙や墨、特に霊力を限界まで込めた閼伽水《あかみず》は値が張ります。それらを加味すれば、純利益は月に3円《3万円》が良いところのはず。そこから長屋の木戸賃《家賃》と食費を引けば、何とかとんとん回るといったところですね」

「……とんとんとはいえ、回っているんですよね？」

「更に、尋常中学校に通われていると。華蓮《かれん》の生まれなら無料ですが、洲外出身の晶さんは学費を支払っているはずです。ここまでくれば、回気符の収入だけでは完全に足が出ますね。――なのに晶さんは、ギリギリでもまだ生活を見渡す余裕があった」

つまり、別口で何らかの収入の伝手《つて》があるという事だ。

「私に、それを訊き出せと？」

「合法なら問題ありません。が、違法ならば、晶さんに気付かれないように外科手術が必要でしょう。何でしたら、事業を譲ってもらうのも良い。要は晶さんの身辺を綺麗《きれい》にしておきたいのです。収入なら、私の方で用意できますし」

――キ、キキッ。

嗣穂の言葉が終わるのを待っていたように、蒸気自動車《スチームモービル》が甲高いブレーキ音を立てて停止する。

気付けば何時《いつ》の間にか、1区にある輪堂の玄関口がライトで照らされていた。

「――着いたようですね。それでは咲さん。明日、鳳山《おおとりやま》でお待ちしていますね」

「…………はい」

これ以上は話す気はない。その意思を感じ取る。

まだ心残りはあるが、無理矢理に呑み込んで咲は頷いた。

照らし出されたライトの向こう側に、咲の姿が消えていく。

それを見送ってから、ようやく嗣穂は帰途に就いた。

「……よろしかったのですか?」

車内の沈黙を破り、和音が短く問いかける。

「構わないわ。命令では無く、自然にそうなってくれるのが理想だから。咲さんも晶さんを憎からず思っているみたいだし、今は、教導役として疑似的な相棒として意識させるだけで充分」

咲には伝えなかったが、咲に期待されている役目はもう一つある。

神無《かんな》の御坐《みくら》が伴侶と決定したとしても、洲外からの横やりが無くなる訳ではない。

洲に留まるのは、神無《かんな》の御坐《みくら》の意思一つだからだ。

万に一つでも、神無《かんな》の御坐《みくら》の来訪が叶うのであるならば、5洲のいずれも血眼になるだろう。

だからこそ、神無《かんな》の御坐《みくら》を繋ぎ止める最大の鎖として、女性を利用する。

無意識に好意を寄せてくれる女性と云うのは、男性にとって無意識に受け入れやすい魅力《プレミア》となり得るからだ。

——輪堂咲はその先鋒、側室候補の筆頭に目されていた。

血相を変えた輪堂孝三郎《こうざぶろう》が娘の咲を伴って鳳山の敷居を跨《また》いだのは、登殿はおろか開門にもやや早い、翌日の早朝の事であった。

◇

ＴＩＰＳ：隠世《なばりよ》の精霊について。

精霊は時間やその他の要因で成長する。これを昇華と云う。

その、精霊が昇華する大まかな段階に人間が名称を付けたものの一つ。

下位精霊での発生から始まり中位精霊、上位精霊、神霊《みたま》、土地神と変化するが、神霊と土地神の間には空白期間が存在し、この期間を隠世《なばりよ》の精霊と呼ぶ。

蝶に例えるならば羽化を待つ蛹《さなぎ》に近いが、実際のところは不明。

# 閑話　鍛錬を重ねて、敗北を重ねる

「征《セイ》イイイッツ‼」

阿僧祇厳次《あそうぎげんじ》が放つ裂帛《れっぱく》の気合が、人気《ひとけ》の失せた道場に響き渡った。

気合に負けて強張った晶《あきら》の肩口を、情け容赦なく厳次の竹刀《しない》が叩き落とす。

「が‼」

激痛から垂直に膝が落ちかけるが、その前に厳次の蹴りが晶の腹を捉えて体躯を壁際まで蹴り飛ばした。

数十人からの練兵の鍛錬にも耐えて除《の》ける杉板の床と壁が、厳次の剛力に重く撓《しな》って悲鳴を上げる。

「晶ぁっ！　寝てる暇は無いぞ！」

鍛えているとはいえ細い腹に剛脚が直撃したのだ。

激痛に悶絶する晶に、それでもすかさず慈悲の無い厳次の怒声が投げつけられた。

「お、押忍《おす》っ‼」

よたつく足に必死に活を入れつつ、何とか木刀を構え直す。

厳次を少しでも待たせたら、倒れていようが何だろうが手加減抜きの一撃が晶を襲うと、身に染みて理解しているからだ。

「どうしたぁっ！　気ィ抜けてるぞぉっ‼　やる気ねえならぶっ倒れてろぉっ‼」

「――っっっ‼　まだやれますっ‼」

号砲じみた厳次の挑発が飛び、晶の双眸に火が点《とも》る。

心の中で豺狼が牙を剥き出す儘《まま》に、晶は木刀を握り直して道場の中央に立つ厳次の正面へと戻った。

中段に構える少年の身体《からだ》が精霊力を帯び、気息に肩が揺れるたびに精霊光が舞い散る。

――対峙。

開始の合図は最早なく、晶は開始の白線から正中に沿って踏み出した。

一足一間。滑るような歩速から一気に最高速に。

追い詰められた痛みから、精霊力を練り上げる余裕は無かった。

――必然、精霊技に及べる訳もなく、攻め足中段から厳次の懐へと飛び込む。

驚きの滲む厳次の眼差し。その肩口目掛けて、晶は木刀を叩き落とした。

がつり。鈍く軋む樫と竹が、互いの身を削り喰《く》い合う。

この日、初めての真面《まとも》な手応え。しかし意識する余裕も無いままに、晶の脇腹を撫で斬ろうとする竹刀の軌跡を返す木刀で弾《はじ》き返した。

巨石の如く巍々《ぎぎ》と揺らがぬ厳次の佇まい。精霊力を練り上げないままに、晶は間合いの深みへと更に踏み込む。

斬撃が翻り、噛み合う音が十数合に渡って響く。晶が放つ斬撃の悉《ことごと》くに、それでも厳次の足元は揺らぐ様子を見せない。

だが、ここまで喰らいつけたのだ。この機会逃すまじと気迫を籠めて、晶の肩口へと落ちる厳次の竹刀を払い上げるように弾いた。

僅かに上がる厳次の脇に、ここが鉄火場と晶の精霊力が燃え上がる。

猛暑に負けぬほどに際と映えた熱量が道場の空気を塗り替え、

――晶の纏《まと》う精霊力が励起寸前の光芒を放った。

奇鳳院流《くほういんりゅう》精霊技、初伝――。

「――鳩《きゅう》しょっ⁉」

高熱の塊が猛るまま、正眼に剣筋を振り下ろし、

――叩き落ちる木刀の切っ先を摺り抜けるように斬り上げられた厳次の竹刀が、晶の顎先を捉える。

暑気の猛る昼下がりの道場に、この日何度目かの小気味のよい音が響き渡った。

遅番を終えた翌日、と、り、あ、え、ず、は実戦を耐えうる技量に達したと判断された晶は、厳次との模擬仕合に臨んでいた。

無論、同じ条件で戦えるわけがない。

厳次の武器が竹刀であるのに対し、晶は木刀、それも質が悪いとはいえ芯鉄に魂鋼《たまはがね》が仕込まれた木刀を渡されていた。

竹刀は精霊力を宿さない。取りも直さず、それは厳次が精霊技を行使できないように自分を縛ったことを意味している。

流石《さすが》に道場を破壊する恐れがあったため、現神降《あらがみお》ろしだけは行使しないことを最低条件として、晶は精霊技を行使できる武器を振るうことを赦《ゆる》された上で厳次と相対した。

――そして半日後の結果。

満身創痍《まんしんそうい》を体現したかのような風体で道場の隅に転がる晶の姿が、模擬仕合の惨憺《さんたん》たる結末を周囲に示していた。

「よぉーし、まぁまぁといったところだな」

対して、一撃も晶に許す事なく仕合を終えた厳次は、汗に塗《まみ》れた道着の衿《えり》を直しながらそう呟《つぶや》く。

挫けそうになる戦意を鼓舞して厳次に尻を蹴っ飛ばされて、必死になって喰らいついた仕合の顛末をまぁまぁの一言で締めくくられるのは納得がいかなかったが、反論する気力も無いまま晶はよたつく足取りで道場の中央へと戻る。

「……さて、仕合の講評へといこうか。

先《ま》ず何故、晶《お前》は敗けたと思う?」

「それは、……隊長の方が強いから、ですか?」

「阿呆《あほう》。それは理由でも何でもない、敗けたお前が自分を慰めるための言い訳だ。確かに俺はお前より強いが、逆に云えば何故、俺が強いのかと考える事ができるだろうが」

「それは、………………」

確かにそうだ。身体の大きさ、体重、力、経験、駆け引きの機微。厳次が強い理由は多々挙げられるが、衛士《えじ》だからの一言で納得して、晶たち練兵はその理由を思考に上らせた事すらなかった。

ぐるぐると思考の迷路に入り込み、押し黙ってしまった晶をしばらく眺めてから、徐《おもむろ》に厳次は講評を切り出した。

「お前が敗けた理由自体は単純だ。精霊技の本質を理解していない、この一点に尽きる。思い出してみろ。仕合中、お前は真面《まとも》に精霊技を放てたか？」

「……いえ」

思い返せば確かに初伝を放つ前か途中で、厳次から一撃を叩き込まれている。

「他の呪術より精霊技が戦闘で優位に立てる最大の理由は、行使に至るまでがどの術よりも早いからだ。千年の昔に陰陽師《おんみようじ》が廃れたのも、呪術が顕現するまでに精霊技は数発撃ち込めるという実戦での不利が浮き彫りになったからだと云われている。……陰陽師でありながら武芸に傾倒した奴が俺の友人にいるが、そいつも防人《さきもり》と渡り合うためにかなりの無理をしていた」

手拭いで顔を拭きながら諭すように続ける。

「戦闘に於いて最も重視すべき要訣は、情報を除けば何を措《お》いても速度だ。速度に勝れば攻撃は当たらないし、最も効果的な一撃を優先して叩き込む事ができる。

——お前の敗因は、この優先順位を誤った点にある」

「……精霊技を出す速度が遅かったってことですか？」

「違う。確かに精霊技は、陰陽術よりも行使速度に優れている。だが行使する意思を挟む以上、身体に染み付いた剣技よりも遅くなる。……先刻の仕合、お前は精霊力を練り上げる事を優先して、俺は剣技に集中していた」

それがお前の敗因だ。そう締めくくられた厳次の言葉に、腑に落ちない晶の表情は納得よりも困惑の色を強める。

「…………………つまり、隊長が最初に竹刀を選んだ理由って」

気付いたか。晶の困惑ににやりと笑ってみせる。

「そうだ。対人の仕合に於いて精霊技よりも竹刀の一撃の方が速いからだ。精霊技を覚えたての小僧共は、とかく行使《つかい》したがるからな。そんな奴らに一泡吹かせるためのカラクリが、この仕合の主旨だ。——だが、これで身に染みただろう？」

精霊技は、穢《ケガ》レに対して強力な有効打たり得る手段の一つではある。それでも結局のところ有効であって絶対ではない。

結局、最後に恃《たの》めるのは、日々に修める鍛錬の量《素振りの数》ということだ。

呵々《カカ》と破顔一笑し、厳次は納得のいかない表情を浮かべる晶の頭を乱雑に撫でた。

「隊長！　俺、もう13ですよ！」

「俺からしたら未だ13だ。——そんなに不貞腐《ふてくさ》れるな。随分と叩きのめしたからな、午後の鍛錬は早上がりにしといてやる。昼飯を食ったら帰っていいぞ」

明後日の方向に撥《は》ねた髪を手櫛で戻しながらも、晶は昼餉《ひるげ》の後の解散に喜色を浮かべる。

嬉々として道場を後にする現金な晶の姿を見送り、厳次は未だ痺れる両掌に苦い笑みを浮かべた。

記憶に去来するのは、晶が垣間見せた技量。

攻め足から滑るような初速への移行は、確かに武芸者が目指す秘奥の一つ。

——練達を極めれば、一歩三間すら可能とするという。まるで飛翔の如きその歩法は、地を縮めたかと錯覚させるために縮地と呼ばれる。

未だ粗く、初動も目立つ。技術というよりも身体能力に任せた側面が大きいが、それでもこの仕合中に自力で編み出したのであるならば驚嘆すべき才覚だろう。

「もう、竹刀相手じゃ物足りんってか。……化け物め」

「――お疲れ様です、叔父《おじ》さま」

「お嬢ですか、何時《いつ》からそこに？」

苦々しく独白を漏らす厳次は、背中に掛かる声に振り向いた。

外鍛錬《走り込み》に行っていたはずの咲《さき》が、道場の裏戸に立つ姿を認める。

独白は聞かれなかっただろうか。それだけを気にしながらも、気配を感じ取れなかった事に厳次は咲の成長を覚えた。

「晶くんが最後に蹴飛ばされたところです。叔父さまを出し抜けたのなら、私の隠形術も合格かしら？」

「それを専門にしないのであるならば、ですがね。それはそうとお嬢の願い通り昼は上がらせますが、これで良いんですかい？」

「はい。お気遣いありがとうございます、叔父さま」

くすくすと淑女らしく咽喉《のど》で笑って身体を翻《ひるがえ》し、晶の背中を追って道場の外に姿を消す咲を見送る。

その後背に、守り手に任じられていた頃には終《つい》ぞ覚えた事の無かった女性としての確かな成長を認識して、厳次は郷愁に似た慶《よろ》びを隠す事ができなかった。

◇

昼餉《昼食》を終えて己の長屋を目指す帰途の上、晶は珍しく独りではなかった。

長く続く田圃《たんぼ》の畦道《あぜみち》、雲一つない炎天下の日差しに3人の影が黒々と足元に蟠《わだかま》る。

「――咲お嬢さま、ありがとうございます」

「いいえ、私じゃなくてセツ子さんにお礼を云《い》って。私は気付かなかったし、用意したのもセツ子さんだし」

「ほほほ。殿方の食べる量なんて、お嬢さま方にとってみればまだ将来《さき》の経験ですものねぇ。――野菜は足が早い《腐り》ので乾物と目刺し《鰯の丸干し》、糒《ほしい》もそれだけ有れば数日は保《も》つでしょう」

がさり。腕の中に一抱えほどの膨らみをした布袋を持ち、その確かな重みに晶は昂揚を隠せなかった。

袋の中身は糒、この量であれば節約すれば一週間は食い繋げる。

防人になったとはいえ俸給も未だの晶にとって、咲のくれた食料は正に干天の慈雨とも云えた。

流石に1人で運べる量ではないため、運搬には咲や輪堂《りんどう》家の手伝いである芝田《しばた》セツ子の手を借りざるを得なかったが、それでもその手間にも心地よいほどの頼もしさしか覚えない。

浮ついた気分のまま長屋に辿り着くと、いつも通りハル《オ婆》が長屋の門前で露店を出していた。

晶の足音を聴きつけていたのか、薄い灯りしか捉えられないはずの盲《めしい》た視線が晶に向けられる。

「――オ婆《ババ》、ただいま」

「お帰り、晶坊。今日は随分と早いね」

「偶《たま》にはね。野菜、何がある？」

「甘唐辛子と茄子《なす》だね。味噌汁にどうかね？」

脇に置かれた笊《ざる》に盛られた野菜の山を弄《まさぐ》って、底の方から大振りのものを幾つか掴み取った。

朝に採れた青い香りが新鮮さを主張する。

「幾ら？」

「15厘《15円》だよ。……珍しいね、晶坊に連れがいるとは。勘坊《カンぼう》じゃないね、女とは明日は雨のようだ」

手渡された厘貨を器用に指先で数えてから、オ婆は晶の隣に立つ咲の方へと顔を向けた。

盲ていても鋭い誰何《すいか》の視線から咲を守るかのように、芝田セツ子が前に一歩踏み出る。

「無礼ですよ。こちらは輪堂の御息女、咲さまに御座《ござ》います。老婆殿、長屋主と見受けましたが？」

「如何《いか》にもさ。ああ、脚も目も云う事を聞きたがらなくなって随分経つんでね、こんな格好《なり》の婆ァはお目汚しだろうがご容赦願うさ」

ひゃひゃ。掠《かす》れた咽喉《のど》で一笑し、長煙管《女持ち》をぷかりと吸う。

如何にもな態度にセツ子が熱《いき》り立つが、咲の制止に黙って引き下がった。


こんな場末に華族の淑女が来るなど、本来はあるはずもない事態である。

オ婆のあからさまな挑発は警戒の表れだ。本来は咎めるべきであろうが、異物たる自分たちが弁えるべきだろうと咲が配慮した結果であった。

「……問題ありません、老婆殿の邪魔をする気は無いわ。

晶くん、荷物を入れましょう。部屋はどこかしら？」

「は、はい、奥から二つ目です」

「ほほ。お嬢さまは此処《ここ》でお待ちくださいませ。──あまり、殿方の部屋を覗《のぞ》くものでもないでしょう」

会話から不穏当な響きを感じていたが、それより食料に浮き立つ心が勝る。

特に深く考える事はせずに、セツ子に促されるがまま晶は案内に立った。

◇

「……そう警戒しなくても結構ですよ。私たちはこちらの長屋に何かしようとは思っていませんから」

「吹けば飛ぶような長屋だよ、お嬢さまが何かをするなぞ思ってもいないさ。……だがね、あたしらにとっちゃ八家のお嬢さまは拝して見上げる虎と蟻だよ。お嬢さまが身動きするだけであたしらは潰れるのを受け入れるしかないのさ。──そこんところは分かってほしいね」

かつん。手の甲に長煙管の首を叩きつけて、煙草の吸い止し《すさ》を地面に落とす。

長屋の奥を睨《ね》めるように視線を巡らせると、長屋主の勘気に触れることを怖れたのか、突っかえ棒を立てただけの窓枠が幾つか、ガタリガタリと音を鳴らした。

「……ええ、老婆《オババ》殿の懸念はよく理解しているわ。私たちは長居も頻繁に顔を出す事も無い、それを長屋の方々にもよく云い含めてちょうだい」

「……長屋に興味はない、やはり晶坊が目的だね？　あの子に何用かね。あたしが拾う前から随分と苦労した子だ、華族さまの玩具《がんぐ》扱いには物足りなかろう」

「晶くんが苦労したのは知っているわ。彼の教導に私が就いたから、生活も見ておこうと思っただけ」

「……まあ、良いさね。隠すとこの無い古長屋だ、面白くもなかろうが存分に見てっておくれ」

ふん。つまらなそうに鼻を鳴らして、新たな煙草を長煙管に詰める。燐寸《マッチ》を擦って煙管に火を点《とも》す姿は、何とも云えず様になっていて何処《どこ》か婀娜《あだ》があった。

「――咲さま、お待たせしました」

不意にかけられたセツ子の声に、暫しの沈黙が破られる。

2人が振り向くと、何時の間にか晶とセツ子が長屋前に立っていた。

晶には悟られない程度に、僅かに咲の双眸が沈む。

――セツ子の表情が、何処か強張っていたからだ。

自身の感情が表面に浮かばないよう、努めて明るく声を上げる。

「セツ子さん、お疲れ様。――晶くんも、足りないものがあったら遠慮なく云ってちょうだい」

「はい、咲お嬢さま。今日はありがとうございました」

晶は気付いていないだろう。

明るく返すその口調は、咲への感謝しかない。

それに気付いて、内心の何処かで罪悪感を覚える。

――それを曖《おく》にも出さずに、咲は笑顔で応えてみせた。

「それで、晶坊。あのお嬢さま方は、何しに長屋くんだり《此処》に足を運ぶ羽目になったんだね？」

「食い物だよ。防人になったたって話したろ？　俸給前に蓄えが尽きるんじゃないかって恵んでくれた。倉の入れ替えって云ってたから、糒も大盤振る舞いだぜ。今日は焼味噌を入れた雑炊鍋だ、オ婆も食うかい？」

「……そうさね、折角だ。一杯ご相伴《しょうばん》に与《あずか》るとするよ」

穏やかに去っていく2人の背中を見送る晶に、オ婆は短く問いかけた。

返った応《いら》えも、当たり障りの無い理由のついたそれ。

杞憂かとも頭の片隅に思うが、華族の人間にそんな安直な善意は存在しない事をオ婆は骨身に染みて知っていた。

絶対に何か思惑があるはずだが、オ婆ではその中身を看破できない。

――だがまあ、悪意じゃあ無いだろうね。

平民を潰すために掛ける手間では無い。ならば少なくとも悪い意味ではないだろう。

そう呟《つぶや》いて、オ婆は自分の警戒心が鳴らす警鐘を慰めた。

◇

◇

「――それで、セツ子さん。何か判ったの？」

「はい。少しですが、興味深いものは見られました」

じりじりと夏虫が鳴く田圃の畦道を急ぐ咲の歩調は、やや勢い込んだものであった。

食料をやや多めに与えた本当の理由は、晶の住まう部屋の位置と内装を実際に見るためである。

咲も覗ければ結果としては最上だったのだが、芝田セツ子の猛反対でそれは叶わなかった。

だがセツ子も輪堂家のお手伝いとして落ち着く前は、巫女《みこ》として腕を鳴らした過去がある。

その経緯が吉と出るか不明であったが、どうやら良い賽《アタリ》の目を振れたようだ。

「先《ま》ずお嬢さまにお訊《き》きしたいのですが、晶さんは回気符しか作れないと云っていましたか？」

少し沈黙してから、頷く。

守備隊に卸しているのが回気符で、それ以外はなかったはずだ。

そもそも撃符《攻撃系統》も書けるのなら、それも売ればいいだけの話だ。

隠す理由など無いはずである。

だが、セツ子は軽く首を振った。

「それは嘘でしょう。私が気になったのは、太極図とかなり本格的な風水盤です。まだ途中《書きかけ》でしたが、技術のいる精密な風水計算もしていました。龍脈も違和感なく引き込めていましたし、晶さんの部屋は風水上だけならば、かなり上質な陰陽師の部屋です」

呪符の器となる五行を補強するためには龍脈から支流を引き込む必要があるが、それには風水計算と太極図が用いられる。

しかし、最も簡易な呪符である回気符に五行の別は無く、五行を補強するために龍脈を引き込む必要は無い。

必要となってくるのは、五行が分けられてくる撃符《攻撃系統》以上の呪符からであるはずだ。

「……晶くんは撃符も書けるって事？」

ならば何故《なぜ》、そんな嘘を吐《つ》いたのだろう。

撃符も書けるのであるなら、それも守備隊に卸せばいいだけの話だ。

平民でも呪術が使えるようになる撃符は、犯罪に使用されやすい呪符でもある。

晶が犯罪行為に手を染めている可能性が濃厚になり、咲は頭を痛める。

だが、セツ子は更に深刻に首を振った。

「奥の壁際に、閼伽水《あかみず》の入った竹筒が見えました。確認できた組紐《くみひも》は2種類、最下級の鼠《小智》と最上位の紫《大徳》。回気符に鼠《小智》は判りますが、紫《大徳》の説明が通りません。――あれを消費《つか》う必要があるのは、上位の界符《結界系統》か回生符くらいです」

「…………何ですって⁉」

セツ子の言葉に込められた深刻な響きに、炎天下の中で咲は呆然と立ち尽くした。


**TIPS：風水計算について。**

**非常に面倒くさ……もとい、高度な計算。**

**基本的に用いられる場面は、土地の相を見る易占や建築などが主となる。**

**晶の場合、龍脈から支流を引き込むために使用。**

**龍脈の要となる部分を計算で出そうとしていた。**

何故そんな事をしていたのかと云うと、宿る加護の質が変化した影響で、晶は今までの龍脈で呪符が作れなくなったから。

不思議に思いながらも、自身の現状に合うように風水計算をやり直していた。

# 3話　斯《か》くて己に戸惑い、生に足掻《あが》く

咲《さき》が長屋を訪れた翌日の昼下がり。

真夏の暑気から逃げるようにして入った貸本屋で、晶《あきら》は本棚の一角に手を伸ばした。

堆《うずたか》く平に積まれた本を崩さないようにしながら、慎重に埋もれていた一冊を引き抜く。

「風水計算……」

数頁《ページ》を捲り、更に勢いをつけて流し読む。

頁が中ほどまで去った頃、使い古された叩《はた》きが晶の視界に落とされた。

「商売の邪魔だ、小僧。立って見るなら、借りてからにしろ」

「吝《けち》臭いこと抜かすなよ、爺さん。呪符関連はあんまり人気が無いんだろ、お得意様なんだから少しは負けろ」

「だから、暫くは黙っていた。内容を読まれて戻されちゃあ、商売上がったりだろうが」

腰を叩きながら奥に戻った老いた店主の眼前に、手にしていた数冊を丁寧に置く。

店主が本を検《あらた》める傍ら、晶はもう一度、本棚の背表紙を一瞥した。

店内に置かれた符術《ふじゅつ》関連の書籍は、その大半が既に目を通した事のあるものだと判り、ため息が口から漏れる。

「どうした？」

「……この店に通って長いけどよ、符術関連の書籍が少なくないか？　もう一寸《ちよつと》ばかり高度な知識を載せた本は、手に入らないのかよ」

「以前《まえ》にも云ったがな。何処の貸本屋に足を運んでも、この程度の知識が限界だ」

晶の漏らす不満は、店主にとって過去にも数回訊かれたもの。

符術の知識が載せられた書籍は、貸本屋界隈にとって総じて人気の無い分野であるからだ。

その理由の一つが、載せられている知識が初期のものしか無いことが挙げられる。

「これじゃあ、書けても回気符が限界だ。

……神学校では最低でも撃符までは教わるんだろ？　俺にはその知識が必要なのに、こっちに流れてくる教科書は神学校でも初年度のものしか無い」

「当たり前だ。いいか、撃符《攻撃系統》の作成方法を教えるってことは、殺傷の手段を民間に広めるって事と同義だぞ。こっちに流れる書物には検閲も入っているし、符術師の家系なら撃符以上の知識は奥義書扱いだ」

検分を終えた本を整え、算盤《そろばん》を弾《はじ》いて晶に値段を見せた。

予想通りの金額に、それでも晶は無言で端数を切り捨てて返す。

店主は鼻を鳴らして舌打ちを一つ。本音は不満も無かったか、支払われた銭貨を掻き集めて箱に仕舞った。

ただでさえ人気の無い分野だ。借りてくれるだけでも有り難いのだろう。

「昨今、食い詰めた華族連中が逸《はぐ》れの符術師に身を落としているってなぁ、問題になっているだろう。奴らだって、平民に火を操る術なんぞ与えたく無いだろうしな。どうしても知りたけりゃあ、

神学校に進め」

「……それだよな」

「何だ。高位の華族から防人《さきもり》の推挙は貰ったんだろう？　後ろ盾が充分なら、神学校に転校も叶うはずだぞ」

「尋常中学校《じんちゅう》の教諭からも薦められているけどさ、……正直に金子《カネ》が無い」

防人となって以降に実感させられた事実の一つが、防人と云《い》う職業の支出額である。

精霊器の手入れに必要な、特殊な鉱油と砥の粉。錆を拭うための鯨油も、高騰が続いて地味に痛い。

おまけに戦闘が発生すれば瘴気《しょうき》による腐食は避けられないため、ほぼ確実に制服と羽織は修繕に出さなければならない。

防人と華族は、基本的に同義である。つまり、常に見た目に気を遣わねばならないからだ。

ここまでくれば、防人として跳ね上がった収入であっても、蓄えなどできはしない。

――武士は食わねど高楊枝《ようじ》。とは、よく云ったもんだ。

華族としての意識なんぞは欠片《かけら》も無いが、衛士《えじ》や防人は守備隊の顔でもある。

晶の後ろ盾となってくれた奇鳳院《くほういん》や輪堂《りんどう》家には、せめてもの体面を取り繕わねば晶としても申し訳が立たなかった。

「後ろ盾の華族に借金を申し込むって方法はあるが」

「これ以上の面倒を、向こうに掛ける心算《つもり》は無いさ。……借りも随分と嵩《かさ》んじまってるからな、借金までは贅沢過ぎるだろ」

「最低限、華族との距離を忘れなけりゃあ、それで良い」

「オ婆《ババ》にも云われたよ、それ」

「当然だ。大なり小なり、儂《わし》らはそれで迷惑を被《こうむ》っている。……呪符の本はこっちでも漁《あさ》ってやる。禁制品にはなるが、お前相手なら目溢《めこぼ》しされるかもしれんしな」

「本当か⁉ ありがとよ、爺さん」

縮れた紙煙草を不味《まず》そうに咥える店主に礼を云って、晶は貸本屋から熱波渦巻く日中へと踏み出した。

蒸気自動車《スチームモービル》が砂埃を蹴立てて視界を過ぎる。人も車も繁華街へと向かう流れに逆らって、晶は自分の住まう3区の郊外へと足を向けた。


行きつけの貸本屋が軒を構えている古物通りは、3区でも中央にほど近い立地にある。

華蓮《かれん》の繁華とも近く、週の終わりを目前に控えた夕刻の通りは人の流れで溢れていた。

論国《ロンダリア》から技術者を呼んだという、総煉瓦造りの銀行や高層建築《ビルヂング》。着物よりも洋装《ハイカラア》が目立つ通りを慣れた足取りで抜ける。

その内に何時《いつ》しか、晶は彩り豊かな幟《のぼり》が賑わう大通りへと足を踏み入れていた。

歌舞伎や見世物小屋が立ち並ぶ興行市の一角で、興味の惹かれるままに晶は周囲を見渡す。

裕福そうな相手を狙ってか、客呼びの口上師が一層の声を張り上げた。

「さぁさ、寄ってらっしゃい見てらっしゃい。男と女、愛憎入り乱れるは世の常か。色を移した甚助が、五分も透かぬ妻を隠して後釜据えた。後に始まる怪異事変。鬼火を燃やした付喪の行燈《あんどん》が、女の恨み然乍《さなが》らに夜な夜な男を憑《と》り殺す。……おっと、この先は見せ賃を頂かにゃいけないよ――」

「――時は600を数えて遡り、珠門洲《しゆもんしゆう》を襲うは毒に燃える大蛇の川。幼き日々に別れを告げた少年は、神柱に与る紅蓮《ぐれん》の太刀《たち》を天に掲げる。悪鬼に乗じた逆臣は、主上を討たんと兵を挙げる。さぁさ此処からお立ち合い！　絢爛たれと叫ぶ声に、父母の仇が率いる軍勢は――‼」

たんたん。勢いよく扇子で手を叩き、此方《こちら》が終われば、彼方《かなた》で口上が始まる。

舌を打つ勢いに呑まれ、晶の興味も目眩《めま》うかのように移ろった。

疲れた目線が上を向き、手前の寄席看板へと吸い込まれるように惹きつけられる。

仄暗い色調の中、目口と手が生えた行燈が男へとかぶりついている絵。

「行燈の付喪神が人を喰らう、ねぇ」

怖ろしく見えるだけの構図に、自然、苦笑が晶の口の端へと浮かんだ。

付喪神は、捨てられて忘れ去られた器物に憑依する化生の一種である。

神と名がつくもののその質は非常に弱く、憑依元となる器物が破損したらそれだけで消滅するしかない存在であった。

練兵に入隊《はい》った頃の晶ですら斃《たお》せる化生だが、安全な市内に住まうものにとっては恐怖の代名詞と映るのだろう。

芝居通りを抜けて次第に空き始める人の波を縫うと、やがて舘波見川《たてばみがわ》に架かる大橋へと差し掛かる。

石畳で舗装された橋上で淀みなく行き交う人の流れの中、何とはなしに晶の歩みに翳りが差した。

遠く、河川敷の向こうに見える一角が黒々と灼けて、剥き出しの地肌がその無惨な肚《はら》を曝《さら》している。

それは、一ヶ月前に晶が放った『彼岸鵺《ひがんぬえ》』が作り出したという光景。

……実のところ、晶には当時の記憶が全くと云っていいほどに無かった。

猛る穢《ケガ》レどもが流れる最中、熱病のような高揚に冒された晶には朧な記憶しか残っていない。

残っていたのは、それまでの鬱屈を忘れるほどに痺れるような解放感。

遠く浚《さら》う記憶は既に淡く。そして始まった忙しいだけの日々は、行き止まりにも似た充足感だけで過ぎて去る。

届かないからこそ輝いていた防人。それまでの満たされない日々が、朱華《はねず》によって満たされてしまった。

——喪うのか。また、奪われるのか。

晶の奥底で唸る仔狼が、怯懦《きょうだ》から鬱蒼とその瞼を閉じて牙を隠す。

——鈍磨している。

晶をして、自覚せざるを得ないその事実。

与えられたものが喪われる恐怖に足踏みをして、晶は日々を貪るだけの錯覚に襲われていた。

茹《う》だる日差しの中、ぼんやりと河川敷を眺めていると、その背中で蒸気自動車《スチームモービル》の急停止する音が響いた。

「──晶さん、丁度、良かったです」

「嗣穂《つぐほ》さま」

振り向く視界に映ったのは、車から降り立つ珠門洲最大の権力を有する少女の姿。

綸子《りんず》の着物を楚々と着こなすその姿は、晶の一つ年下とも思えないほどに大人びてすら見える。

それでも年齢相応のあどけなさも宿した微笑《ほほえ》みは、一ヶ月前から変わることなく晶を和ませてくれた。

「第8守備隊へと赴く途中でしたが、ここでお見掛けできて良かったです」

「阿僧祇《あそうぎ》隊長に御用でしょうか?」

「いいえ、晶さんにです。……何を眺めていたんですか?」

側役《そばやく》の少女が距離を取る中、晶と肩を並べてその視線を辿る。

黒く灼けた河川敷が視界に入り、嗣穂は得心の吐息を漏らした。

「あの瞬間《とき》の記憶を問われると殆ど朧にしか残っていませんが、随分と危険な真似を仕出かしたんだなと、今頃になって理解しまして……」

「仕方がないでしょう。百鬼夜行の最中に周囲へ気を配る余裕など、誰にも無いのですから」

あの時は無我夢中で気付かなかったが、『彼岸鵺』で灼けた跡と大橋がかなり近い。

一つ間違えれば、現在、晶が立っている場所は無惨な残骸に成り果てていたのだ。こうやって大橋に立つと、嗣穂の危惧も実感に及ぶ。

嗣穂は慰めてくれたが、為政者としてこの大橋を失うような事態を避けたいのも本音であるのだろう。困った表情がそれを物語っていた。

「俺が『彼岸鵺』を行使できたというのは事実ですか？　……恥ずかしながら、記憶にも残っていないので、自分でも信じられないのです」

「偶然できた。と、お伝えするのが事実でしょう。……奇鳳院流《くほういんりゅう》の特性、晶さんはご存じですか？」

その問いに、晶は首を横に振った。

基本的に門閥流派は、精霊技のためにある流派である。

阿僧祇厳次《げんじ》を筆頭師範として晶たち平民が屯所で教わっていたのは、飽く迄《まで》も剣技としてでしかないのだ。

晶の段位は初伝。これも急造の防人としての体裁を整えるためであり、かなりの無理と矛盾をそのままに奇鳳院《くほういん》が強硬に推し進めた経緯があった。

当然、雑多な諸々の事情など、晶に教える余裕も無い。

「奇鳳院流《くほういんりゅう》。つまり火行の特性は、威力に優れている点です。そのため奇鳳院流《くほういんりゅう》は、威力を無視して精霊技の多彩さを重視してきました」

陽の極致たる火行は、そのものが浄滅の特性を宿す。持続性に欠ける半面、一撃の重さは余所《よそ》に比肩を赦《ゆる》さないのだ。

中《あた》れば必殺。故に奇鳳院流《くほういんりゅう》は、中てる事を先んじて重視する。

その結果として奇鳳院流《くほういんりゅう》は、如何《いか》なる状況でも対応可能な精霊技の数を誇るようになったのだ。

――詰み手知らず。

どのような局面でも届かぬ一撃は存在しない、そう誇る奇鳳院流《くほういんりゅう》の異名である。

踵《きびす》を返して、嗣穂は守備隊の屯所がある方向に爪先を向けた。

僅かに急ぐ道すがら、後背に覚える晶の気配に向けて続きを口にする。

「……ですが、火行の精髄を突き詰めるならば、威力を求めるしかないのも真理でしょう。故に奇《く》鳳院流《ほういんりゅう》の奥伝は、威力を考え抜いた2種類しか存在しません」

その片方こそが『彼岸鵺』。

終わりなき火力を解放し、天へと斬り上げる大技。

「精霊技としての術式構成は非常に単純です。兎《と》に角《かく》、精霊器の限界まで精霊力《ちから》を圧縮して、相手の内部で爆発させればいい。……実のところ『彼岸鵺』に必要なのは、膨大な精霊力を臨界まで制御できる統御力です」

その一点こそが難しいという、単純な事実は口にしなかった。

本来であるならば八家であろうが素養が並外れていようが、素人が行使に臨めば、統御を外れて自身諸共に周囲を灼き尽くす結果に終わる。

神無《かんな》の御坐《みくら》という特性。晶に赦された無限の加護こそが、その無茶を許容してくれたのだ。

極言するならば、晶はただ、寂炎雅燿《じゃくえんがよう》を突き刺して斬り上げただけである。

「御心配なさらずとも、精霊力は在る以上の無茶を現世に許容しません。曲がりなりにも『彼岸鵺』を行使できた以上、晶さんに残っている課題は、意識して制御できるという技量のみです」

偶然できた結果に溺れる事無く、基礎を精進すればいい。嗣穂の説く言葉に、晶は無言で肯《うべな》いだけを返した。

　からり、ころり。嗣穂の下駄が軽やかに晶を導いて、大橋の袂《たもと》で止まる。

「どうかしましたか？」

「いいえ。……下駄の緒が緩んだかしら」

「見せてください」

　頻《しき》りに足元を気遣う少女の影に、屈んだ晶の影が重なる。

　男性に足元を許してしまい、知らずのうちに嗣穂の頬に朱が散った。

　淡い感情に動揺したか、蹌踉《よろ》けて泳ぐ手が晶の肩に支えを求める。

「あ。すみません」

「いいえ。もう少ししっかりと、肩に掴まっていただければ助かります。……ああ、やっぱり。鼻緒が緩んでいたみたいですね」

　強い日差しに生まれた濃い影に隠れて、鼻緒の結び目を解《ほど》いて結び直す。

　屈む晶が鼻緒に気を取られている内に、嗣穂の視線は少年の脇に置かれた本の背表紙を辿った。

　――風水計算と呪符の関連書籍。

　然《さ》して難解な本という訳ではない。知識にすれば神学校の初年度を過怠なく過ごせるようになる程度のものしか、その本には記載されていないはずだ。

　だがそれ以上の知識を求めても、市中の本屋では扱う事すら禁じられている。

　嗣穂の記憶が確かならば、晶の横にある書籍には制限を際で逃れたものが半分を占めていた。

　――……それが、４冊。

僅かな間だけ眦《まなじり》を眇《すが》めて、嗣穂は思考を切り替えた。

「どうぞ、嗣穂さま」

「……ありがとうございます。違和感が消えました」

「素人拵《こしら》えなので、あとは本職に恃《たの》んでいただければ幸いかと」

「あら、大丈夫ですよ。晶さんを信頼しています」

謙遜から返る晶の応《いら》えに、嗣穂は肩を揺らして少し笑った。

からり、ころり。夏日の下、涼やかな下駄の音と歩む二人。

暫くの沈黙を経て、口火を切ったのは晶の方であった。

「それで、俺に用とか。……内容を尋ねても？」

「明日は土曜ですので。あかさまとの前に、私だけでお逢《あ》いしたくて足を向けただけです」

嗣穂の言葉に、晶の胸中で疑問が浮かぶ。

珠門洲の次期当主である嗣穂は決して暇な身分ではないはずだ。

後見に立ってくれたとはいえ、見做《みな》し防人《さきもり》になっただけの晶相手に態々《わざわざ》、足を運ぶ余裕があるとは思えない。

晶の疑問を雰囲気で悟ったのか、嗣穂は笑みを晶に向けた。

「正確には晶さんは、序《つい》で、です。洲議が次の選挙を控えているとかで、その立ち合いを務めてきた帰りですね。舘波見川の沿いにある甘味処《ミルクホール》にも用がありましたし、近くに参りましたので晶さんの顔を見たくなりました」

嗣穂の指先を視線で辿る。川端と通りを挟んだその向こうに建つ、白く塗られた木造の建物が目に入った。

縁も無い場所であったために、こうやって指摘を受けなければ建っている事実すらも晶の意識には上らなかったほどに瀟洒《しょうしゃ》な外観をしている。

しかも皮肉な事実として、そこは『彼岸鵺』で灼け焦げた河川敷の真正面であったりもする。

「……あんな場所があったんですね」

「お気に入りの店が、もう少しで百鬼夜行に潰されるところでした。鎮めてくれた晶さんに感謝ですね」

……それは同時に、『彼岸鵺』で灼き尽くされる可能性が高かった場所。という事にもならないだろうか。

皮肉を疑い横目で嗣穂を流し見るが、機嫌の良さそうなその表情から細やかな感情は窺《うかが》えない。

鈴の音と共に入店すると、盛況なのか店内は客の騒めきに満ちていた。

頭を下げて出迎える店主と取引を開始する嗣穂を余所に、晶は店内に視線を巡らせる。

覚悟はしていたが、やはり晶は場違いだった。店内に腰を据えている客は見えている限り、ある程度は裕福であろうと判別できる女性しかいない。

闖入者《男性》が珍しいのか、見るからに平民でしかない晶が珍しいのか。

——あるいは、その両方か。

何が理由かも判然としないままに、無遠慮な視線が晶の身体《からだ》に突き刺さった。

「——お待たせしました。行きましょうか、晶さん」

嗣穂の促しに背いを返し、焦りを抑えながらも足早に踵を返す。

追ってくる視線が途切れ、解放感から晶は呼気を吐いた。

「何を買われたんですか？」

「牛の乳《ミルク》です。あの店は郊外の牧場との取引があるので、新鮮なものが確実に入手できるんですよ」

「嗣穂さまご自身で、ですか」

「滅多に口にするものでもないので。——文明開化の波濤《なみ》が寄せて以来、格段に生活は向上しましたが、どうにも海向こうの食事は私の趣味ではありません」

高天原《かたまがはら》でも最大に文明開化の恩恵を与っている華蓮の次期太守としては意外な呟《つぶや》きが、晶の耳朶《じだ》を打つ。

大通りを歩く二人の脇を、蒸気自動車《スチームモービル》が煤《すす》混じりの蒸気を吐き出しながら過ぎていった。

「発展するだけが良いものでは無いのですよ。奇鳳院当主《母さま》は利便性を優先しますが、それは私の好みでは無いのです」

「変化は避けられないと思いますが」

「そこは仕方ありません、晶さんと同じですね。——そうそう、防人になって何かと入用でしょう？　俸給前に必要なものはありますか？」

何気ない素振りで投げられたその言葉に、深く考える事も無く懐具合を思い浮かべる。

欲しいものは多くあるが、その大半が呪符に関連する知識だ。

しかし、その事実を奇鳳院《くほういん》に知られてしまえば、芋蔓式に玄生《げんせい》の正体にも感づかれる可能性がある。

嗣穂がそのことを知ればどのような行動に出るのか、晶も想像はできなかった。

「……特にはありません。必要になりましたら、お願いいたします」

「そうですか。では、その時をお待ちしています」

口籠るような晶の応え。それに気付いたものの、感情を窺わせない笑顔で嗣穂は首肯を返すだけに留めた。


「――晶、入ります」

断りを口にして屯所の事務室に入室すると、奥に座っていた阿僧祇厳次が顔を顰《しか》めながら書類に目を通している光景が飛び込んできた。

豪放磊落《らいらく》そのままの性格をした阿僧祇厳次は、当然に書類よりも現場に出る事を好む。

机の上には未決裁の書類が山と積まれるのが日常《つね》であったが、珍しいことに今日はその嵩が随分と減っていた。

何しろ、書類の奥に埋もれていた湯呑みが頭を覗かせている。前代未聞の珍事を前にして、晶の瞼が痙攣するように瞬いた。

ただ、数字に忙殺されているのか、晶の声に生返事を返す余裕も無さそうであったが。

「おや、晶くん。今日は夕方からのはずですよ」

「はい、その……」

同じく書類と向き合っていた新倉《にいくら》が、晶の入室に気付いて視線を上げる。

こちらは余裕があるのか、晶に向けて片手を上げた。

「あぁ、これですか。何、日頃の遅れを本部から突《つつ》かれただけです。――だから何度も云《い》ったでは
ありませんか、溜めてしまったら後に響くと」

穏やかな口調に、厳次の咽喉《のど》から獣の唸りに似た呻《うめ》きが漏れる。

「くそ、どう計算しても収支が合わん。誰かが呪符を大量に消費してないか」

「在庫の帳尻は合っていますから、それはありませんよ。最終の支出もほぼ合っていますし、隊長
の計算間違いが可能性として高いでしょうね」

新倉の無慈悲な宣告に、厳次は思わず天井を仰いだ。

勢い余ってか、掌にへばりついていた書類が数枚、宙を舞う。

「一からやり直しか。全く、書類仕事が憎く思えてくる」

「自業自得ですね。こちらは終わったので手伝います」

何時《いつ》もの事なのだろう。軽く肩を竦《すく》めて、新倉が厳次の机上にある書類を一掴み持ち上げた。

自身の机上に書類を戻そうとして、漸く晶の後背に立つ相手に気付く。

「――随分と楽しそうな会話ですね」

「こ、これは、嗣穂さま！」

「は⁉　いや、これは、その……」

事務室の中に入った嗣穂は、晶と肩を並べて苦笑した。

守備隊を超えて洲の頂点に立つ少女を前にして、醜態を見られた厳次が直立不動で立ち上がる。

剽軽《ひょうけい》とも見える慌てぶりに、嗣穂は思わず肩を震わせた。

「気負う事はありません。第8守備隊には、晶さんの顔を見るために寄っただけです。お忍びですので、殊更に咎める心算《つもり》は無いですよ」

「これは、……参りましたな」

咎めないと約されても、高位の相手に対して痴態を見られたことには変わりない。

誤魔化しと愛想に苦く笑う厳次は、所在なく蟀谷《こめかみ》を掻く。

大柄な阿僧祇が態度に困り果てる姿で一頻り笑いに過ごし、嗣穂は表情を改めた。

「――とはいえど、阿僧祇にも用がない訳ではありません。百鬼夜行に於《お》いて其方《そなた》が示した武功、当主である我が母、奇鳳院紫苑《くほういんしおん》も甚《いた》く関心を寄せられました。この大功は甲三等をもって応じていますが、恩賞が定まっていません。何か希望があれば、奇鳳院《くほういん》の名に於いてできる限り応じる用意があります」

その言葉に事務室の雰囲気が引き締まる。

嗣穂が直接の断言で応じたという事は、珠門洲に於ける白紙手形《しらかみてがた》を貰ったに等しい。

要は厳次の要求に対し、奇鳳院《くほういん》は必ず応じると約束したのだ。

「それは、何でもよろしいので？」

「無論。とはいえ、奇鳳院《私たち》に応じ得る中で功に見合う内容を、という但し書きは付きますが」

つまり余程でなければ叶うと、言に断じられたと等しい。

「これは、……魅力的ですな。――では、四方山《よもやま》話としてお訊《き》きしたいのですが」

「聞きましょう」

「衛士《えじ》を中心とした遊撃部隊の発足と、練兵を中心とした援護組織の設立。その支援に確約を戴けるのは？」

厳次の言葉に、嗣穂は僅かな瞬きと返した。

物品か何かの要求を寄せてくると思っていたのだ。少女が予想していた内容の中に、厳次の要求に応える基準が存在していない。

「……詳細を」

「先だっての山狩りの時に痛感しましたがね。各守備隊に配置されている衛士は三名前後、決定的に充てる人数が少ないんですよ。

せめて後二人は、衛士の応援が欲しい。そうすれば、選択できる作戦の幅が増える」

「——守備隊の既存組織図には無い部隊の設立を要請したい訳ですね。守備隊の運営権限は……、万朶《ばんだ》ですか。成る程、私に恃む訳です」

騒ぎ立てるしか能の無い俗物の顔が記憶に浮かび、嗣穂は苦笑を返した。

特に阿僧祇厳次は嫌われている。進言しても真面《まとも》に取り合わないか、握り潰している結末しか思い浮かばない。

否《いな》、実際に握り潰されているのだろう。

突然に訪れた恩賞の機会にも拘《かかわ》らず、厳次は政治が絡む難しい内容の判断を迷うことなく嗣穂へと委ねてきた。

間違いなく、万朶に提案しては却下されるを数度は繰り返しているのだろう。

「結論から云えば、可能です。

但し奇鳳院《くほういん》に可能なのは、設立の許可と基礎運営の資金提供まで。

部隊を維持するために必要となる資金の上積みは、依怙贔屓《えこひいき》と成り兼ねない事が危惧されますので」

「……了承しました。もう少し、計画を詳細に練り直します」

ただでさえ守備隊は資財喰《カネく》い虫だ。結構な資金を融通しても周辺の村から善意の炊き出しを受けていないと、直ぐに立ち行かなくなる程度には汲々《きゅうきゅう》としている。

現在、華蓮の守備隊は11番隊まであるが、これをもう一部隊、それも衛士を中心とした部隊を興すとなれば、間違いなく運営維持に破綻を来《きた》す。

「許可は当主に願っておきましょう。実現可能段階になれば、直ぐにでも許可が下りると考えておいてください。……もう一方は？」

嗣穂の促しに、厳次は苦く口元を引き締めた。

遊撃部隊の立ち上げは、これでも難が少ないと判断した選択肢だ。

となれば、残りは有無も云わさずに却下される可能性が高い。

「正規兵と練兵を中心とした援護組織の設立を、黙認していただきたい。目的は戦闘でなく、平民の避難誘導を中心とした交戦回避と専守防衛の組織です」

その意味を理解するにつれ、嗣穂の眼差しが鋭さを増した。

「……黙認と口にした以上、それが何を意味しているのかは理解していると判断します」

年齢《よわい》12の少女からの指摘に、厳次は首肯だけを返した。

交戦回避、専守防衛。聞こえは良いが、裏を返せば戦闘を前提としているという事でもある。

現在、高天原に於ける戦闘組織の体系は、央洲《おうしゅう》に近衛隊、同列やや下位として各洲で守備隊を指揮運営。諸領地に配備されている守備隊は独自に運営されているものの、洲太守である四院からの貸与という体裁が取られている。

明言するならば、高天原はそれ以外の戦闘組織を擁する権限を認めていないのだ。

そこに別体系の、それも平民出を中心として構成される武力組織という一石を投じる。

それは奇鳳院《くほういん》のみならず、他洲にも影響を及ぼす明確な越権行為になってしまうのだ。

黙認するからどう、という問題ではない。

「間違いなく、今回の功程度では見合いません。

奇鳳院《私たち》のみならず、残り4洲の黙認を貰って漸く可能性の目が出るといったところですね。

何故《なぜ》、そのような組織を？　理由を聞かせてください」

「……阿僧祇の領地は、記憶に御座《ござ》いますか？」

「10年前の話ですね。南葉根《なばね》の東端から降りてきた、百鬼夜行に踏み潰されたと」

嗣穂の指摘に、厳次は硬い表情で首肯した。

南葉根山脈は、壁樹洲《へきじゅしゅう》から延びる巨大な木行の龍脈でもある。それは同時に無数の瘴気溜《しょうきだ》まりを有するという意味でもあり、10年前に厳次の故郷は、ここから降りてきた無数の穢レ《ケガ》に呑まれて珠門洲の地名から消えたのだ。

「領主《父》を始め領地の民にも、随分と犠牲が出ました。

あの時、平民や練兵たちだけでも避難を優先させてやれば良かった。

……今でもそれが、心残りでして」

「忠義に篤《あつ》い者たちが多く犠牲になったと聴いています。禅向《ぜんこう》、枳楽《しぎょう》。——夜剱《よつるぎ》」

「……夜剱、ですか？」

嗣穂が呟《つぶや》いたその家名に、晶は驚いて視線を上げた。

祖母が助力を恃《たの》めと口にした、その家名。

「夜剱がどうかしましたか？」

「いえ。……その、珍しい名前だなと思いまして」

詳細を聞きたい衝動が晶を急《せ》かしたが、結局、口を噤んで誤魔化す事を選んだ。

上手《うま》く逸《はぐ》らかされてくれたのか、嗣穂は首を僅かに傾《かし》げるだけで至極あっさりと晶の知りたかった事実を口にした。

「そうですね。古くから奇鳳院《くほういん》に忠を尽くしてくれた一族だと。

夜剱は代々が陰陽師《おんみょうじ》の家系で、浄化に秀でた家系だったと聴いています」

「陰陽師、ですか」

「はい。火行を基礎とする非常に珍しい陰陽師でして、特に呪符の大家として知られていました。

そしてもう一つ、彼らは神器を保有する一族としても有名でしたね」

「！」

晶は驚いて視線を上げた。その視線に何を感じたのか、嗣穂も真っ直ぐに視線を返す。

絡み合う真摯なそれは僅かな後に、誰からともなく離れていった。

八家以外の華族であっても、ごく稀に神器が与えられる事実を晶は思い出した。

所領に宿る土地神が、土地の歴史を象として鍛造した神器。

大神柱の神器には及ばないものの、歴《れつき》とした権能を有する存在だ。

「夜劔の領地が瘴気溜まりの水底に在る今、過去を惜しむだけの銘《なまえ》でしかありませんが。非常に強力な神器だったそうですよ」

「そう、ですか」

祖母の死から3年。こんなところで祖母の実家の顛末を知る羽目になるとは、晶も予想だにしていなかった。物思いに沈む晶を横目に、嗣穂は厳次に向き直る。

流石《さすが》に、この要求をそのまま呑む訳にはいかない。

他洲との交渉に隙ができるだけでなく、政治的な弱みを幾つも作り兼ねないからだ。

だが、晶をここまで育ててくれた隠功もある。無下に却下するには、嗣穂も負い目から気が咎めた。

「願うところは理解しましたが、それには守備隊の下部組織辺りが落としどころですね。無論、自由裁量は認められません」

「は……」

問答無用の却下が出ないだけ、非常に甘い結論である。

無理を頼んでいる自覚はあるのか、反論も無く厳次は感謝から首《こうべ》を垂れた。

「部隊の新設は1つまで。最低でも、先刻に述べた条件を解決、若しくは回避できる案を提示いただければ黙認を考えます」

「感謝申し上げます」

抜け道を探せと暗に伝え、嗣穂は踵《きびす》を返した。

やるべき事が増えたのは、彼女も同じである。

会釈を残して事務室の扉を開けた嗣穂の背中に、漸く思考から覚めたか晶の声が投げられた。

「……嗣穂さま」

「はい、何でしょうか？」

「先程の神器の銘を、お訊きしても良いでしょうか？」

隠す必要も特にない。嗣穂はその銘を舌の上に乗せた。

「——夜刀《やと》。それが彼らの象徴でした」


「お疲れ様です、姫《ひい》さま」

屯所前で待っていた側役《そばやく》と合流して、蒸気自動車《スチームモービル》に戻る。

2人が乗り込んだ事を確認して、運転手がエンジンの取っ手を回し始めた。

——やがてエンジンに火が入り、遠慮ない駆動音が車内を満たす。

「和音《かずね》。夜劔という華族は、記憶にあるかしら？」

「……私の記憶には、憶えが及んでおりません」

側役の少女が申し訳なさ気に口にする言葉に、叱責することも無く嗣穂は頷《うなず》いた。

夜劔の一族が滅んで10年。それも、百鬼夜行という災害の涯《はて》に踏み潰された小領の華族でしかない。

当時ですら市中では話題に上りもしなかったし、直ぐに人々の記憶からも薄れて消えたはずだ。

珍しい家名などと云えば、その前に口にした枳楽の方が、余程にらしい。

その家名に反応する以上、夜劔と晶に何らかの関係があると判断するのが順当だろう。

先刻に覗かせた感情が、負に因るものでない事を祈るばかりか。

――それに、晶が持っていた呪符の本も気にかかる。

市中に出回る本に載っている回気符の術式構成には、意図的な無駄が幾つか配置されている。

本来の目的は術式の理解を促すためであるが、逆算すれば作成者の技量をある程度測れる指標にもなるのだ。

……晶は最低でも界符を作成するだけの理解に到達していると、入手した回気符の解析で結果が出ていた。

用途が。そして奇鳳院《くほういん》に隠そうとする意味が不明である。

「……考える事が増えていくわね」

流れゆく車外を眺めながら、嗣穂は悩ましい情報に沈んでいった。

# 4話　魚を追いて、釣り人を釣る

呪符組合の受付は、相も変わらず盛況を極めていた。

取引を待つ広間《ロビイ》では洋装の洒落人《しゃれびと》たちが幾つもの輪を作り、何ごとかを愉し気に話し合っている。

そうかと思えば、明らかに符術師《ふじゅつし》とも見えない丸眼鏡《まるめがね》の男たちが、壁に掲げられた黒板の方を見ながら深刻そうに算盤《そろばん》を弾《はじ》いていた。

——明日の市場に流れる呪符の値を読もうと目論む、相場師たちだ。

正規に登録されている符術師の取引は、競売制に移行される。

定額のままだと、もっとも単純な回気符だけを作成すれば儲《もう》けが出るようになってしまうからだ。

だからこそ、更に儲けを望むのであるならば、より上位の呪符を適切な枚数、作成する事を促す必要がある。

だが、人数《かず》の限られている符術師しか、呪符を供給できない問題が潜在的に存在していた。

値段の変動にはかなりの幅がある上、回気符に次いで難易度の低い撃符であってもそれなりの高値がついてしまうのだ。

変動制のままでは、値段の高騰《インフレ》が制御できなくなってしまう。

その緩和策として、登録されていない野良の符術師が持ち込む呪符は、常に設定された最低の値段で取引されていた。

実際のところ、登録されていない符術師との取引は違法でしかない。

登録されていないという事は、撃符《攻撃系統》を作成し得るものが市中に潜んでいるという事実の指摘と同義であるからだ。

しかし、呪符を作成しうる技能を持った者が限定されている昨今、呪符組合は忸怩《じくじ》たる思いを抱えて野良との取引を黙認するしかなかった。

そんな野良の一人である玄生《げんせい》と呼ばれる老人が、回生符の取引を終えて組合の外へと姿を消した。

誰にも意識を向けられること無く、扉が揺れてやがて止まる。

松笠裕子《まつがさゆうこ》は、仮漆《ニス》の光沢《つや》が艶めく受付越《カウンター》しに襤褸《ぼろ》を着た老人を見送って暫く、自身の椅子に沈み込んで大きく息を吐いた。

予想はしていたから気落ちは無かったものの、結局、玄生を説得できなかった事を後で3区支部長《上司》に突き上げられるだろうと考えると、幾分か気が重くなったのだ。

交渉のコの字も知らん相手《上司》が、こっち《現場》の苦労も知らずに外野で喚《わめ》き立てるのだから、不快感もいや増すというものだ。

……と云《い》うか、その上司が元々の原因なのだから、始末に負えない。

自分の失態《ケツ》は自分で拭《ふ》け！　淑女に有るまじき言動で怒鳴りたくなる衝動を圧《お》し殺して、カウンターに突っ伏した。

――しかし、玄生が銘押しを承諾しない理由が、今一つ理解できない。

今日の提案は、細かい内容は違えど結論として、銘押しの提案と組合の加入を目的としている事は同じだ。組合の意向が大きく影響しているのは当然だが、玄生の利益が大きいのもまた事実なのだ。

大人であれば、何かしらの利益と不利益を天秤《てんびん》に掛けて判断を下す。様々な選択肢を提示して玄生の反応を見たが、選択肢を挙げるたびにどんどんと拒否の姿勢が固くなっていくのを肌で感じたのだ。

このままいっても手詰まりなのは明白で、相手の嫌厭感《けんえんかん》を煽《あお》るだけになる前に話を切り上げたのがつい先ほどだ。

「――松笠君。玄生殿は帰られたかね？」

「支部長……。はい、先ほど帰られました」

諸悪の根源《上司》が背中から声を掛けてきたので、思い切り嫌そうな表情を作ってから、振り向きざまに余所《よそ》行きの笑顔を向けてみせた。

職員の間でもちょび髭《ひげ》と陰口を叩《たた》かれるその男は、媚《こ》びた笑顔で裕子の背後に寄ってきた。

帰った頃合を見計らって此方《こちら》に接触してきたところを見ると、先だって、玄生の機嫌を大きく損ねた事実程度は自覚していたのだろう。

「それで？　玄生殿は何と？」

「お伝えした此方の提案は、すべて拒否されました。

……やはり、一筋縄ではいきませんね」

「ちっ、あの爺《じじい》ィ。此方が大幅に譲歩したのにすべて蹴《け》ってくれるとはな。何処《どこ》まで自分を値上げすれば気が済むんだ」

交渉の不発に上司の表情が歪《ゆが》む。

こちらが付かず離れずの関係を維持し続けようと動いていたにも拘《かかわ》らず、相手の了承も得ずに銘押しの登録と印鑑を製作したのは目の前の男である。

仲介料とは別に小金を懐に入《ピンハネ》れようと、しみったれた犯罪を画策した奴《やつ》の台詞《せりふ》とは思えない暴言を吐いた。

因みに、守備隊関連に玄生の情報が流れたのも、この男が何も考えずに動いて情報屋《ネズミ》にすっぱ抜かれたからで、玄生に落ち度は一切ない。

序《つい》でに、情報屋《ネズミ》は組合の本部《うえ》にも情報を回し売って、３区支部が必死に隠していた、効力の高い回生符を作成し得る玄生と云う手駒の存在を知られたのだ。

本部から成果を要求されて突き上げを喰《く》らっているのは、間違いなく裕子の責任でもないだろう。

しかも、多少無茶でも玄生を組合に加入させなければならなくなったという、手痛い失敗を犯したにも拘らず、この男が華族のやんごとない血縁というだけでたいして責任を問われていないというのが、更に腹立たしかった。

「……支部長。先日もお伝えしましたが、今回の交渉は捨てる予定のものでした。玄生様が組合に加入されない理由を探るための一手に過ぎません」

「ふん。それで、何か判ったのか？」

「いえ、様々な選択肢を提案してみましたが、玄生様のお気に召すものが無かったようです。提案を練り直して、再交渉ですね」

「どうせ金子《カネ》だろう？　積み増ししてやれ」

「それは無いでしょう。あんなに効果の高い呪符を作成できる技量があるのに、あの程度の収入で文句を云ってなかったんです。玄生様の譲れない一線は別にあると見るべきです」

「ち、いいか、早急に結果を出せ。でないと本部方の査察が入る。そうなったら、俺の評価が落ちてしまう。お前もただでは済まないんだぞ」

聞き逃せないその言葉に、思わず相手の目を見返した。

裕子の知る限り、支部長の小遣い稼ぎは現在のところ、玄生の一件限りだ。査察が入ってもそこまでの問題にはならないはずだった。

「支部長。真逆《まさか》と思いますが、他にも何かやってないですよね？」

あるなら早《は》よ云え。そう言外に要求すると、支部長の挙動があからさまに怪しさを増した。

――マジか。こいつ、何かやらかしてやがる。

「お、憶測で物を云うな！　失礼だろう‼」

「……前例を掘り下げるのは、失礼ではありません。支部長、迷惑を被るのは知らなかった職員もなんですよ！」

「無い。無いったら無い！」

形勢が悪くなり、手を振って話を強引にぶった切られた。

話は以上だと云わんばかりに、強引にその場を去る男を睨《にら》みながら、裕子は自身の身を守る手段の模索を決意した。

◇

夕陽の差す大路を、襤褸を着たままの晶《あきら》は帰途を急いだ。

大通りですれ違う通行人たちの幾人かが、老人を装う晶の肩とぶつかり迷惑そうに過ぎていく。

熱気の籠《こ》もる吐息を吐く晶の脳裏を過《よぎ》るのは、呪符組合の提案に関連した内容であった。

これまでと違い、玄生が銘押しを作る事に問題は少なくなっている。

極論。奇鳳院《くほういん》の威光を借りれば、登録に伴う様々な問題の解決は可能だからだ。

だがそれは、奇鳳院《くほういん》の威光であって、晶自身のものでは無い。

晶にとって奇鳳院《くほういん》の支援とは、常に喪われるかもしれない危険性と隣り合わせのものであった。

気紛れに与えられ、飽きられたら幻と消えるかもしれないもの。

回生符の作成技術は、晶の持つ最大にして最終の収入手段だ。

奇鳳院《くほういん》に露見でもしてしまったら、晶の首に逃れようのない縄が括《くく》られてしまう。

玄生という名前が自身を護る最後の砦《とりで》である以上、晶は呪符組合からの提案を受け入れる訳にはいかないのだ。

つらつらと思考する内に、その足が何処かに誘導されるように常の帰り道から外れていく。

人と人の間を摺《す》り抜けるようにして、それでも更に奥へと晶の足が止まることは無い。

思考の迷路に嵌《は》まっていた晶がその事実に気付くには、今暫《いましば》しの時間が必要であった。

……追い込まれた。

夕刻も過ぎ、周囲が宵の闇に沈む頃。逃げる足を鈍らせた晶は急くだけの感情を宥《なだ》めながら、漸くその事実を内心で認めた。

華蓮《かれん》中央駅の裏手にある汽車を修理する工廠《こうしょう》。ぽかりと口を開けたその場所は保全の技師も帰ったのだろうか、僅《わず》かに差し込む月明かりしか残っていない。

どうやってここまで来たのか。陰陽術《おんみょうじ》の一種に特定の場所へと人を誘導する幻術が有ると、遠く朧《おぼろ》な知識の中で思い出した。

「何処だ？　出てこい」

「……勘は良いな、符術師」

工廠の入り口を塞《ふさ》ぐように、男が1人、闇の向こうから進み出る。

襯衣《ポロシャツ》の上から和装を着熟《きこな》した男が、伊達に狩猟帽《ハンチングハット》を外しながら名乗った。

「公安の武藤《むとう》だ。……玄生だな、事情を訊《き》かせてもらおう」

「――公安？」

「これでも、後ろめたいお歴々には有名だと自負していたが。防人《さきもり》の犯罪を取り締まるのが、我々の任務でね。玄生殿には、呪符の違法取引の疑いがかかっている。大人しく同行を願えれば、御老体に鞭《むち》を打つ真似はしないさ」

近年、華族の犯罪が問題視されたことで、対防人を専門とする鎮圧組織が立ち上がったという話は聞いたことがある。

だが、平民である晶にとって縁のない組織。思い出すのに数拍の間を要した。

「ここまで追い込みながら、随分と穏当な姿勢をするじゃないか。……はいそうですかと、聞くとでも？」

「思ってないから追い込んだ。当然だろう？　野良の符術師相手に、本気で意思は問わない、さ！」

台詞から流れる所作で、武藤と名乗った男は平薙《ひらな》ぎに呪符を投擲《とうてき》した。

火撃符が飛び退《の》いた晶の脇を過り、その周囲で炎が燃え上がる。

焼塵《しょうじん》を含んだ熱波が壁や地面を舐《な》め、逃げ道が塞がれたことを悟る。晶は間合いを測りながら手出しの難しい状況に歯噛《はが》みした。

――落陽柘榴《らくようざくろ》を持ってきていない時に限って！

臙脂《えんじ》の鞘《さや》に特徴的な造形《つくり》。正直、あまりにも目立ちすぎるあれは変装の邪魔にしかならないため、屯所の戦具倉庫に隠していたのだ。

仕方がないとはいえ、自身が有する最大の攻撃手段を自ら手放した格好に、腰の寂しさを応なく思い知らされる。

現在の晶が選択できる戦闘手段は、火撃符と水撃符が幾枚かだけ。

これだけで、手練《てだ》れを相手に煙に巻かなくてはならないのだ。

――……それにしても、公安が出張ってきた動機が全く分からない。

玄生は野良の符術師である。多少の後ろめたさはあるが、それは他の者もやっている事だ。

対防人の鎮圧を専門にする公安が、出張ってくるほどの問題があったとも思えない。

「お歴々に目を付けられるほど、面倒も起こした心算《つもり》は無いがね」

「高位の回生符を定期的に安値でばら撒《ま》いといて、本気で云っているのか？　呪符組合の支部が暴走しただけで収まるわけはないだろう。私たちの上層《うえ》も注目しているぞ」

「…………」

武藤の台詞に、貸本屋の店主に告げられた言葉が脳裏に蘇《よみがえ》った。

――撃符の知識も、華族の奥義書扱い。

そう考えると、回生符ともなれば推して知るべしか。

嘆息が口の端から漏れた。晶の様子を見て納得が得られたと判断したか、武藤は再度、口を開いた。

「理解できたようだな。私の上層《うえ》がお前の確保を決定した、ついてこい」

「断る」

公安に確保されるという事は、逮捕されると同義である。

その明確な醜聞に、後見に立っている奇鳳院《くほういん》や輪堂《りんどう》がどういった対応を取るのか、全くと云っていいほどに予想ができなかった。

「そう答えると思っていた！」

云い終わるや否や、武藤が振る腕に沿って呪符が2枚、暮明《くらがり》だけが渡る彼我の間合いを裂く。

地面に突き立つと同時に、周囲で盛る炎が消え、

――瞬転、晶の背後を塞ぐように土の壁がそそり立った。

「土界符かよ、金持ちめ！」

「これでも宮仕えでね。予算を気にせず戦闘ができるのは、公安の良い所だよ」

希少で知られる土行の界符。値段も相応に掛かるものを複数、惜しげもなく蕩尽《とうじん》するさまを見せつけられて、晶は思わず毒吐《どくづ》いた。

返る武藤の応《いら》えも、万年金欠の晶にとっては腹立たしい。

──絶対に逃げてやる！

決意も新たに晶は駆け出そうとして、

──盛り上がった土に、足元が固められている事に気が付いた。

「結界を二重に⁉」

戦闘に於《お》いて陰陽術が一線を退いた最大の理由は、精霊技よりも行使に手間が掛かるからである。

一見、簡単そうな簡易結界。しかし呪符を励起させたとしても、構築までに要する速度が並大抵ではない。

「行使に掛かる手間を無視できるのが呪符の利点だというのが、一般の見方だろうな。──だが私に云わせれば、精霊力の保存と術の反動を肩代わりできる性能こそが最大の利点だ」

「呪符を基点に別の陰陽術を行使したのか、……器用な真似を！」

武藤の台詞を受けて、晶は一気に精霊力を練り上げた。

立ち昇る現神降《あらがみお》ろしの内圧に、晶を封じる結界がただの土塊《つちくれ》へと変わる。

「無駄な抵抗を！」

吐き捨てられる警告を無視して、晶は火撃符を引き抜いた。

一瞬の遅滞も無く投擲。

だが、晶が呪符を励起するよりも先に、武藤から放たれた苦無《くない》がそれを叩き落とす。

晶を囲うように、地面に突き立つ3本の苦無。その先端に各々縫われた金撃符が、霊糸を散らして青白い焔《ほのお》を立てた。

呪符が燃えると同時に莫大《ばくだい》な剛風が吹き荒れて、晶を打ちのめす。

猛烈な風圧で頭巾《ずきん》と付《つ》け髭《ひげ》が宙に舞うが、それを気にするほどの余裕は無い。風圧が肺腑《はいふ》から呼吸を絞る中、晶は撃符を引き抜いた。

それと同時に暴風を総て呑み込んだ撃符が、晶の指先で燃え上がった。

――雹《ヒョウ》ゥ！

「子供⁉」

露《あらわ》になった玄生の素顔を目の当たりにし、武藤の驚愕《きょうがく》が響く。

水撃符。武藤がその文字を理解するよりも早く、視界総《すべ》てが白に染まる。

金生水。場に満ちる金気を水気に換え、水撃符一枚が霜の降り落ちる世界を顕現させる。

――惜しむらくは、晶にそれだけの術を制御する技量が無かった現実か。

苛烈《かれつ》に凍てつく衝撃が、呪符の制御限界を超えて吹き荒れた。

「がっ⁉」「素人考えの浅知恵を‼」

困惑と罵声《ばせい》が交差する。車庫に置かれていただろう書類やらが、凍てつく衝撃に揉《も》まれて千々に舞った。

狭い車庫の中、武藤の脚も衝撃に耐えるだけで動けはしない。

現神降ろしが生む彼我の身体能力差に任せて、晶は武藤へと肉薄。

その鳩尾《みぞおち》に向けて、正拳突きを繰り出した。

攻め足、正中から墜とすように放たれる剛の拳は、阿僧祇《あそうぎ》厳次《げんじ》直伝の威力を誇る。

必中の軌道と速度。必殺すら確信した晶の拳を、それでも武藤の掌《てのひら》が柔く受け止めた。

「良い突きだが、練度が足りないな！」「まだぁっ‼」

去《い》なされた拳に心を残さず、晶は踏み込む脚で蹴《け》りを叩き込む。

刃金の強靭《つよ》さを得た脚が、翔風すら捲いて体格の違う男の胴体へと迫った。

——中《あ》てる！

「甘いな」

再び得た確信は、胴体の間際で帯か蛇の如くに巻き付いた武藤の腕に阻まれる。

蹴りの勢いをそのまま、渦に巻き込まれた晶の身体《からだ》は背中から叩き落された。

「かは！」

衝撃に肺腑から苦悶《くもん》を吐いた晶の視界に、ひらりと火撃符が舞った。

——先刻に投げ捨てた囮《おとり》の火撃符。

意識するよりも早く呪符を剣指に摘《つま》み取り、半ば無意識に晶は封じられている精霊力を統御。

精霊力が封じられた呪符を精霊器と見立て、慣れた構えを剣指のままに構えた。

奇鳳院流《くほういんりゅう》精霊技、初伝、——鳩衝《きゅうしょう》。

——同時に二人の剣指が閃《ひらめ》き、轟《とどろ》く炎と衝撃が両者の間を引き離す。

火塵に身体を舐められながら、晶は工廠から吹き飛ばされるように脱出を果たした。

そのまま背を向けた晶へ、苦無が炎を穿《うが》ち追い縋《すが》る。

地面に二つ、駐機している貨車へと一つ。

続けざまに火炎が弾け、直撃を受けた貨車がくの字に拉《ひし》げて宙を舞う。

転倒する車体の隙間を掻《か》い潜《くぐ》り、晶は駅の外に向けて足を速めた。

呪符の扱いもそうだが、現神降ろしで強化されている晶を、武藤の技量は軽く凌駕《りょうが》している。

精霊器が無い現状、晶には逃げの一手しか残されていなかった。

「くそおぉっっ‼」

火撃符が油に引火したのか、勢いを得た炎が地面を舐める。

「――何なんだよっっ⁉」

這《は》うように燃え盛る炎を踏《ふ》み潰《つぶ》して疾走《はし》る晶は、いつの間にか見知らぬ少年と肩を並べている事に気が付いた。

年齢《とし》の頃は、晶よりも少し上の15辺り。

やや煤《すす》けてはいるものの仕立ての良い着物と、手には襤褸《ぼろ》切れに包まれた棒のようなもの。華族では無いとしても、裕福な家の出である事は窺える少年だ。

予想していない闖入者《ちんにゅうしゃ》に、晶は思わず誰何《すいか》の声を上げた。

「誰だよっ⁉」

「それはこっちの台詞《せりふ》だ！　他人《よそ》の迷惑も考えずに、辺り構わず燃やしやがって‼」

「俺は被害者だよ！　文句は向こう《官憲》に云《い》いやがれっ」

「追われているって事は、お前が悪いって事だろうが！　さっさと捕まれよっ」

「視《み》りゃ分かんだろ、濡《ぬ》れ衣《ぎぬ》だっ。ってか、手前《テメ》ェも疚《やま》しい所が無いなら、降参ついでに足留めくらいしてくれよ！」

「…………………」

「ほら見ろ、手前ェも後ろ暗いんじゃ無ぇか！」

「五月蠅《うるさ》いっ！　……くそ、朝まで何事も無けりゃ、汽車に乗り込めたってのに」

爆炎に焙《あぶ》られながら、二人仲良く汽車の前を回って逃げる。

――と、
逃げる足のその先が、不自然な隆起を見せて塞がれた。

「また土界符かよ……」

「また、で悪かったね。――玄生の正体が子供とは、私も予想はしていなかった」

目前に立ち上がる土の壁を前にして、踏鞴《たたら》を踏んだ二人の背に武藤の声が掛けられる。

その余裕そうな響きに、晶は歯噛みをしながら振り返った。

「そりゃ俺の台詞だ、陰陽師。気軽に前線へ出てくる身分じゃ無いだろ」

「……よく判ったな、滅多に見られるものじゃないだろう？」

「此処《ここ》まで精霊技を行使しなかったら、誰だって気付く」

呪符を併用していると云えど、結界の行使速度が異様に早い。

更に指摘を加えるなら、武藤の武装に精霊器と思《おぼ》しきものが見当たらないのが気に掛かっていたのだ。

神使《しんし》や巫女《みこ》の宣託を受けた者がなる陰陽師は、広範で精密な精霊力の行使に長《た》けているという。

龍脈の浄化や星詠みを始めとした易占を主な生業《なりわい》としており、表舞台に立つことは滅多に無い。

陽の極致にある火行は、特に陰の要素を多く持つ陰陽術との相性が悪く、珠門洲《しゅもんしゅう》に於いてその存在は滅多な事でお目に掛かれるものでは無かった。

呪符の知識を欲している晶の眼前に、その陰陽師がいるのだ。自然と晶の視線は、睨《にら》みつけるそれへと変わる。

「さて、これで詰みだろう？　一緒に来てもらおうか。……そちらの少年もだ」

「どう見ても、此奴《こいつ》は巻き込まれただけだろうが。見逃してやれよ」

「それは此方《こちら》が判断する。一旦は来てもらう事が前提だ」

くそ。晶は何度目かになる罵声を心の中で吐き捨てた。

この時代、犯罪の疑いは犯罪と同義である。余程の金子《カネ》を積まない限り、その撤回も為《な》されないのが普通だ。

――しかも、少年は後ろ暗い身上を白状している。

捕まれば終わりを理解していてか、武藤を睨みつける少年は晶にぼそりと呟《つぶや》いた。

「……おい、どれだけ時間を稼げる？」

「何で？」

「この場を逃してやる。……だから、お前も俺を助けろ」

少年の提案に、晶は僅《わず》かに躊躇《ためら》った。

晶に云えた事では無いが、眼前の少年も同じくらいに胡散臭《うさんくさ》い。

――だが、

「20秒」

「充分だ。合図をしたら、全力で耳を塞《ふさ》げ」

少年の声は晶を信じる響きに満ちていた。

信頼される。常に疑われてきた晶にとって、それは信頼を預けるに足る一歩。

「未《いま》だ抵抗する気か？　降伏するなら、手荒い真似は控えるが」

「寝言は寝てから云え！」

上辺だけ親切な武藤からの提案を吐き捨てて、晶の掌中から火撃符が舞う。

朱金《しゅきん》の精霊光が散り、勢いを増した炎が夜気を貫いた。

武藤も素早く九字を切り、極小の結界に護られた掌が襲う炎を振り払う。

――舞い散る火の粉に奪われた視線の下を潜るようにして、晶は武藤の間合いへと肉薄した。

「‼」「遅いっ」

現神降ろし。身体強化の精霊技に任せて、晶は武藤の襟を掴《つか》んだ。

防人《さきもり》と陰陽師の差は、精霊技への相性にこそある。

仮令《たとえ》、基礎の精霊技であっても、行使速度を競えば必ず防人に軍配が上がる。

剛腕を以《もっ》て奥襟を引き込みつつ背負い投げ、――巌《いわお》のような相手の体幹に、逆に上体が引き上げられた。

「は……⁉」

抗う隙もなく、体勢を入れ替えられて腰から投げられる。

二転三転、目眩《めま》う視界に思考も混乱した。

「陰陽師《おんみょうじ》だから格闘を仕掛ける。目の付け所は良いが、格闘を得手とする陰陽師がいる事も知っておいた方が良い。――正直、随分な騒ぎになっている、これ以上は暴れないでほしいな」

「かはっ」

背中から落ちたからか、重たい衝撃に呼吸が詰まる。

漸く悟る。武藤は現神降ろしを行使していない、素の体幹だけで晶の技量を凌駕したのだ。

圧倒的な劣勢。しかし、起き上がろうとする晶の眼光に武藤は気付いた。

燻《くすぶ》る輝きは追い込まれて尚《なお》、勝負を放棄していない。晶の狙いが見えず、武藤は警戒から一歩、距離を取った。

――掛かった。

「はぁ、は。……20秒だ」

晶の呟きに、武藤の対応が僅かに遅れる。

「？　……何を」

晶の視線。その先を無意識に辿《たど》り、もう一方の少年が手に持つ襤褸切れに釘付《くぎづ》けとなった。

襤褸が大きく翻り、刀の柄頭《つかがしら》が覗《のぞ》く。

「後は任せろ。――俺の血をくれてやる」

少年の宣言と同時に、古ぼけた刀が瘴気を吐き出した。

――飢《キ》‼

正者を憎悪する錆《さ》びついた啼《な》き声が、解放の悦びを唄《うた》う。

「それは妖刀か⁉　抜《ぬ》刀くな、それは…………‼」

「音を蝕《むしば》め、――音々切《ねねき》り！」

武藤の制止も僅かに遅く、白刃が虚空を裂く。

――同時に、その場に在る騒音の一切が消え失せた。

――飢《キ》、禍《カ》飢《キ》、剪《キ》、鬼イイイイッツ‼

「ぐうぅっっ」

呪詛《じゅそ》を孕《はら》んだ妖《あやか》しの叫声だけが、周囲を打ち据える。

後に残るのは、遠くの喧騒《けんそう》が届くだけの静寂のみ。

瘴気《しょうき》の波濤《はとう》で直に煽《あお》られ意識を失う武藤の傍ら、朱金の精霊力を纏《まと》った晶が身体を起こした。

「……殺したのか？」

「いいや。音を断って平衡感覚を奪ったんだ。……気絶しているだけだよ」

未だ暴れ足りないと云わんばかりに鍔《つば》鳴る刀を、鞘《さや》へと無理矢理に押し込みながら、少年は嘆息混じりの応《いら》えを返す。

その言葉に一応の安心を得て、晶は大きく伸びをした。

「なら良い。……20秒以上経っていただろ、何で遅れた？」

「何をやったかは見ただろ？　行使《つか》わずに済めば、それに越した事は無いんだ」

「……確かにな」

少年の応えに、晶は大きく唇を歪《ゆが》めた。

瘴気を放つ精霊技。そんなもの初めて見たし、そもそも、在ってはならない技術である。

「それに、……思った以上に血を使い過ぎた」

「は？」

急速に勢いを失う少年の声音に、晶は慌てて視線を向けた。

一滴、二滴。少年の腕から鮮血が滲《し》み、思い出したかのように地面に赤い染みを描く。

その視線が追い付く事無く、肩を並べていた少年が膝から崩れ落ちた。

「お、おい！」「済まんが、後は頼む。華蓮じゃ、隠れる当てが無いんだ……」

限界だったのだろう。顔面から血の気が失せた少年がそれだけを晶に託し、緩やかに瞼《まぶた》を閉じた。

「どうしろってんだよ……」

完全に静寂が戻った夜闇の中、一人残された晶は途方に暮れて天を仰ぐ。

朧《おぼろ》に霞《かす》む月が見下ろす。半鐘の打ち鳴らされる音が、遠く思い出したかのように晶を急《せ》かしてきた。

◇

「——村長《むらおさ》の御孫殿に御座《ござ》いましたか。ですが、参りましたな。身共たちも、この村を安住の地にせよと啓示を受けている身。退《の》けと云われて、素直に応じることも難しく御座います」

「それは理解している。……村に定住したいと云うならば、祖父に掛け合ってもみる」

銀製だろう奇妙な意匠の首飾りが、蝋燭《ろうそく》の灯りを照らし返して男の胸元で不規則に揺れる。視界の端でちらつくそれを手の甲で遮り、御井陸斗《みいりくと》は歯噛《はが》みしながら目の前の男にそう返した。

「こちらの言い分は、お前たちが占拠している村民たちの家屋及び家財一式の返還だ。書類上、この土地は御井家の預かりであり、お前たちには無い事も理解できているだろう？」

「それはもう、存分に。ですが、我ら『導きの聖教』がこの地に移って半年に御座います。生活も落ち着いた今になって、元の持ち主だと返却だと云われても……」

三十路《みそじ》前だろうか。まだ若さの目立つ目の前の男は、穏やかに反駁《はんばく》した。

――堂々巡りか。

先刻からの繰り返しに、陸斗は内心で吐き捨てた。

一見、物腰は穏やかだが、随分と強勢な相手である。

この遣り取りも、気付けば半日を越えようとしていた。

村に足を踏み入れた当初の意気も半ば以上に挫《くじ》けかけて、陸斗は嘆息を吐き出した。

「……もういい」「おお。では、こう致しませんか」

一旦、退《ひ》こうと決心して、陸斗は会話を打ち切ろうとする。その語尾に被せるようにして、眼前の男は初めて自身からの提案を口にした。

「『導きの聖教』の啓示を捨てよ。華族でも無い貴殿に命じられても、我が民たちも納得の行きようが無い。ですので、……」

薄《うつす》らと揺るがぬ嗤《わら》いを浮かべた男は、ぬうるりと三日月を口元に刻んで言葉を続けた。

胸元では相も変わらず首飾りがちらついて、陸斗の意識を苛《さいな》んでくる――。

◇

鍋《なべ》が沸き立ち、そこに泥鰌《どじょう》と味噌《みそ》を放り込む。葱《ねぎ》と茄子《なす》も適当に放り込んでから、お玉でぐるりと掻《か》き混ぜた。

竹で作った串《くし》に川エビを刺して火で炙《あぶ》り、水に曝《さら》しておいた糒《ほしい》を煮込んで雑炊にする。

慣れた手つきで朝餉《あさげ》を仕込む晶の背後で、気配がもぞりと蠢《うごめ》いた。

「起きたか？」

「……ああ」

起き抜けの嗄《しわが》れた声が晶に応じ、少年が仏頂面で土間の端に腰を掛けた。

「迷惑を掛けた」

「いいさ、お互い様だ。朝餉《メシ》にしようぜ、血が足りないんだろ？」

交わした言葉は少ないが、少年の呟きから何が起きたかは類推している。

精霊技が消費するのは精霊力だが、瘴気を操る術なら別の何かを費やさなければならないはずだ。

間違いなく、現行の陰陽術とは相容れない外道邪法の類《たぐい》。多くを指摘する事も憚《はばか》られて、晶たちは沈黙のままに食事へと勤しむ。

やがて腹もくちくなる。食事の後の沈黙を先に破ったのは、晶の方であった。

「ま、とりあえず。晶だ」

「……御井陸斗。匿《かくま》ってくれたこと、感謝する」

姓を持っているという事は、華族であろうか。

華族の姓に詳しく無いとはいえ、聞き覚えの無い響きに晶は内心で首を傾《かし》げた。

「華族さまか。態度を改めた方が良いか？」

「元華族でね、今は平民と変わらない。……御井の姓は時代の名残だ」

「へぇ。……ま、俺も平民だから御井殿と立場は変わらないが、礼節に気を遣わなくていいのは助かる」

「陸斗で良い。壁にある羽織は防人のものだろう、華族じゃないのか？」

何と返したものか。当然の指摘に、晶は返答を迷った。

沈黙は僅かに、隠す事でも無いかと思い直す。

「長屋暮らしを見りゃ分かるだろ。あれは、見做《みな》し防人ってやつだ」

「ああ、聞いたことがあるぞ。先月だったか平民が百鬼夜行で大功を納めたとか、鴨津《おうつ》でも話題になっていた」

「それだ。……鴨津？」

あまり縁のないその響きに、晶は眉根《まゆね》を寄せた。

知らない訳ではない。海外との取引を唯一許された、高天原《たかまがはら》南端にある長谷部《はせべ》領の領都だ。

海外貿易の入り口であり、その恩恵もあってか華蓮に次いで繁華している領都として、有名な港町。

「……華蓮には用があって来た」

「あれか？」

晶は、土間の片隅を視線だけで指し示した。その片隅の暗がりに立てかけられている、呪符の貼られた刀。

気にはなっていたのだろう。明白《あからさま》に安堵《あんど》した表情で、陸斗は首肯を返した。

「土間より上は龍脈を引いているからな。正直、あんな穢《けが》れたものを持ち込むには抵抗がある。扱いはあれで勘弁してくれ」

「そうか、仕方ないな」

あれが善くないものだということ、、、、、、、のは充分に自覚が在るのだろう、渋る口調にそれでも納得の響きが混じる。

「──それで、あれは何だ？」

「……妖刀だ」

訊《き》かれたくないのだろうが、ここまできたら一も十も訊くは同じだ。

敢えて踏み込まれたその話題に、陸斗は口籠《くちご》もらせながら言葉短く応じた。

「……妖刀ってあれか？　抜けば血を欲しくなるとか、魅入られて辻斬《つじぎ》りに走るとか」

「ああ、それだ」

胡散臭いものを見る目で陸斗を見るが、その表情に揺らぐものは見られない。

疑う感情のまま、晶は刀へと視線を滑らせた。

「夜半に何度か、勝手に鍔が鳴った。生きているみたいで気味が悪いんだが……」

「実際、此奴《こいつ》は生きている。妖刀ってのは、付喪神《つくもがみ》の一種だ」

「付喪、──おい、化生じゃないか！　何で後生大事に持ってやがる⁉」

「安心しろ。界符で封じてあるし、抜刀しない限り動く事は無い」

付喪神とは、長い事使われた器物に憑依《ひょうい》する化生の事である。偶《たま》に市中で手足を生やした皿が暴れるが、割れてしまえば消滅するだけの雑多な存在に過ぎない。

通報を受けて到着するまでに自滅していた事例もあるほど、脆《もろ》い化生という印象が晶を含めた一般の見方であった。

付喪神なら対処も容易《たやす》い。宥《なだ》める陸斗の声に、浮きかけた腰を渋々と下ろす。

「付喪神なら倒した事があるぞ。槍《やり》の一突きで消滅しただけだが」

「晶が知っているのは、精々が瀬戸物に憑いた奴等《やつら》だろ。皿に襲われて死ぬような間抜けは稀《まれ》だろうが、包丁の付喪神ならどうだ？」

「それは……、確かに危険だな」

陸斗の問い返しに、晶は口籠もった。皿なら兎《と》も角《かく》、包丁に襲われたなら怪我もする。

つまり付喪神は、憑く対象によって脅威が変化する化生という事か。

「此奴は刀の付喪神って事か？」

「……いいや。精霊器に宿ったものが妖刀だ。元が精霊器だからか、瘴気に馴染《なじ》んで尋常じゃない異能も持つ」

「周囲から音を消したあれか？」

「ああ。大体が呪術の模倣だが、強制力が高くて此方《こちら》の防御を貫いたりする。威力の高い異能なら、能力に満足していない防人《さきもり》が偶に手を出す。まぁ、行使《つか》えば神経が瘴気にやられていくから、大抵は直ぐに自滅するんだが」

「随分と物騒なものだな、どうやって手に入れた？」

「……二日前に盗んだ」

晶の確認に苦い表情を浮かべながら、陸斗は正直に経緯を白状した。

「……先刻も云《い》ったが俺の家系は元華族でね。その名残から俺の祖父は、長谷部領の西で村長をしていたんだ」

山間《やまあい》の自然港を埋め立てる事で成立した鴨津の街は、華蓮よりも土地が限られている。

そのため、鴨津は発展の恩恵を余す事なく独占し、周囲の村々は歴史から取り残されるような生活を続けてきた。

陸斗の祖父が村長を務める立槻《たちつき》村は、周囲と同じく取り立てて特徴のない小村の一つであったという。

――穏やかに過ぎるだけの日々であったが、今年の春先に異変は起きた。

「祖父からの伝聞だが、ある日に起きると村人が全員居なくなっていた」

「は？」

脈絡も無いその展開に、晶は唖然《あぜん》と口を開けた。

一つの家族がいなくなるだけならば夜逃げか離散を疑うだけだが、村人全員なら話も違う。何かの陰謀かと大騒ぎになりそうなものだが、村の戸数も十余りと少ないために見過ごされたらしい。

無人となって暫くの後、空き家となった家屋に見知らぬ一団が住み着いたのだ。

「『導きの聖教』って名乗るそいつらは、村民の家財を奪って我が物顔で暮らしていると。祖父が返還を要求しても、梨の礫《つぶて》だった」

「鴨津の領主は？」

「……御井の家系は、代々、鴨津の領主と折り合いが悪くてね。精霊器を無くして平民落ちしてから立場も弱く、今回の陳情を訴えても耳に入れてくれなかった」

陸斗たちの家族が住んでいる鴨津の商家に祖父が協力を求めた事で、今回の事件が発覚したのだ。

「村人は？」

「周辺に散らばって暮らしていた。理由を聞いても、何かと曖昧《あいまい》な答えしか返ってこなくてな。

『導きの聖教』が外道邪法を行使したのは確実だが、直接の被害も無い手前、村人たちの立場も無い。――俺は『導きの聖教《奴ら》』を掣肘《せいちゅう》するべく、一足早く立槻村に戻ったんだ」

◇

見も知らぬ者たちが我が物顔で祖父の村を占拠する光景が、陸斗の記憶に蘇《よみがえ》った。

『導きの聖教』を率いているという異国の長衣を着た男が、勢い込んだ陸斗の前に立つその光景。

己たちの奉じる神柱からの啓示を受けてこの村に落ち着いたという『導きの聖教』は、神柱からの啓示が無い限り自身たちも退く意思はないと応えた。

何度繰り返しても堂々巡りで終わる協議。一旦、距離を置こうとした陸斗に、神父《ばどれ》と名乗る長衣を纏《まと》った男は代案を持ち出した。

「――華族でも無い御井家の方々に従う理由は御座いませんが、華族の方が村長として寄る辺なき我らを導くと決意されるのであるならば、話は別に御座います」

「御井家に俺《たち》どうしろと？」

口元に三日月を刻み、薄らと嗤《わら》う神父は滴るほどに甘い毒を吐いた。

「お孫様は中位精霊を宿していると見受けられます。であるならば、華族に返り咲きたくはありませんか――？」

抗弁の声を上げようと、陸斗の唇が僅《わず》かに震える。

だが結局、嘯《うそぶ》く男に対して陸斗は反論を叩《たた》きつける事はできなかった。

◇

「——御井家が華族から落ちたのは、精霊器を失ったからだ。精霊器さえ入手できれば華族へ戻るには容易いってのが、その男の言い分だった。……妖刀だって元は精霊器だ。これを立槻村の神社に納めれば、俺たちは華族として鴨津の当主に認めてもらう事ができる」

「罠《わな》だろ。精霊器だろうが妖刀だろうが、簡単に入手できるってんなら誰だって苦労しない」

この類の勧誘は、晶も呪符組合でよく見た事がある。

晶が関わる事は無かったが、華族くずれの符術師《ふじゅつし》が引っ掛かる詐欺の常套手段《じょうとうしゅだん》だ。呪符組合の受付に被害届が絶えないのも知っている。

「……分かっている。そもそも、『導きの聖教』は、過去、高天原に対して侵略を企図した宗教だ。こいつらが高天原の神柱に膝《ひざ》を折る訳がない」

「それが判っていて、何で話に乗った？　素直に頷《うなず》く連中じゃや無いだろ」

「音々切《ねねき》りの異能だ。音を消す異能の対象には、陰陽術の真言《マントラ》も含まれる。——つまり音々切りは、陰陽術を無効化する効果を備えているんだ」

妖刀の異能は陰陽術の模倣が大抵だが、音々切りの異能は群を抜いて希少性が高い。

陰陽術殺しと云う一面こそ、陸斗が狙った本当の目的だった。

陸斗を襲った異変は一つ。

「……村の異変には、何かの呪術が関与していると思っているんだな？」

「ああ。効果から見て、村人たちを惑わせているのは認識阻害の結界か何かだ。正気さえ戻ってくれれば、人別省に戸籍のある俺たちの立場の方が強い」

「呪術を掛けた下手人として一番怪しいのは、『導きの聖教』の代表を名乗っている神父《ぱどれ》とかいう男だよな。……そんな簡単にいくか？」

「余裕が無いんだ。秋までは良くても、冬に入れば家財の無い村人たちは行き詰まってしまう」

立槻村は簡素な村だが、井戸や畑も揃《そろ》っている。それすら失った村人に、生き残れる可能性が有るはずはない。

「……陰陽師を頼って呪術を解くのは？」

「珠門洲では陰陽師の頭数が少ないのは知っているだろ。俺にも少しだけ知識はあるが、あれだけの呪術を解呪できる陰陽師なんてそうはいない」

「なるほ…………。待て、陸斗は陰陽師なのか？」

「数代前、華蓮に望まれるほどの陰陽師を出した事が家系の自慢でな、実家の倉には陰陽術の奥義書が眠っている。……現在《いま》は『導きの聖教』が占拠しているが」

自身が求めていた陰陽術の知識を目の前にして、晶の咽喉《のど》が知らず鳴った。

この件の解決で恩を売れば、貸本屋の店主が犯罪に手を染める前に知識の入手が叶《かな》う。

その事実は、陸斗の事情に手を貸すことを晶に決意させた。

「なぁ、立槻村を奪還するのに手を貸してやろうか」

「……何が目的だ？」

「陰陽術の奥義書。有るんだろ？」

「確かに有るが、算段はあるのか？」

云い募ろうとする陸斗を抑えて、晶は必死に思考を巡らせた。

陰陽術の奥義書が目的であるのは事実だ。だが、晶にとって本音はもう一つある。

騙《だま》されてはいたが、陸斗は護るべき村民と家族のために無茶を犯したのだ。

晶には与えられなかった家族や護るもののため、陸斗は様々なものを懸けた。

――結果はどうあれ、その事実が晶にとって何よりも眩《まぶ》しいものであった。

「……公権に渡りを付けよう。陸斗の持っている情報と引き換えにすれば、立槻村の問題に手を貸してくれるかもしれない」

「昨日の今日で公安に交渉を持ちかけるのは悪手だろ？　間違いなく恨まれているぞ」

「もっと上位《奇鳳院》に話を持ち掛ければ、向こうだって不満を呑《の》み込んでくれるさ」

幸いにも、今日は土曜。晶は悪戯《いたずら》に口元を綻《ほころ》ばせた。

嗣穂《つぐほ》は渋るだろうが、朱金《しゅきん》の少女は振り切れた果断さを何よりも好む。

――神柱に愛された少年の脳裏に、傲慢《ごうまん》な程に可愛《かわい》らしい童女の微笑みが浮かんでいた。


**TIPS：呪符の値段について。**

**呪符組合が定める呪符の値段には、基本的に下限が定められている。**

**だが、組合が求める最低値のみで取引がされた場合、回生符を1枚作成するよりも回気符を10枚作成した方が効率よく儲《もう》けを出せてしまう。**

**故に、上位の呪符を作成するモチベーション維持のため、組合に登録している符術師の呪符は競**

売での取引となる。

競売制で固めてしまえば値段が青天井になってしまうため、公的に名乗れない符術師の呪符を下限値で取引して値段高騰の緩衝材に中《あ》てていた。

玄生の回生符は高威力に過ぎたため、噂が広がるにつれて公《おおやけ》で取引ができない呪符になりつつあった。

誰のせいかと云えば、小銭稼ぎのために裏取引を素っ破抜かれたちょび髭《ひげ》のせい。

# 5話　絡まりて解け、一歩を刻む

――統紀3999年、文月《7月》30日、南部珠門洲《しゅもんしゅう》、万窮大伽藍《ばんきゅうだいがらん》にて。


「晶《あきら》、晶や。ふ、ふ。よう来た、よう来た」

「晶さん。ようこそ、お出で下さいました。どうぞ、ごゆるりとお過ごしください」

華やかな灯りに満たされた万窮大伽藍の奥から、機嫌の良さそうな朱華《はねず》が、晶の方へと歩み寄ってきた。

朱華の向こうでは、奇鳳院嗣穂《くほういんつぐほ》がにこやかに歓迎の意を見せる。

「一週間ぶりです。朱華さま」

最初と2度目はあの世が幻視《み》えるほどに緊張をしたが、数度も過ぎればさすがに慣れる。

対する晶も、二人に倣って穏やかに応じてみせた。

「のう、晶。もそ、と近《ちこ》うに。一緒に座ってたも」

晶が座る足の間に、朱華が幼い身体《からだ》を滑り込ませるように収めてみせる。

立ち昇る伽羅《きゃら》の香《かぐわ》しい幽玄の芳香と共に、幼くも艶《つや》やかな微笑みで晶を見上げた。

「のう、のう。変若水《おちみず》を呑《の》むかや？　嗣穂が蘇《そ》を煎《せん》じてくれてや、肴《さかな》にどうじゃ？」

「ええ。先日に頼んだ牛乳が良く仕上がってくれまして、是非ともご笑味くださいな」

「ありがとうございます。……いただきます」

それは、何時《いつ》か晶が望んだ風景。

何処《どこ》までも心穏やかな、還《かえ》りたいと願った団欒《だんらん》の中にある笑顔であった。

◇

「……『導きの聖教』の事を、晶さんから願われるとは思ってもみませんでした。長谷部《はせべ》の領主からも、問題の解決を願われている一件ですね」

話を訊《き》き終えた嗣穂の一声に、晶は驚いて目線を上げた。

「御井陸斗《みいりくと》からは、素気無《すげな》く袖《そで》にされたと聴いていますが」

「表向き、そう返しただけでしょう。寒村とはいえ、地理的には鴨津《おうつ》の喉元《のどもと》。占拠されて完全に無視では、そこが折り合いの悪い華族の地元であっても領主の資質が疑われます」

「では、陸斗の心配は杞憂《きゆう》だと？」

僅かに安堵《あんど》を滲《にじ》ませた晶の声音に、嗣穂は軽く頭《かぶり》を振った。

「そう的外れでもありません。――願われた内容は、村一帯の地均《じなら》し。つまり、村ごと無かった事にして、新しく土地を拓《ひら》く許可ですので」

返されるその意味を理解して、晶の表情に渋さが増した。

「御井家ごと磨《す》り潰《つぶ》す心算《つもり》ですね」

「恐らくは」

晶が出した結論に、嗣穂は軽く同意を返した。

『導きの聖教』の信徒ごと、不満のある家系を消し去る。それは非常に合理的な解決方法だろう。

特に、侵略を企図した過去を持つ『導きの聖教』を鏖殺《おうさつ》する機会は、長谷部領の領主にしても千載一遇の機会なのだから。

「陸斗と云《い》う少年は、華族に返り咲くためと唆《そその》かされて妖刀を盗み出したのですね」

「はい。嗣穂さまの耳に、その類《たぐい》の話は届いていますか？」

「……いいえ。妖刀を封じている黄泉神社《よみのやしろ》からは、報告を貰《もら》っていません。晶さんの読み通り、妖刀の出所は隠匿を企んだ華族かと」

晶からの問いかけに、嗣穂は眼差しを僅かに伏せた。

妖刀の所在は把握しているが、それに関連した騒動の情報は伝わっていない。直近、数日の事と問われたならば、尚更の事である。

焙《ほう》じ茶《ちゃ》を淹《い》れながら、嗣穂は慎重に言葉を選んだ。

「確かに、妖刀は精霊器が穢《ケガ》レて成るものですが……。残念ながら、御井家が華族に返り咲く理由にはならないでしょう」

「やはりそうですか。……陸斗も、その辺りは承知していたようですが」

「誘導はされていても正気を保てていますか。――それは朗報ですね」

嗣穂の応《いら》えに、晶は生蘇《なまそ》の欠片《かけら》を口に放り込みながら思案に暮れた。

珠門洲の最高権力を持つ少女の協力を得るためには、できる限り真実を口にするしかない。

珠門洲の頂点たる奇鳳院《くほういん》の次期当主を味方に付けることができたならば、晶は大手を振って鴨津に向かうことができるからだ。

玄生《げんせい》と公安の一件には触れないよう注意を払いつつ、晶は慎重に口を開いた。

「村人を縛っている呪いを解くためにも、俺に鴨津へと向かう許可を下さい」

「……それは晶さんが、ですか？」

「はい。俺が直接、向かいます。陸斗には、異能を以《もっ》て村人を解放した後に妖刀を放棄する事を納得させていますので」

晶の願い出に、嗣穂は思案を巡らせた。

晶の申し出は嗣穂の予定に丁度良かった。直近の視点だけを見れば都合も良い。……だが、性急過ぎるのも確かだ。

「――晶の願いじゃ、良いであろ。嗣穂、聞いてたもれ」

「あかさま。……はぁ、仕方ありませんね」

それまで沈黙を保っていた朱華が、華やかに微笑んで迷う嗣穂の背中を押す。

己が奉じる神柱の決断を受けて、嘆息を一つ、嗣穂は晶の視線を見返した。

「その前に、晶さんは『導きの聖教』について、どれだけご存じですか」

「全くと云っていいほどに知りません。聖教を名乗る以上、神柱を奉じているのが判るくらいですか」

「高天原《たかまがはら》では、その程度ですね。――元は『アリアドネ聖教』の分派に過ぎません。ただ、聖アリアドネの本義を無視して、過激な思想に走った過去を持っています」

「あ、そっちなら、中学校の世界情勢の授業で聞いたことがあります」

答えながら、記憶の片隅をひっくり返す。

「西巴《せいは》大陸最大の宗教？　でしたか。確か、波安素沃《ヴァンスイール》って国に総本山があるとか」

「はい。その認識だけで充分です。波国《ヴァンスイール》は、自身が擁する神柱、聖アリアドネを主神とした教義を西巴大陸に広めることで、勢力を拡大してきました」

「くふ。人を愛し過ぎた故に、人の欲望を抑えられなくなった憐《あわ》れな神柱《かみ》よ」

「勢力の拡大？　どうやってそのような事を可能にしているんですか」

一つの龍穴を支配できるのは、一つの大神柱のみ。

これは晶とて知っている常識だ。

一つの神柱が複数の龍穴を支配する事はできないし、その逆もまた、不可能だ。

すなわち、龍穴がもたらす霊気以上の恩寵《おんちょう》はどうやっても引き出せないし、一つの国が大陸を席《せっ》捲《けん》する事は、理屈上、不可能なはずである。

「どのような事柄にも、抜け道は存在するものですよ。……彼らは自身の教義において、聖アリアドネこそ真にして唯一の神柱であり、それ以外の神柱はアリアドネの配下であると。即ち、神柱の数だけ『アリアドネ聖教』の分派は成立し得る事になっています」

「…………………」

あまりにも傲慢なその思想に、晶はしばし絶句した。

「――『アリアドネ聖教』を主教に戴《いただ》いた嘗《かつ》ての波国《ヴァンスイール》は、分派の繋《つな》がりを広げ続ける事で本来の思惑を超えて拡大を続けてきました」

「本来の思惑とは？」

「人をより完全なものとして昇華する。……『アリアドネ聖教』の目的は、護るべき人の暴走によって頓挫《とんざ》したと聞いています」

神柱の偉業を以てしても無理があるとしか思えない。

月並みだが、改めて聞かされるとそういう感想しか浮かんでこなかった。

「別に珍しい思想でもありませんよ。晶さんでも身近なものでは、涅槃教《ねはんきょう》も同じ目的を以て広められたものです」

「涅槃教って、お寺のやつですよね？」

「はい。涅槃教は潘国《バラトウシユ》発祥の宗教ですが、3千年ほど前に海を渡って高天原に根付く事に成功した宗教でもあります。死後の世界、つまりただ人が死んだ後の次の生を説く教義なのですが、これが民衆に広く受け入れられた経緯を持ちます。元々潘国《バラトウシユ》は、東巴《とうは》大陸を霊的に支配する目的で涅槃教を布教したのです。高天原に来たのは、その一環ですね」

「……高天原は、潘国《バラトウシユ》に侵略を受けているんですか？」

そこまで信者の数は無いとはいえ、涅槃教は高天原において一般的な宗教だ。

特に、葬儀に関しては、涅槃教が一手に引き受けていると云っても過言ではない。

だが、嗣穂は静かに首を振って、晶の疑問を否定する。

「涅槃教の布教には成功しましたが、東巴大陸の支配に関しては大きく頓挫したため、そうはなっていません。抜け道は所詮《しょせん》、抜け道。正道にはない危うさがあります」

嗣穂は充分に熱が通った急須《きゅうす》に茶葉を落とし、じっくりと湯と馴染《なじ》ませた。

「唯一神と定義された神柱は、本質的に他の神柱を容認できない性質を持つようになります。つまり、眷属《けんぞく》神以外の神柱を眷属にし続けなければならなくなるのです」

嗣穂から差し出された焙じ茶で少しずつ舌を湿らせながら、晶は嗣穂の授業に聞き入った。

「端的に云うなれば、唯一神は敗けを赦《ゆる》されません。敗北すると云う事は、他の神柱を認めると云う事。唯一神が唯一神でなくなる。信仰上の矛盾が回避できなくなり、最悪、内部から崩壊してしまいます。アリアドネ聖教は、西巴大陸の神柱を総《すべ》て眷属に定めたため、反動もそれなりにあるでしょうね」

「……アリアドネ聖教は敗けの赦されない戦いを勝ち抜いて、西巴大陸を支配したって事ですね。そんなに強い神さまなんですか？」

「生まれながらの神柱に、本質的な優劣は存在せん。とはいうものの、特殊性は群を抜いておる。……彼奴《きやつ》めの象《しょう》はの、人間《ひと》の容《かたち》じゃ」

背と頭を晶に預けながら、朱華は機嫌良さそうに応えた。

象《しょう》とは、生まれながらの神柱が司《つかさど》る概念そのもののことである。

例えば、高天原に座す神々は、世界の仕組みたる五行を各々が司っているように、世界の神柱はそれぞれに別の概念を司っているのだ。

アリアドネの象は人間《ひと》の容《かたち》であるという。

それは、つまり……。

「人間さえ存在しているならば、別の神柱が支配する領域であっても、彼の神柱の信徒は一定以上の加護を維持する事が可能なのです。アリアドネの特性は、布教を行うに特化していると云えるでしょう」

信仰を以て教義を広げた『アリアドネ聖教』と、侵攻を以て村を占拠した『導きの聖教』。

――その遣り口は方向性さえ違えど、非常に酷似している。

なるほど。『アリアドネ聖教』の流れを汲《く》んでいる以上は、充分に理解できる話か。

考え込みながら、皿に載せられた生蘇の欠片を口に放り込んだ。

乳脂の柔い甘みが、口の中でさらりと溶ける。

「異国の神柱であるならば、どうしたって排除するべきでしょう。何故《なぜ》、今まで手を拱《こまね》いていたのですか？」

「意味が無いからじゃ。永い歴史、アリアドネ聖教が一度も侵略に失敗しなかった訳では無い。

――事実、西巴大陸の統一に際して、大敗を喫している過去が確認されておる」

敗北できないはずのアリアドネ聖教が、その版図を大きく後退させた事実は歴史にも刻まれている。だが、その事実を認めて尚《なお》、アリアドネ聖教はその存続を揺ぎ無いものとしていた。

「唯一神という抜け道の代償を、多数の分派を作ることで分割しているのです。仮令《たとえ》、『導きの聖教』を打倒《うちたお》したとしても、何時かまた同じ事が起こるでしょう」

「厄介ですね」

「――じゃが、母体が同じである以上、『導きの聖教』の代わりが生まれても受け入れられる事は無い。つまり『導きの聖教』が在る限り、『アリアドネ聖教』は高天原布教が不可能という事よな」

「此方《こちら》が完全な排除に動かない限り、『アリアドネ聖教』は高天原への干渉に理由を作る事ができなくなるのです。……奇鳳院《くほういん》が『導きの聖教』の存続を赦してきた、これがその理由です」

だが、何を血迷ったのか、今年の春に状況は劇的に変化した。

珠門洲の各地で僅《わず》かに散らばっていた『導きの聖教』が、突如として立槻村《たちつきむら》を占拠したのだ。

「陸斗の問題の発端ですね」

「ええ。波国、いえ、『アリアドネ聖教』の外交団が来訪する時期に村を占拠して、『導きの聖教』との繋がりを復活させようとしているとばかり思っていたのですが。——妖刀の一件は、どうしても繋がりが見えてきません」

「妖刀を手土産《てみやげ》にする心算《つもり》だったとかは？」

「希少ですが所詮は化生《バケモノ》。土産にするのは無理があります。それに、呪術でも無い詐術を行使して第三者を盗人《ぬすっと》に仕立てるような遊びの多い作戦を、『アリアドネ聖教』来訪前に企図するでしょうか。——別の事件と考えた方が、通りは良いですね」

「……音々切《ねねき》りは処分した方が良いでしょうか」

「そちらの方が後の問題も少ないかと。村人を縛っている呪術を解呪できる陰陽師《おんみょうじ》は、奇鳳院《くほういん》が用意いたします。精霊力を化生に与える無茶など、自分の意思であっても止めてやるのが慈悲でしょう。——ただ、目的を探る意味合いでも、黒幕を見つける必要はありますね」

「……神父《ばどれ》なのでは？」

空になった晶の湯呑《ゆのみ》に焙じ茶を注ぎながら、嗣穂の視線が思慮に沈む。

そう考えるのが単純だが、それではすべてに説明がつかないのが問題なのだ。

「それを確認するためにも、です。妖刀の処分、浄化にはそれなりの規模の風穴が必要ですが、華《か》蓮《れん》以南でその規模となると候補は鴨津の風穴しか残りません。鴨津で妖刀を浄化しつつ、黒幕が釣り出せる事を期待しましょう」

大恩ある嗣穂の願いだ。晶とて断る理由も無く、素直に肯《うべな》いを返した。

「……過分なご高配、有り難う御座《ござ》います。吉報をお待ちください」

「鴨津への出向は予定されていたものなので、気にされずとも結構ですよ。妖刀の処分も過ぎれば、荒事に発展する可能性は薄いでしょうし」

「？」

「波国が文句をつけてくるのは毎年の風物詩なので、鴨津の領主が対処するようになっていました。ですが今年に限っては、領主直々に咲《さき》さんを名指しで解決を願ってきたので、奇鳳院《くほういん》としても派遣に応じなければならなくなっただけです」

「咲さまを名指し……八家のお嬢さまをですか⁉」

くすくすと笑いながら告げられた内容に、晶は瞠目《どうもく》した。

咲の家格は、目の前の少女《奇鳳院嗣穂》を除けば、大概の華族に比肩を許さないほどの高位の家柄だ。元は八家の出である晶自身は特殊な環境のため除外するとしても、八家の直系縁者を名指しで呼びつけるのは失礼を通り越して暴挙に近い。

だが、嗣穂は微笑みながら首を振った。

「多分に失礼ではありますが、問題はありません。鴨津を領都とする長谷部領の領主は、久我法理《くがほうり》といいます。晶さんも面識はあると思いますが、久我諒太《りょうた》さんの実父ですね」

「……ああ」

久我。その名に思わず納得の息が漏れた。

輪堂《りんどう》咲を名指したものは、同じく八家の、それも当主ということか。

確か、久我家の序列は八家第二位。五位の輪堂家を目下と見ていたならば、何くれと理由をつけて呼びつけるくらいはしかねない。

「元々はそこまで緊急性が高くなかった案件です。それよりも、久我法理としては、それを口実に咲さんを呼び寄せたかったのでしょう。……現在、咲さんは晶さんの教導に就いていますが、その直前まで当主たちの意向で諒太さんと組んでいましたから」

「俺のせい、なんですか？」

「……いいえ。晶さんに拘《かかわ》らず、遠からずこの問題は起きていました。奇鳳院《くほういん》の意図で、多少、便利に輪堂を動かしたため、両当主の決定にズレが生じたのです。結果的に輪堂の決定に不満を持った久我が横やりを差し挟んだ、それがこの招聘《しょうへい》の根元です」

「問題の解決を含めるならば、しばらく晶とは別離《はな》れねばならんのう。寂しいが、仕方もあるまい」

嗣穂とは反対に、少し不満そうに朱華が唇を尖《とが》らせる。

そうか、別の領地に赴くとなったら、少なくとも数日は華蓮を留守にしなければならないだろう。週の終わりに朱華の下を訪れる約束を果たす事が難しくなる。

「――申し訳ありません」

「善い。其方《そなた》は、其方の為すべきを為せ」

やや不満さは残っているものの、意外と聞き分けよく朱華は首肯した。

しゅるり。衣擦《きぬず》れの音を立てるままに身体《からだ》をよじり、晶の首筋に繊手を絡める。

「朱華さま？」

驚く晶の耳元で、朱華が艶《つや》を含んだ声音で囁《ささや》いた。

「忘れりゃな、晶。妾《わらわ》は其方に全てを与えた。其方の意思は須《すべから》く妾の決定と知らしめるべきぞ」

「――は、ありがとうございます。朱華さま」

幽玄に立ち昇る伽羅《きやら》の芳香に思考をくらつかせながらも、晶は言葉少なにそうとだけ答えた。

◇

「――晶さんが防人《さきもり》になられて一ヵ月《ひとつき》が経ちますが、何かご不便はありませんか？」

「……いえ。俸給こそ未だですが、待遇は充分によくしていただいております。嗣穂さまが後見についていただいたおかげで、不便はありません。ただ……」

「何か気になることでも？」

朱華の強請《ねだ》るままに共に貝合わせに興じていた晶は、嗣穂からのその問いかけに僅かに考え込んだ。

「鍛錬に関して、です」

「……咲さんからの報告は受け取っています。現時点で初伝を４つ、連技《つらねわざ》を２つ、修得されたとか。充分に、私の要求には応えていただいておりますよ？」

「ありがとうございます。――ですが、阿僧祇《あそうぎ》隊長の評価は、身体の鍛錬が足りていない、と。事実、咲さまと腕相撲《うでずもう》をしたら、『現神降《あらがみお》ろし』を行使していない素の腕力でねじ伏せられました」

その際に阿僧祇厳次《げんじ》から告げられた回答が、咲と晶では純粋な鍛錬に差があると云《い》う事だった。

現神降《あらがみお》ろしが身体強化における倍率である以上、人間として持っている素の身体能力が基礎にして絶対値となる。

そうであるなら、阿僧祇厳次の指摘の通り、身体の鍛錬が絶対の急務である事は理解している。

そして、一ヶ月《ひとつき》程度の鍛錬で急激に身体能力が上がる訳が無い事も、晶は充分に理解していた。

——だが、もどかしい。

早く、もっと早く、強くなりたい。

その欲求と裏腹の遅々として進まない鍛錬の成果に、晶は焦《じ》れていた。

「……それは、阿僧祇や咲とやらの認識が間違っておるのう」

「え？」

誰に答えを期待したわけでもない悩みの吐露に、朱華は何ともなしにそう答えた。

まさか、返ってくるとは思ってもみなかった言葉に、晶の反応が少しばかり遅れる。

「そうさの、認識が間違っておると云《い》うか……、認識を出発するところが間違っておる」

「そうですね、あかさまのお言葉の通りです。晶さんはその手にした盃《さかずき》を持ち上げるのに、筋肉を動かしている事は分かりますね？」

晶は手持《ても》ち無沙汰《ぶさた》に、掌《てのひら》で遊ばせていた盃を見下ろした。

「はい」

「当然、筋肉量が多ければ多いほど、腕力を始めとした身体能力は高くなります」

嗣穂は、自身の湯呑から焙《ほう》じ茶《ちゃ》を一口、啜《すす》る。

「では、よく思い出してみてください。——咲さんの腕は、晶さんよりも太いですか？」

「——いいえ。ですが、現神降《あらがみお》ろしを行使していなかったとも思いますが」

思い出すまでも無かった。

健康的ではあるが、女らしさしか感じない華奢《きやしや》な腕。

晶よりも細いことは、考えずとも断言できた。

だが、『現神降《あらがみお》ろし』を行使した形跡が感じられなかったのも間違いない。

「ええ。咲さんが、『現神降《あらがみお》ろし』を行使していなかった事は間違いないでしょう。……ですから、認識の出発点が間違っているのです」

「嗣穂や、そこまでじゃ」

更に説明を加えようとした嗣穂を、朱華が右手を上げて制止した。

「其方に教えてやりたいのも山々じゃがの、この手の知識は頭で理解すると却《かえ》って会得が遠のくものじゃ。会得には、骨身の髄で理解せなばならん。なに、気負う必要は無い。——何《いず》れ、近く、其方は識《し》ることになるであろう。妾の言葉を信じ、ただ、待つが良い」

複雑な色彩に揺れる蒼《あお》の双眸《そうぼう》が、得意気に晶の視線を射抜いた。

その掌《て》には貝合わせの一対、裏に塗られた真朱《まそお》色を晶に見せながら、朱華は立ち上がる。

「疑うが良い、晶。疑問とは、問う事を疑うと書く。

——それこそが理解の階《きざはし》なれば」

しゃら、しゃら。夏の微風が風鈴の音を掻《か》きたてる中、朱華は上座に戻る。

上座に座った紅蓮《ぐれん》の炎を想起させる幼子は、嬉《うれ》しそうに捉《とら》えどころのない予言を告げた。

「恐れりゃな、晶。其方が其方自身を信じる事を。忘れりゃな、晶。己を理解した時、其方は妾を呼ぶであろう。其方はただ、その時を待つが良い。妾もその時を楽しみに待つとしよう」

# 閑話　謀《たばか》りて夜は、事も無し

薄く欠け始めた月が見下ろす中、武藤《むとう》は迫る沈黙を払い慨嘆を吐き出した。

昏《くら》い車内が一つ揺れ、二つ三つと定期的に過ぎてゆく。

翳《かげ》りの無い月の明かりが車窓の形に刳《く》り貫かれ、澱《よど》む雰囲気を僅かに癒やしてくれた。

「痛、つっっっ……」

車内に誰も居ないことを再確認して、昨日から響く痛みを肺から吐き出す。

武藤は陰陽師である。自前の回生符も常備しているし、陰陽術の利点は圧倒的に術の効力に融通が利くところだ。

単一の効力に縛られた精霊技では及ばない、広範な自由度の高さ。

現神降《あらがみお》ろしで身体を賦活する以外に治癒や防御の手段を複数用意できるのは、陰陽師ならではの特性であろう。

……だが、玄生《げんせい》と名乗り老人に扮していた少年に吹き飛ばされたその痛苦は、それらの手段全てを駆使して尚、武藤の身体を苛《さいな》んできた。

気休め程度を承知の上で、現神降《あらがみお》ろしを行使して身体を賦活させる。

僅かに残っていた痛みが遠のいた事で、武藤は大きく安堵《あんど》の息を吐いた。

同時に大きく車体が揺れて、武藤の乗る路面電車が停留所に停まる。

電球の点《つ》かない昏い車内に、誰かが足を踏み入れた。

綸子《りんず》の着物に桜染の肩掛け、背中で泳ぐ髪は絹糸の如く。

幼さを残すも鋭さを湛《たた》えた奇鳳院嗣穂《くほういんつぐほ》の双眸《そうぼう》が、痛みを堪《こら》えて立ち上がる武藤の緊張を射抜いた。

「不要です。武藤、楽になさい」

「感謝いたします、姫さま。失礼。奇鳳院《くほういん》さまの方が宜しかったでしょうか？」

「何方《どちら》とでも。其方の軽口紛いにも慣れましたので」

「これは失敬。では、姫さまで」

問答は沈黙に塗り潰《つぶ》されて、時刻表にも載っていない路面電車は定刻通りゆっくりと闇を進み始めた。

路面電車は車庫へと電車を戻す必要があるため、時間外に電車を所定の位置まで動かす必要がある。それを利用して、公安と直属の上司となる奇鳳院《くほういん》は連絡を取っていた。

「……随分と派手な火遊びをしたようね。昨日の一日で、年度予算の半分を揉《も》み消しに浪費《つかっ》したわ」

「申し訳ございません。ここまでしてやられた事、全て私の不徳の致すところです。処分は……」

「不要です。別件で穴埋めをなさい」

「別件ですか？」

「妖刀を隠匿していた華族がいます。妖刀は押さえましたが、記録がないため出処《でどころ》がよく判りません。此方《こちら》を調べなさい」

「妖刀の違法所持ですか。どうにも絡んだ悪縁が多いですね」

昨日の記憶が呼び起こされて、武藤の口調に愚痴混じりの苦味が走る。

「何かありましたか？」

「昨日の騒動がそれです。玄生という符術師《ふじゅつし》を追っていたら思わぬ抵抗に遭いまして、護衛らしき妖刀を所持していた少年に異能を行使されました」

「……玄生とは？」

「3区で回生符を売っている野良の符術師です。年齢《とし》の頃は12辺り。呪符の効力が矢鱈《やたら》に高く、欲に目の眩《くら》んだ守備隊総隊長の万朶《ばんだ》が目をつけていました。数量が少ないため価格操作の可能性もあるため、裏を探るべく身柄を押さえる心算《つもり》だったのですが……」

自身の失態を、武藤は苦い表情で口にした。

高天原《たかまがはら》でも随一の広さを誇る華蓮《かれん》で、何処《どこ》にでもいそうな少年一人を見つけ出すのは困難を極めるだろう。妖刀持ちと一緒であっても、陰陽師《おんみょうじ》に籠《こも》られたら辿《たど》るのは困難を極める。

思考する武藤の応《いら》えに、眉間《みけん》に皺《しわ》を寄せた嗣穂が嘆息をついた。

「咲《さき》さんからの報告で真逆《まさか》とは疑っていたけど。あの人の資金源はやっぱりそれね……」

「は？」

誰に聞かせるでもない少女の呟《つぶや》きは、武藤に意味を届けないままに散って消える。

怪訝《けげん》に聞き返す武藤に首を振り、嗣穂は改めて視線を上げた。

「私が妖刀の一件を知ったのは、玄生より解決を願われたからです。詳細は後で伝えますが、何らかの幻術に掛かって華族から妖刀を盗み出した少年を、偶然に保護していると」

「虚言を弄《ろう》している可能性は捨てきれませんが？」

次期洲太守、奇鳳院《くほういん》嗣穂の宣言。勅旨に等しいとはいえ、証言一つで引き下がるのは武藤の能力

に疑いを持っていると云っているようなものだ。

食い下がる武藤だったが、嗣穂は素気無《すげな》く首を横に振った。

「調査でも出てきませんでしたし、理由もありません。――妖刀を盗んだ少年の名前は御井陸斗《みいりくと》、久我《くが》家から訴状を上げられていた『導きの聖教』による立槻《たちつき》村占拠事件の関係者です」

「御井？」

その姓に頓狂《とんきょう》な声を上げた武藤へと、嗣穂は興味から視線を上げる。

「何か聞き覚えでも？」

「……いいえ、偶然でしょう。鴨津《おうつ》の関係者という事は、妖刀と玄生の一件は無関係という事ですね」

武藤が手を付けていた問題を、強権で以て抑え込んだのだ。反発から食い下がると内心で危ぶんでいたが、御井の響きに武藤の表情が変わった事に嗣穂は気が付いた。

素直に言を翻した武藤に疑念の視線を向ける。しかし嗣穂は、それ以上の追及を求める事なく視線を伏せた。

「玄生の一件に関しては詮索《せんさく》を無用と厳に命じます。――其方《そなた》は、妖刀の解決に集中なさい」

「守備隊が玄生の回生符に食指を伸ばしています。押さえられたら、高位の回生符を裏取引に使われかねませんが？」

「――万朶か。あれもそろそろ、身代を畳んでもいい時期に来ているわね。大人しく息を潜めているならば、一年間は店仕舞いの猶予を上げようと思っていたのに」

12歳になったばかりの少女が穏やかに嘯《うそぶ》いたその内容に、武藤は戦慄《せんりつ》を隠して苦笑を浮かべた。

万朶が奇鳳院《くほういん》嗣穂に噛《か》み付く失態を晒《さら》したのは、各所で流行《はや》りの話題である。

身代を喪うほどの失態には、私財を撒《ま》き散《ち》らして取り繕うしかない。万朶が早い段階で別の無茶に手を付けていたのは当然の結末でもあった。

「……拘束しますか？」

「いいえ、もう少し泳がせておきます。あれだけの分かり易い餌、なってくれる小者も早々に見つからない。餌を啄《ついば》んでいる洲議どもを把握するまで、存分に私財を吐いてもらいましょう」

やはり、そちらを捉えるのが目的か。

無言のままに、武藤は肯《うべな》いを返した。

「……畏《かしこ》まりました。玄生については接触も不要と、公安の内部では通達をしておきます」

「過怠なく」

「妖刀は姫さまが押さえるとして、直ぐに浄化されるのですか？」

武藤の提案に、嗣穂は頤《あご》に指を当てて思案に暮《く》れた。

暫くの沈黙を強いられた後、ややあって桜色の唇が綻《ほころ》ぶ。

「……この一件の裏に潜む首魁《しゅかい》を釣り出すためにも、鴨津の風穴である護櫻《ごおう》神社で浄化します。

——調査の名目で輪堂《りんどう》家の息女を派遣しますので、此方に助力をなさい」

「個人で動くのは厳禁と？」

「昨日の罰と思えば納得もできるでしょう？　——手持ちの陰陽師で足の軽さを条件に加えると、恐らくは其方が最も荒事を得意としていますので」

降って湧いた子供のお守りに、それでも武藤の咽喉《のど》から拒否の言葉が出る事は無い。

電灯も無い夜闇を進んでいた路面電車が、軋《きし》む音も僅《わず》かに路線を一巡して停止した。

云うべき事は終えたとばかりに腰を上げた嗣穂に向けて、意趣返しにもならないかと期待もせずに武藤は口を開いた。

「随分と玄生に興味がおありですね。あの坊やと以前から懇意でしたか？」

「ええ。彼の価値は奇鳳院《くほういん》にとって代えの利かないものです。回生符程度のおいたならば、此方で揉み消した方が都合も良いわ」

「――成る程、承知いたしました。玄生に関連する情報を総て奇鳳院《くほういん》の預かりとする旨、公安に通達いたします」

「良しなに」

残る遣り取りは短く、躊躇《ためら》いも残さないままに嗣穂は路面電車の外へと消える。

残ったのは武藤一人。押し付けられた厄介事に慨嘆を吐いた。

「……年齢《よわい》12の少女が考える事じゃ無いぞ。あの年齢であれなら、末恐ろしいな」

情報の取捨選択に迷いが無かった。

半神半人だけが持つという、隷属の言霊《ことだま》で縛られた感覚も無い。しかも、公安に渡す情報を最低限にして、行動を縛るというおまけ付きだ。

だが、収穫が無かった訳でもない。

玄生に対する武藤の言及に、嗣穂は動揺も無く理解を示した。つまり、間違いなく嗣穂は玄生を個人的に知っている。

「……手を引けとは云われたが、どの道、妖刀の一件に関われればまた出会う事になるか」

挑む少年の風貌《ふうぼう》を記憶に思い返しながら、車庫へと向かう路面電車から降りるべく武藤も立ち上がった。

夜闇に沈み始めた華蓮の通り、その方々で点消方《てんしょうがた》が街灯に火を点けて回る。

その光景を眺めながら、武藤は知らず呟いた。

「それにしても御井とは……、これも奇縁だな」

御井家。直接の面識は無いものの懐かしい響きは、彼自身が私的に動くだけの充分な理由を持っていた。

内心に浮かぶ感慨を押し隠して、歩き出す。

夜に浮かぶ街灯の灯りを辿るように、やがて武藤は夜の華蓮へと紛れていった。

# 6話　鴨津《おうつ》にて、向かい風に歩む　1

——ガタタン、ゴトン。

万窮大伽藍《ばんきゅうだいがらん》での朱華《はねず》との逢瀬《おうせ》から数日後、嗣穂《つぐほ》からの命を受けた晶《あきら》たちは、鴨津に向かう車中の人となっていた。

規則的に大きく揺れる車窓から見る外の景色が、前方から後方へと見る間に流れて消えていく。

蒸気機関車《スチームロコモービル》の生み出す１０００馬力超の出力が、それまで高天原《たかまがはら》の人間が知るどの乗り物よりも高速に物と人を運搬する事が叶《かな》うようになってから、凡《およ》そ20年近くが経つ。

だが、近代に足を掛けてそれなりの時間が過ぎても、蒸気機関車が誇る黒鉄《くろがね》の威容は子供の興味を惹《ひ》いて止《や》まず、車中では子供たちの歓声と駆ける足音が静まる事は無い。

駆けまわる子供たちの間を抜けて、笹の包みを二つ手にした晶は少しだけ足を速めた。

——と、

「玄生《げんせい》」

脇から掛けられた軽瓢な響きに、不機嫌な視線を向ける。

そこには、流行りの洋装を纏った陰陽師らしからぬ伊達男が、陸斗と向かい合わせに同席していた。

もう遇《あ》わないだろうと安堵して、……そのたった数日の後に再会を果たしてしまった因縁の相手だ。

仲良くなんてしたくないし、できる未来が浮かばない。

特に、こんな高価そうな襯衣《ポロシャツ》を着熟《きこな》した伊達男なんかと。

「いや、失敬。晶どの、だったかな？」

「……咲《さき》お嬢さまに昼餉《ひるげ》を持っていかなきゃなんないんだ。用件は手短に頼む」

「判っているさ。――お前のことを、詮索する心算《つもり》も無いから安心しろ」

軽薄で意図を読ませない響きの声音に欠片《かけら》も信頼が湧かず、晶の視線が強くなる。

無言の内に本題を催促された事に気付いたのか、武藤《むとう》は肩を揺らして笑い声を堪《こら》えた。

「鴨津に着いたら、今夜の決行に備えて俺は護櫻《ごおう》神社で準備に取り掛かる。それまでに晶たち《そちら》の準備も済ませるよう、お嬢さまにも伝えておいてくれ」

「判った」

武藤の言葉に肯いを返して、晶は迷うことなく後尾へと姿を消した。

後に残るのは、警戒の消えない陸斗の表情と、余裕を崩さない武藤の笑みだけ。

「随分と不満そうじゃないか、御井《みい》の坊や。お前さんの目的は立槻《たちつき》村の救済だろう？　何を考えている」

表情の読めない武藤の言葉に反駁《はんばく》を覚えたのか、陸斗が噛みつくように反論を返した。

「……妖刀は入手したんだ。音々切《ねねき》りを行使して、呪術を無効化すれば事は足りるだろ。随分と迂《う》遠《えん》な真似をしているなと思っているだけだ」

「自身の精霊力と生き血を与えて、異能の代わりに瘴気《しょうき》を流し込む存在だぞ。身体《からだ》の内側から溶けて死にたくなければ、これ以上は行使するな」

「……ちっ」

武藤からの忠告に、陸斗は表情を歪《ゆが》めて視線を逸らした。

「そんなに警戒するなよ、御井の坊や。姫さまに釘《くぎ》も刺されているんだ、取って食う心算は無いさ」

「……もう16だ。坊やと呼ばれる筋合いはない」

「坊やは坊やさ。正規兵だろうが防人《さきもり》だろうが、騒動を収める力量も無いうちは坊やと呼ばれて甘えておけ」

「────ちっ」

精一杯に上げた陸斗の反駁は、それでも揺るがない武藤の笑いに蹴《け》り飛ばされた。

出会いが出会いだ。器用に感情を切り替えられるほど、陸斗は人生の経験を積んでいない。

気の休まらない武藤との相席に逃げ道を探った陸斗は、無意識のうちに音々切りが包まれた袋を抱え込んだ。


「──咲お嬢さま、昼餉《ひるげ》を買ってきました」

「ありがと」

差し出された笹の包みを受け取って、咲はふわりと微笑《ほほえ》んだ。

「それと武藤どのから、妖刀の浄化は今夜に決行すると伝言です」

「判ったわ。――全く、見えないところでこそこそしていると思ったら。面倒な事に巻き込まれてくれちゃって」

「申し訳ございません。お嬢さまに迷惑をかける前に解決できれば良かったのですが」

「それはそれで腹立たしいわよ。……そういえば、晶くんは鴨津の街について知識はあるかしら？」

「いえ。高天原の南端にあると云う事くらいしか存じません」

鴨津から華蓮《かれん》まで領地を2つ越える必要があるため、全行程を消化するには2日は必要になる。乗車した最初の方こそ咲と一緒の席に緊張したものだが、車中の人となって2日目の今ではすっかりと慣れて、何となしに子供たちの姿を視線で追うくらいには、晶は余裕を見せていた。

「そう。私が知る限りの知識だけど、事前に教えておくわ。名瀬領《私の地元》じゃないから公の知識だけど、全く知らないよりはマシだと思う」

「……お願いします」

云われてみれば、出立の準備に追われて事前知識の仕入れを怠っていた。

その自身の手抜かりを素直に恥じて、晶は咲に頭を下げた。

「鴨津は、長谷部《はせべ》領の最南端に位置する都よ。長谷部領の領都でもあり、おそらくは高天原の中でも2番目に発展している場所でもあるの」

「……高天原の中で唯一、諸外国との交易が認められているからですね」

「うん。だからあの街には、高天原でも最大の係留港があるわ。長谷部領は莫大《ばくだい》な資金と物資の流通を一手に担う利権から、昔から他領に追随を許さない発展を続けてきたの」

つまり鴨津は、海外と高天原を結ぶ関所の役割を果たしてきたわけだ。

『導きの聖教』が鴨津で行動を起こしている理由も、それで大体の説明がつく。

「『導きの聖教』は、鴨津を経由して高天原に侵入《はい》ってくるしか方法はない。――それが鴨津の近郊にある立槻村を拠点に定めた理由ですか」

「その認識で大きく間違ってはいないわ。久我《くが》の御当主からも、この類《テ》の騒動はたまにあるって聞いたし、私たち、というか久我くんに経験を積ませたかったんじゃない？」

久我くんという表現に、衛士《えじ》研修として咲と共に守備隊に訪れていた久我諒太《りょうた》を思い出した。

少し会話しただけの人物だが、年齢相応程度に粋がった人物と云《い》う印象しか記憶に残っていない。

「――久我、諒太さまですね。咲お嬢さまと組まれていたとか」

「それは、晶くんに会った時が初めて。面識は以前からあったけど、……ううん、私は少し苦手かな」

「………………」

ちらり。咲の表情に苦いものが混じる。

以前の咲と諒太の会話を見ても、咲の口調はそっけなさが目立っていたから、彼女の諒太に対する人物評は意外なものではない。

咲はあまり訊《き》いてほしくなさそうだが、鴨津の街では彼と組む可能性が高いのだ。

晶からの無言の催促を受けて、嘆息一つ、渋々と咲は口を開いた。

「……久我くん。久我諒太殿は、私と同じ12歳の衛士候補よ。名前で判ると思うけど、久我の直系。土行の上位精霊を宿していて、私たちの世代《ここ10年》で上位5指に入る精霊遣い。誰が呼びはじめたか知らないけれど、久我の神童と呼ばれているわ」

「凄《すご》いんですね」

「ええ。優秀なのは間違いないわ。文に於《お》いてもそうだけど、特に秀でているのが武の方面。ただでさえ強力な土行の上位精霊なのに、八家が宿したんだからその結果は云わずもがな。今年、天領《てんりょう》学院に進学するまでは、文字通りの意味で負けなしだったから、実力のほどは想像がつくでしょ」

「今年？」

「……私たちの同世代に格が違う人が一人いたの。数十年ぶりに生まれた神霊遣《みたま》い、『北辺の至宝』、雨月颯馬《うげつそうま》。久我くんはあの性格だしね、今年の入学早々に無謀な突っかかりをしてそのまま返り討ちにあったの」

「…………」

雨月颯馬。久方ぶりに聞いた、かつて弟だったその名前に、晶の口の端が僅かに震えた。

近頃では思い出す事も無くなってきた、忌まわしいその名前。

乗り越えられたと思っていたが、どうやら、晶にとって記憶の根は想像以上に深いものだったらしい。

「まぁ、この話題はいいわ。今回の調査に関係はないし。多分、調査では久我くんと組まされると思う。一応、組んだ実績はあるし、その続きをするだけだから。ただ、晶くんは少し会話をした事があるから想像がつくと思うけど、久我くんの性格が少し問題なの」

「そうですね、随分と強引な方と見受けました」

「……ええ。良くも悪くも、生粋の華族って性格ね」

これから暫くの間、行動を共にするのだ。

与える印象を悪いものにしないように、咲は必死に諒太に対する表現を柔和なそれに変えた。

傲慢《ごうまん》、独《ひと》り善《よ》がり、自意識過剰。咲が持つ諒太の印象には碌《ろく》なものが無いが、それを晶に伝えるのは何か違う気がしたからだ。

「まぁ、性根が悪いって訳じゃないから、下手に反駁せずに指示を聞いておけば問題はないわ」

「――判りました」

咲の葛藤《かっとう》に気付いたが、晶は敢えて指摘はせずに首肯のみを返した。


昼餉を目前にした頃、2人は車内販売されていた駅弁を手にしていた。

一つにつき8銭《800円》。かつて、晶が逃げ出した際に乗った洲《しゅう》鉄では、手を出すには空腹であっても躊躇《ためら》うほどに高価な品だ。

笹の葉に包まれたそれを縛る麻紐《ひも》を解くと、中には焼いた握り飯二つ、沢庵《たくあん》二切れ、小さな焼鮭一切れが入っていた。

手に収まるくらいの笹包みに随分と大枚《大銭8枚》を叩《はた》いた分、どんなものか期待していただけに、守備隊の賄い飯を、多少マシにした程度の内容に、晶は落胆の表情《いろ》を浮かべる。

「どうしたの？」

晶の落胆に気付いた咲が、竹筒に入ったお茶を口に含みながら怪訝《けげん》そうに問いかけた。

「……8銭《800円》も出してこの食事だったんで、少し残念に思っていたんです。もう少し、携帯食を持ってくるべきでした」

「そう？　駅弁って、こんなものよ。——流石《さすが》に、幕の内《掛紙》って訳にもいかないし」

「……ですね」

色とりどりの季節の菜《おかず》の物を詰め合わせた幕の内《掛紙》弁当は、一等客車でしか売られない金持ち御用達の堂々たる超高額商品だ。

因みに、値段は30銭《3000円》である。

当然、晶の懐事情では、夢に見る程度しか許されない。

「それに、余りお腹に物を詰め込まない方がいいわ。——ほら、」

咲が握り飯を手に取りながら、晶の慨嘆《がいたん》を慰めた。

ガタン。咲の言葉に応じるかのように汽車が揺れて、雑木が過ぎて消えるだけだった車窓の景色が大きく開ける。

「わあぁぁぁっ‼」

通路を走り回っていた少年たちが、歓声を上げて車窓にへばりついた。

「あれが………」

子供たちの歓声と咲の視線に促されて、晶が車窓の先に意識を向ける。

なだらかな丘陵を下る線路が向かうその先に、遠目からでも判るほどの巨大な港湾を抱えた街が晶の視界に収まった。

「うん。長谷部領の領都にして高天原の玄関口、鴨津よ」

「ん〜〜っ。やっと着いたわね」

それから半刻《1時間》の後、二人の姿は鴨津駅の改札口の外にあった。

2日間の列車詰めから解放された反動か、お手伝いの芝田《しばた》セツ子に見られれば小言を云われるだろう、有り体に云ってはしたない伸びをする。

「今日は久我の御当主に面会の依頼を入れたら、後は宿を決めて夜を待つだけかなぁ。……依頼が依頼だから、しばらく鴨津に腰を落ち着けないといけないし、泊まる宿にはそれなりに拘《こだわ》りたいけど」

「お嬢さまは、どこかの高宿でよろしいのでは？　俺一人なら、どこかの相宿で雑魚寝《ざこね》できますし」

「駄目よ。以前の晶くんだけならそれでいいかもしれないけれど、今の君はそう云う訳にはいかないわ」

晶の提案に、咲は厳しい視線を向けた。

咲が晶の教導に入ってから実感した事だが、晶は自身の認識とそれに伴う自覚が薄過ぎた。

これは嗣穂も予想していなかった事だが、教導についている咲に対しても、晶は一定の距離を保とうとするのだ。

――多分、無意識にも華族を避ける癖がついているからなんだろうけど、間違いなくこのままじゃ駄目よね。

「晶くんの現在の立場をはっきりさせときましょうか。まず、晶くんはもう防人なの。――というか、潜在的には衛士扱いの認識でいいくらい」

晶は現在、防人として扱われているが、奇鳳院《くほういん》より直々に精霊器《落陽柘榴》を下賜された身、一部からは奇鳳院《くほういん》の後ろ盾を背負った将来の衛士と認識されていた。

つまり、ぽっと出ではあるものの、晶は既に華族なのだ。

――華族には華族の付き合いがある。それは、イヤだから、の一言で避けられるものではない。

「……それは、」

「晶くんだって、薄々は気付いているんじゃない？　晶くんの華族に対する感情は想像がつくけど、晶くんはもう、その立場なの」

思わず上げた抗弁の声は、さらに強い咲の口調に塗り潰される。

言葉尻《ことばじり》は強いものではあるが晶を案じる感情も同様にあり、咲の真摯《しんし》な表情に晶は二の句を失った。

「…………はい」

多分に葛藤を残しつつも、晶は素直に咲の箴言《しんげん》に頭を下げた。

どう反発があるか分からなかった咲も、晶の肯《うべな》いを受けて肩の力を抜く。

「まずは、華族としての付き合いを私の後ろで見ていて。そこから徐々に、付き合いを広げていきましょう。大丈夫、面倒くさい手順があるけれど、要は考え方次第よ。コツを掴《つか》めばすぐに慣れるわ。――というか……、」

相宿で雑魚寝する最大の問題に思い至り、咲は呆《あき》れ顔《がお》を晶に向けた。

「それ、持ったまま雑魚寝する気だったの？」

「…………………あ」

咲の指摘に、晶は自身の手に在る己の精霊器に視線を落とした。

厳次《げんじ》にもさんざん注意はされていたが、精霊器は華族の証明にも使われるほど厳格に管理されている宝物だ。

そんなものを無防備に晒《さら》したまま、置き引きは自己責任と言い切られる相宿で長期間過ごす。

流石にそう判断しただけで、間抜けの誹《そし》りは免れない。

「……とりあえず、宿探しに行こっか。洋式旅籠《ホテル》って値段は張るけど個別の部屋で鍵《かぎ》付きって聞くし、それが一番、理想かなぁ」

「——輪堂《りんどう》のお嬢さま。此度《こたび》は面倒に巻き込み、申し訳ございません」

その背中に、遠慮がちな陸斗の声が投げ掛けられた。

振り向く視線の先には、深く頭を下げる陸斗が独り。少し離れた場所で、武藤は感情の読めない笑みだけを浮かべている。

遠慮をしてくれたのだろうか。目礼だけを武藤へと返し、晶たちは視線を陸斗へ戻した。

「思うところが無いとは云わないけれども、……どの道、久我家の要請があったんだし不問に伏します。御井と云ったわね、貴方は夜までどうする心算《つもり》なの？」

「……実家に帰ります。無断で立槻村へ行ってから直ぐに華蓮まで行ってしまったので、随分と心配を掛けたかと思いますし」

そう。短く気の無い応えを返して、咲は頤《あご》に人差し指を当てた。

「時間も無いし、宿を決めたら各自で動きましょう。私と晶くんは久我家との対応に動くから、武藤殿は一緒に御井家へ事情説明に行ってあげて」

「――承知致しました」

咲が口にした通り時間は無い。

それまで口出しを控えていた武藤も、異論はなく肯いだけを返した。

「うん。夜まで余り時間も無いし、久我家に疑われる前に妖刀の件だけでも終わらせましょう」

そう口にしながら、今度こそ咲は歩き始める。

少女の背中に付き従いながら、晶は後背へと視線を巡らせた。

行き交う雑踏の向こうに、武藤と陸斗の姿が垣間見える。

互いに意図を含んで絡まる視線。声も無く交わされるその遣り取りに肯いを返し、晶は咲を追って一歩を踏み出した。

# 6話　鴨津《おうつ》にて、向かい風に歩む　2

「、、、この、大馬鹿モンがぁっ‼」

鴨津の南側。商店通りの一角に落ちた大喝に、通りを賑《にぎ》わす買い物客たちが足を止めた。

杉板に墨痕《ぼっこん》鮮やかに御井《みい》と掲げられた表札が、怒気に煽《あお》られたか揺れる音に傾く。

正座をして肩を落とす陸斗《りくと》の頭上に、青筋を立てた老人が拳《こぶし》を落とした直後の事であった。

暑気を孕《はら》んだ微風が渡り、老人の左袖《そで》を頼りなく揺らす。

「――～っっうぅ」

「痴《し》れ者どもを掣肘《せいちゅう》すべく動いたは兎《と》も角《かく》、先走るわ、云いくるめられた挙句に公安の御厄介になるわ。周々木《すすき》家の御代より続く御井家の祖霊に、どう申し開きをする心算か！」

「お義父さま、陸斗も反省をしております。ご立腹は判りますが、どうかその辺りで……」

陸斗の祖父、御井左伝次《さでんじ》は、座卓を挟んだ陸斗たちの対面に鼻息荒く座り直した。

母親の上げた執り成しの声に、それでも憤懣《ふんまん》遣る方なしと云わんばかりに膝を叩く。

まあ、御井家としては当然の反応だろう。

立槻《たちつき》村へと向かったはずの孫が、何時《いつ》の間にか華蓮《かれん》で妖刀を盗み出す羽目に成っているのだ。

心配を掛けた挙句の落ちに、安堵《あんど》以上の怒りに駆られるのも無理はない。

怒りを落ち着かせようと左伝次が茶を呷《あお》った時分を見計らい、武藤《むとう》が苦笑を堪えて口を開いた。

「御老。腹立ちは理解できるが、此方《こちら》も上意で動いている身。今だけでも堪えて、此方の問いに答えてほしい」

「内々に処理せよとは、御上の慈悲に頭が下がる。久我《くが》家はこれ幸いと、御井家の取り潰《つぶ》しを決める腹積もりじゃったしな」

御井の老人の肯いに、予想はしていた武藤も同意を返す。

「――御井家は久我家と不仲と？」

「取り立てて不仲とも云わん。……ただ儂《わし》らは、周々木家の御代より続く忠の士。芒《すすき》の家紋に二重囲《分家紋》いを赦《ゆる》したと苦言した御井家に、久我家の心証は良く無かったろうな」

周々木家とは、５００年前まで八家の座にあった久我の前身だ。

分家筋と分かたれた久我家が周々木家を呑《の》み込む形で八家に納まったのは、それなりに有名な歴史である。

「話を戻そう。春先の出来事とはいえ儂も当時の記憶が妙に曖昧《あいまい》でな、朝に起きれば無人となっていた村の光景しか憶えておらん。実のところ記憶が明瞭《めいりょう》となったのは、更に半月の後に立槻村へと戻ってからじゃ」

春先に無人となった村を見て回ったのは憶えている。だが、次の記憶は鴨津から村へと向かう途上の瞬間まで飛んでいた。

自分たちの土地に住む『導きの聖教』の姿に驚いたのは、記憶に新しい。

「――幻術か呪術、その類《たぐい》だな。村の周辺に散らばったという村民も、似たような状態か？」

「正気には戻っていないが、大方が儂と似ている。その話をしたら陸斗が発奮してな、取り戻すと紙に遺して立槻村へと向かってしまった。どうしているものかと心配していたら、こんな……」

「手遅れにはなりかけたが、寸前で戻ってくれた。今はそれだけでも幸運と思いましょう」

怒りが再燃したのか、青筋が浮きかける老人を宥《なだ》めて武藤が言葉を続けた。

「正気を失わせる結界は、文献で見た事がある。真国《ツオンマ》かその辺りの技術だったはずだが、……これ以上は、現地に向かう必要があるな。とりあえず直近の問題として今夜、妖刀の浄化に取り掛かる。御井殿は、それで良いか？」

元より、独力では解決も望めない状況に陥っている。武藤の言葉に拒否する理由も無く、左伝次は深く頭を下げた。

その左腕は、嘗《かつ》て穢獣《けもの》から立槻村を護るために喪われている。左伝次としては忸怩《じくじ》たる思いであったが、御井には陸斗以外で抗える力を持った者がいないのが現実であった。

「宜しくお願い申し上げます。——陸斗、ここが正念場ぞ。陰陽師《おんみょうじ》として名を馳《は》せたご先祖に恥じぬ働きを見せろ。そのためなら御井の秘奥、行使することを躊躇《ためら》うな」

「……判った」

言葉だけなら素っ気ないが、その口調には危地へと向かう孫を案じる響きが滲《にじ》んでいる。陸斗も判っているのか、祖父から振り下ろされた拳の痛みに感謝をしながら立ち上がった。

騒動の落ち着きに一息を吐《つ》いた武藤は、改めて御井家の居間へと視線を向けた。

奥の障子上に掛けられた幾枚かの写真。そのうちの一枚、水干姿の男性が写ったそれに視線が留まる。

「御老殿、あれは」

「む。……数代前に立たれた、御井家中興の祖じゃ。奇鳳院《くほういん》に望まれるほどに才気煥発《さいきかんぱつ》とされた方でな、華蓮でも高名な陰陽師殿と友誼《ゆうぎ》を結んで様々な秘術を生み出したと聞いておる。残念ながら、その代以降で陰陽師が出ることは無かったために、秘奥も宝の持ち腐れになったが」

「――そうですか」

左伝次の応《いら》えに、武藤の声が残念そうな響きを帯びた。

何を思っていたのか、僅《わず》かに視線だけを伏せて踵《きびす》を返す。

ただ、何も口にする事の無いまま陸斗を伴い、武藤は鴨津の風穴を護る護櫻《ごおう》神社へと足を向けた。

◇

「投宿場所、先に決めておいて良かったですね」

「……本当にね」

晶《あきら》の慰めに、咲は苦笑で応じてみせた。

その二人の姿は、鴨津の中央よりやや北の高台にある、久我の屋敷に続く大通りの途上にあった。

面会依頼を出したらその準備を整えるために一日を要する事が多いため、咲《さき》は当初、久我の当主《久我法理》との面会が叶《かな》うのは翌日になると踏んでいた。

しかし咲の予想は大きく裏切られ、咲が到着を先触れに入れた途端、直後の面会が叶う事となる。

咲の狼狽《うろた》えからして、このいきなりの面会は普通のものでは無いと、晶にも理解できた。

とまれ、出てしまった面会許可を咲の一存で後回しにできるものでもなく、2人は宿に泊まる手続きも早々に、取る物も取りあえず久我の屋敷へと赴く事になったのだ。

2人が進む大通りは、多くの人で賑わっていた。

老若男女、行き交う雑多な人々と蒸気自動車《スチームモービル》。

人々の服装は晶も見慣れた小袖《こそで》などは少なく、洋装《スーツ》を始めとした垢抜《あかぬ》けたものが多い。

大通り沿いの建物に視線を向けると、華蓮でも未《いま》だ主流の漆喰《しっくい》造りの建物は見当たらず、煉瓦《レンガ》や混凝土《コンクリート》で固められた5階層前後の高層建築《ビルヂング》で埋め尽くされている。

一向に気の進む様子の無い咲とは裏腹に、周囲の物珍しさから晶は完全にお上《のぼ》りさんと化していた。

「……周囲《まわり》、凄《すご》いですね」

「──え？　……ああ。海外の人も多いし、ここは特に発展しているわ。高天原《たかまがはら》の流行は、基本的に海外から影響を受けるから、実質、流行の発信源は鴨津って認識があるの」

「へぇ～。──お嬢さまは、鴨津に何度か来たことがあるんですか？」

「何度かっていうか、何度も、ね。鴨津はやっぱり輸出入の要だし、名瀬《なせ》領としても重要な取引相手だから。年に2回は、お父さまに連れられて鴨津に来ているし、久我の御当主とも会っているわ。……久我くんとも、その縁で顔見知りなの」

「久我の御当主さまですか。──どういった方なんですか？」

口にし難い事を訊《き》かれて、咲は頭を悩ませた。

人となりは知っているが、人物評とすれば難しい。

強引でアクが強い。物事を善し悪しでは無く損得権益で測る物差しを持つ、生粋の華族。

必要以上に傲慢《ごうまん》でないのが救いだろうか。

云《い》ってしまえばそういう相手だが、晶にとって相対した経験の少ない未知の相手だろう。

「う～ん。──一言で云えば、晶くんも想像しやすい『八家の当主』、ね。良くも悪くも、政治家。向こうの立場上、平民上がりの防人《さきもり》って思われている晶くんには話しかけないだろうけど、下手《へた》に言質《げんち》を取られたら身動きが取れなくなるから気を付けて」

「……怖い相手なんですね」

「うん、そうね。久我諒太殿のお父上って云えば、理解できるかしら？」

「…………なるほど」

咲の表現に、晶は思わず納得の声を上げた。

つまり、あれを老獪《ろうかい》にした感じか。

視線を上げて、気付く。

──何時《いつ》の間にか、大通りを行き交う人の数が減っていた。

避けているのか、この場所に近づく必要が無いよう通りが配置されているのか。

おそらくは、その両方が理由だろう。

晶の目前に、記憶に残る限り雨月《うげつ》の屋敷正門にも勝る大きさの門が聳《そび》えている。

それは晶たちの目的地、久我の屋敷の正門であった。

上質の石畳が敷き詰められたなだらかな坂を上りきると、直ぐに正門が大きく開けられた。

咲の立場に配慮したのか、通用門でないところに久我の気遣いが感じられる。

「ようこそ、お出でくださいました」

開ききった正門の向こうに、肩までかかるであろう髪を緩く編んだやや年上と見られる少女が、にこやかな笑顔を浮かべて立っていた。

――誰だろ？

咲は、内心で訝《いぶか》しんだ。

使用人というには上質の着物。華族ではあろうが、それなりによく訪れる久我の屋敷で、咲は目の前の少女と面識を持った記憶が無い。

逡巡《しゅんじゅん》の僅かの後に、努めて平静を装いながら、咲は到来の文言を告げた。

「――奇鳳院《くほういん》の下知にて、当地へと罷《まか》り越しました。輪堂《りんどう》咲が、久我の御当主さまに面会を願い出ます。良しなにお取次ぎをお願いいたします」

「先触れにて許可は通っております。御当主さまは衆議の間にてお待ちです。――御当主さまの命にて、私《わたくし》、帯刀《たてわき》埜乃香《ののか》が先導を務めさせて頂きます」

「……よろしくお願いいたします」

帯刀埜乃香。その名前に咲は驚いて、僅かに返す言葉が遅れた。

先導のため歩き出した埜乃香の後を追うようにして、咲と晶も歩き出す。

「…………お嬢さま、どうかなさいましたか？」

その背中をじっと見つめながら考え込む咲に、焦《じ》れた晶が声を潜めて問いかける。

周囲の喧騒《けんそう》もややあり、外だから相手には聴こえづらいだろうと判断して、咲も声を潜めてそれに応えた。

「…………帯刀さま、ね。壁樹洲《へきじゆしゆう》の華族で、その名前を聞いたことがあるわ。確か、かなりの名家のはず。何で、久我の屋敷で出迎えをしてるのか、経緯が見えてこないの」

「それは、確かに変ですね」

咲の尤《もつと》もな疑問に、晶も首を傾《かし》げた。

家格の合う華族同士であっても、洲を越えての婚姻は基本的に忌み事として扱われる傾向にある。

その理由は、『氏子籤祇《うじこせんぎ》』によって得られる恩恵と密接な関係があった。

この高天原において必ず行われる『氏子籤祇《うじこせんぎ》』は、土地神とただ人を結びつける契約だ。

『氏子籤祇《うじこせんぎ》』を経たただ人は、その契約序列に従って優先的に土地の恩恵を受けられるようになる。

恩恵の内容は様々であるが、共通しているのが瘴気《しようき》や怪我などの厄を遠ざけるものが多い点だ。

そしてこの恩恵の範囲は、土地神が支配する領域の周辺にほぼ限定されているのだ。

無論、氏子抜けを行って、別の土地で再度『氏子籤祇《うじこせんぎ》』を受け直す事も可能だが、更に洲を越えた土地で『氏子籤祇《うじこせんぎ》』を受けた場合、生まれた洲より受けられる恩恵が少なくなる事が確認されていた。

氏子であるならばそこまで気にする事は無いほど微々たるものだが、防人や衛士《えじ》などは戦闘による怪我が生死に直結する可能性もあるため、華族の洲越えは禁忌扱《タブー視》いされた歴史があるほどの行いだった。

帯刀家は壁樹洲でも上位の華族だという。

洲越えまでして鴨津の久我家で働く理由が、咲には思いつかない。

それなのに、高位の華族を案内する先導という役割を与えられてまでいる。……つまり、久我家からかなり信頼されている訳だ。

埜乃香の立ち位置が判じられない事に咲が戸惑っていると、先を歩く埜乃香がくすくすと笑い出した。

「────何か？」

「いいえ、申し訳ありません。失礼かと思いましたが、輪堂さまの会話が聞こえてしまいまして」

「え？　……あぁ、そっか。玻璃院流《はりいんりゅう》、ですね？」

周囲の音はそれなりに大きく距離も少し開けていたため、相手には聞こえないだろうと油断していた。

玻璃院流《はりいんりゅう》精霊技。木行の精霊力を扱う事に特化されたこの門閥流派は、遠当てなどの外功に分類される精霊技よりも、身体強化を始めとした内功に分類される精霊技が多い事で有名であった。

その応用で聴力を強化したのかと思ったのだが、微笑《ほほえ》んだまま埜乃香は頭《かぶり》を振って否定した。

「いいえ、そこまでのものではありません。文官の者であるならば、大抵は身につけている手妻《てじな》程度の技術です」

微笑みながら、埜乃香は咲へと向き直った。

「我が家は帯刀を名乗る事を赦《ゆる》されておりますが、分家の末席、又《また》分家に位置しております。諒太《りょうた》さまの側室にと御当主さまより望まれまして、久我家には皐月《5月》からお世話になっております」

「あ〜〜」

埜乃香の言葉に、咲の喉奥《のど》から、納得と困惑が入り混じった嘆息が漏れた。

目の前の少女を、無理してでも洲外から呼び寄せた久我《久我法理》の当主の思惑を、咲は全て理解した。

その上で、その思惑がご破算になった事実を悟り、どうしたものかと内心で頭を抱えたのだ。

久我家の長男である久我諒太は、能力だけを見るなら『久我の神童』と称されるほどには有能である。

久我法理《ほうり》とすれば、奇鳳院《くほういん》の婿として送り込み、更なる発言力の強化を目論見たかったのだろうが、生来の性格に懸念が存在していた。

今年に入ってから、比較的云う事を聞かせられる咲と組ませる事により、久我諒太を抑えていたが、当然の事ながら、四六時中という訳にはいかない。

即急に諒太の性格を矯正することが不可能な場合、陰に日向《ひなた》に諒太の行動を掣肘《せいちゅう》し助言が可能な人物を据えるしかない。

そこで白羽の矢が立ったのが、帯刀埜乃香だったのだろう。

だが現時点において、久我家の思惑は全て裏目に出てしまっている。

晶が神無《かんな》の御坐《みくら》として嗣穂《つぐほ》の下に婿入りすることは、それこそ一握りしか知らない極秘事項だ。

久我家であっても、伴侶選考《はんりょよ》が取り止めになった事は夢にすら思っていないだろう。

かなりの投資を行って帯刀家を説き伏せたのだろうが、伴侶選考が取り止めになった時点で埜乃香の資質を除けば、はっきりと云って全てが無駄になっている可能性が高い。

だが、この短期間で久我家にかなり信頼されている事実を鑑みれば、埜乃香の資質自体はかなり高いはずだ。

完全に無駄になった訳では無かろうと、咲は内心だけで久我家に慰めを入れた。

「これから、よろしくお願いいたします。お話はよく聞いてましたが、ようやく輪堂咲さまにお目通り叶いまして、嬉《うれ》しゅうございます」

「え？　……ええ。よろしくお願いします」

僅《わず》かとはいえ年上の威厳からか埜乃香の嫋《たお》やかなお辞儀を受けて、慌てて咲も挨拶《あいさつ》を返す。

言葉の表現に含められた僅かな違和感に引っ掛かりを覚えたが、それでも直ぐにこれから会う久我の当主との面会に、その違和感は思考の隅に流れていった。


久我の当主、久我法理は、中庭を一望できる中広間《衆議の間》に座して、輪堂咲の到来を待っていた。

「……久我の御当主さまに於かれましては、健勝の由《よし》、お慶《よろこ》び申し上げます。奇鳳院《くほういん》の下知にて、当地へと参じさせて頂きました。輪堂咲、ここに現着の事、報告を申し上げます」

通された広間の中ほどまで進み出た咲は、正座の後に深々と頭《こうべ》を垂れて正式な挨拶を述べた。

晶も、咲の後背で慌てて頭を下げる。

「うむ、咲殿もよくぞ来られた。前に会ったのは如月《2月》の頃であったかな？」

「はい、その通りです」

「はは。この年齢《とし》になると、記憶が弱くなっていかんな。思い出すのに、一拍を要するとは」

ピタピタと側頭部を叩《たた》いて、未だ壮年の中頃であろう久我法理は苦笑いを見せた。

その様子に、晶は内心で肩透かしを覚える。

晶の記憶にある限り、八家の当主とは雨月天山《てんざん》のことである。そして、その印象は否定であり、恐怖であったからだ。

雨月天山から受けた印象と、久我法理から受けるどこか軽々とした印象。

その乖離《かいり》からくる差に、晶は戸惑いを隠せなかった。

「さて、この話題から先に片づけておくとしようか。――諒太との相方が解消されたことは、久我家としても非常に残念であった。輪堂の御当主からも、正式に謝辞を受け取っておる。何でも奇鳳《くほう》院《いん》さまより、直々のお達しがあったとか」

「……はい。こちらの新しい防人を鍛えるよう、奇鳳院《くほういん》嗣穂さまよりお願いを頂いております」

「……ほう、奇鳳院《くほういん》が後見か。それはさぞかし有能であろうな。咲殿を教導につけたのだ、期待の程も窺《うかが》えるというもの」

その瞬間、ズシリと両肩に質量を伴った視線が圧《の》し掛かってきた。

雨月天山とは違う、しかし、同格の視線。

その瞬間、晶は咲の言葉を思い知った。

――そうか、これが久我家の当主《久我法理》か。

緊張に固まる晶を余所《よそ》に、興味も無さそうに一瞥《いちべつ》で視線を逸らし咲へと戻す。

「輪堂の御当主には何度か留保の願いを出したのだがな、素気無《すげな》く断られてしまったよ。仕方がないので、今回の一件の調査に咲殿を派遣していただくよう、奇鳳院《くほういん》さまに無理を願った次第だ」

「はい、聞き及んでおります。嗣穂さまよりも、一件の解決を良しなにと承《うけたまわ》っております」

「そうか！　それは安心できる。気心が知れた相手の方が話も進みやすかろう、諒太と組ませるが問題はなかろう？」

「――はい。承りました」「それと」「？」

間髪容《い》れずに次の言葉を差し込む法理に咲が視線を上げると、法理は咲の後方に向けて顎《あご》をしゃくってみせる。

その先には、先刻に晶たちの先導を務めた埜乃香が立っていた。

「顔合わせは済んでいるな？　当家で預かっている帯刀家の娘でな、一緒に組んでもらいたい」

「……分かりました」

なるほど。彼女が出迎えに出てきたのは、この意味もあったのか。

ともあれ、拒否する理由もない。

然程、悩むことなく、咲は法理の言葉に承諾の意を返した。

# 6話　鴨津《おうつ》にて、向かい風に歩む　3

久我法理《くがほうり》との面会は、僅か4半刻《30分》ほどで終わった。

僅かとは云え実に濃密な面会であったが。

咲《さき》と晶《あきら》は内心の疲労困憊《ひろうこんぱい》を必死に押し隠しながら、再び埜乃香《ののか》の先導で廊下を歩いていた。

咲は目の前を歩いている埜乃香に視線を向けながら、先刻の面会をなぞるように思い出す。

晶は発言を控えていたし、言質の取りようが無い。

咲も慎重に、当たり障り無く応えた自負がある。

……何も問題は無かったはずだが、咽喉《のど》に小骨が刺さったかのような違和感が抜けない。

久我法理は、善意では絶対に動かない。咲はそれをよく熟知していた。

必ず、最大利益を図った行動を起こすはずなのだ。

だが、意図が知れない以上、咲は行動を起こす事ができない。

対処したいのに対処できない。その板挟み《ジレンマ》故に、咲は自縄自縛に陥っていた。

嘆息を1つ。意を決して咲は口を開く。

「……埜乃香さん、少し良いかしら」

「勿論《もちろん》です、輪堂《りんどう》さま」

「咲でいいわ。これから暫くの付き合いだし、互いの状況を把握しておきたいの。——埜乃香さんの段位は？」

「私は現在、玻璃院流《はりいんりゅう》の奥伝を修めております。気掛かりにされているあの精霊技も、当然にこの身は修めております」

咲が何を気にしているのか予想していたのだろう。滔々《とうとう》と埜乃香が断じた応《いら》えに、咲は大きく安堵《あんど》の息を吐いた。

咲は精霊力を潤沢に宿しているがそれでも中伝しか修めていないし、晶に至っては中伝の行使を特例で赦されているも初伝しかない。

荒事になる可能性は低いと聞いていても、備えの1つは用意しておきたかったからだ。

元々、久我法理からしたら、諒太《りょうた》に経験と功績を積ませるのが目的である。

咲や晶は、おまけ程度に呼び寄せているに過ぎない。

だが、直情的な諒太は武勲争いに興味を示しはするが、主導権争いに興味を示す事は無いだろう。

咲とても奇鳳院《くほういん》よりこの件の解決を求められているが、誰が解決したかは求められていない。

故に、咲は武勲争いを早々に放棄する事を決め、裏方に徹することにした。


「――よ、よう、咲！　来てたのかよ？」

埜乃香との話し合いを終えて玄関近くまで来た時、その向こうから初老の男性と共に久我諒太が歩み寄ってきた。

稽古《けいこ》帰りだったのだろう。灼け付くような猛暑の熱と汗に塗《まみ》れた諒太に嫌悪感こそないものの、相も変わらず相手に配慮しないその性格に、咲は思わず口元を引き攣らせた。

「……ええ。久しぶりね、久我くん」

「ああ。衛士の研修で別れて以来だから、一ヶ月ぶりか。……と」

話しかけている内に、咲の後背に控えている晶にようやく気が付いた。

余計な刺激をしないように、無言のまま晶は首《こうべ》を垂れる。

「なんだ、外様《よそ》モンかよ。どうした、咲の金魚のフンでご満悦か？」

多分に他意を含ませた嘲弄《あざけり》で諒太は晶を挑発するが、晶としても異論を差し込めない状況に、ただ沈黙を守って頭を下げ続けた。

一向に手応えを見せない晶に急速に興味を失ったのか、諒太は一つ鼻を鳴らして、咲の方へと向き直る。

「それで、咲は例の件で来たのか？」

「ええ。奇鳳院《くほういん》さまの下知で、『導きの聖教』に関する調査と解決を命じられたわ。詳細は受け取っているし、手が空いているなら予定を詰めたいのだけれど」

「忙しいって訳じゃないが、夕餉《晩飯》の後でいいだろ。どうせ、行動すんのは明日からだし」

「食事？　終われば夜になっちゃうじゃない。どうやって帰ればいいのよ？」

守備隊における夜番や不寝番《ねずのばん》で深夜に活動する事に慣れてはいるが、それは、武力集団としての行動の一環であるからに過ぎない。

そういった諸々を除いてしまえば、咲は華族出身の淑女なのだ。

夜間に出歩くのは、流石《さすが》に二の足を踏むお年頃である。

「帰る？　お前こそ、何云《い》ってんだ。泊まるに決まってんだろ、部屋ももう用意してある」

さも当然といった風に云い放ち、諒太は埜乃香に視線を向けた。

視線だけの問いかけに、埜乃香は戸惑いながらも頷《うなず》く。

「は、はい。諒太さまのご指示通り、客間を整えておきました。……あ、あの、こちらに腰を落ち着けられるのではなかったのですか？」

「………何云ってんの⁉」

諒太からのその言葉に、咲は驚くよりも先に呆《あき》れかえった。

『男女七歳にして席を同じうせず、食を共にせず』は、咲たちの生きる現代に於《お》いて貞操感覚の大前提である。

男性が他家に部屋を借りる事は然《さ》して問題ないが、未婚の女性が他家に部屋を借りる事はかなりの問題が生まれるのだ。

幼い少女《7歳以前》が両親と共に泊まるのであるならばまだしも、適齢期を目前にした咲が久我家に泊まったら、両家同意の下に婚姻関係を宣言したのと同義に扱われてしまう。

本来、婚姻に関する発言力は女性側の家に預けられるのだが、不用意に他家に泊まった場合の婚姻に関する発言権は、大幅に男性側に認められてしまうのだ。

流石に、そうすると宣言する図々しさを流せるほど、咲は寛容では無かった。

「久我の御当主さまは、この件について承知しているの？」

返答如何《いかん》ではただでは置かないと、追及の姿勢に剣呑《けんのん》な雰囲気を漂わせる。

咲は、自身の価値を正しく把握していた。第五位とはいえ、輪堂は紛れも無く八家の一角。

咲にしても、本家直系の三女である。

仮令《たとえ》相手が八家第二位の久我家とはいえ、碌《ろく》な話し合いも持たずになし崩しに側室入りを要求される謂《いわ》れは無い。

咲という高価な交渉札を、こんな捨て札として扱われるのは屈辱に過ぎた。

「咲が俺ンとこに来るって話か？　俺が提案したら、父上は随分と喜んでくれたぜ」

「つまり、輪堂の当主《おとうさま》には話を通していないのね？　呆れた。そんな姿勢で八家と婚姻関係を通せるなら、久我の御当主どのなら大喜びで頷くに決まっているじゃない」

口振りから、大方の実情を察する。

知ってはいるが、大いに焚《た》きつけて黙認した、といったところだろう。

上手《うま》くいけば御の字。文句を云われても、輪堂孝三郎《こうざぶろう》なら説き伏せられると踏んでの暴挙か。

「別に問題ないだろ。八家同士の婚姻なら、家格の意味じゃ充分だ。第五位《輪堂家》が第二位《久我家》に側室に望まれるんだぜ？　何が不満だよ」

「決まっているじゃない、全部よ。そう云った話をお父さま抜きで進める腹積もりなら、輪堂だって黙っていられないわ。……行こう、晶くん。久我くんは忙しいようだから、調査の話は明日また来て詰めましょう！」

吐き捨てるように云い放ち、咲はずんずんと足を踏み鳴らしながら玄関に向かって歩き始めた。

「――少しお待ちいただけますかな？」

「……翁どのとは面識の記憶がありませんが、貴方《あなた》は？」

憤懣《ふんまん》やるかたない咲の感情を鎮めたのは、記憶には無い老成した静かな一声であった。

年功序列を配慮して苛立《いらだ》ちを押し殺しながら、声を発したであろう諒太の隣に立つ老人を視界に収める。

「これは失礼を。儂《わし》は央洲《おうしゅう》華族の末席を汚しております、御厨至心《みくりやししん》と申します。久我家には、月宮流《つきのみやりゅう》の師範として招かれている身にございます。輪堂の姫君におかれましては、以後、よろしくお見知りおきをお願いいたします」

「……翁どのは央洲の方でしたか、よろしくお願いいたします」

年下であるはずの咲に対して、礼節を尽くした態度。

未《いま》だ年若いとはいえ、八家の怒気を正面に受けて小動《こゆるぎ》もしないその顔に、下手に感情的になると足元を掬《すく》われかねないと判断した咲の態度も改まった。

央洲華族は、他洲を格下と見る風潮がある。

理由は様々あるが、他の精霊よりも強力とされている土行の精霊は、主に央洲の華族に宿るという事実が、その自負の多くを支えていると聞く。

下手に矜持《きようじ》の高い老人、機嫌を損ねると厄介そうだ。

それに間違いなく、相手は小知恵《アタマ》が回る。

「いや、12の若さでそこまでの立ち居振る舞い、儂も多くの御仁を見てきたが、堂々たる姿勢に、流石は八家の姫君よと感じ入るばかりにございますな」

——早速、猿山の頂点争いを仕掛けてきたか。

咲の警戒に気付いているからか、御厨至心は咲を褒めちぎる事から始めた。

そこに透けて見えるのは、久我法理とは別種の年季の入った老獪さ《タヌキ振り》。

本性は、好々爺《こうこうや》然とした面の皮に覆い隠されて全く見えてこない。

だが、四方山《よもやま》話の体裁を取り繕った言葉の意図は、どちらが上かを決めるための旗頭の取り合いだ。

故に、咲は相手が述べ連ねるだけの褒め言葉に、感情を揺らす事は無かった。

「……央洲華族の方にそこまでの評価を頂けるとは、過分な評価、身に余る思いです」

言葉を短く、目上に対する姿勢を以《もっ》て感謝を述べるに止《とど》める。

当たり障りのない言葉は、相手に下手な言質《げんち》を与えないためである。

咲の意図に気付いてか、御厨至心は面白そうに片眉《まゆ》を上げた。

興味を惹《ひ》いたのか、生意気と内心で吐き捨てたのかは咲には読み取れない。

だが間違いなく云えるのは、御厨至心は、咲と交渉をしてやる気になった事だ。

「なに、南部の方といえ同じ華族。洲の垣根や華族の位など、高御座の姫君《央洲の大神柱》と高天原《たかまがはら》を統べる三宮の方々の御許《みもと》では、斉《ひと》しく膝《ひざ》を折る立場に違いはないでしょう」

「なっっ――――‼」

――央洲を統べるものの前で、八家と己とでは然《さ》して違いはない。

丁寧なのは上面だけ。傲岸不遜《ごうがんふそん》に云い切る御厨至心に、咲の感情が再び揺れた。

若い咲が見せた青さ《隙》を、経験豊富な老爺《ろうや》が見逃すはずもない。

「……無論、八家の姫君に対して、久我の領地に足を踏み入れたからには嫁ぐ気もあるだろう、は流石に暴言も過ぎるでしょうな。久我家の勇み足について、充分に輪堂家への配慮は必要でしょう。

――ですが、諒太殿の心配にも、御一考の猶予は頂きたい」

「……く」

二の句を失った咲に、素早く御厨至心は、輪堂家への配慮を見せつつ都合のいい主張を差し込んだ。

「聞けば咲殿は、教導としてそこのものを連れて回っているとか。如何《いか》に奇鳳院《くほういん》さまの下知と云え、下の民と肌を近づけるのは迂闊《うかつ》が過ぎるというもの。久我本統の御生母にもなれる方にそのような下働き扱いを強いるとは、輪堂家の格が軽んじられるというもの」

「――屋根は同じですが、部屋が違うので問題はありません。輪堂家の当主《お父さま》よりの許可も頂いています。何よりも、彼が一人前になるまで補佐をする、その命を果たさずしては奇鳳院《くほういん》さまへの申し訳が立ちません」

「無論、無論。咲殿の面目を汚す意図は一欠片《ひとかけら》とてありません。ですが、下雀どもが囀《さえず》る噂話に責任を問うても仕方ないでしょう。気の安んじ得る女性が市井《雀》の噂話《エサ》に上った事を聞き及んだ、諒太殿の御心情にも配慮いただきたかったですな」

久我諒太に配慮する必要などそもそもないし、実際のところは噂になどなっていない。

平民は華族に対してそこまでの興味を持っていないし、教導役と云っても、表に立っているのは基本的に阿僧祇厳次《あそうぎげんじ》のはずである。

これは間違いなく、久我家に探りを入れられていたのだろう。

――目の前の老爺か、久我法理からの善意の提案《脅し》。

下手に提案全てを突っ撥《ば》ねたら、こちらもある事ない事流してやるぞ、と云いたいのか。

不利を悟って、咲は早々に論争を切り上げることを決めた。

どうせ相手も、こうなった場合の折衷案《逃げ道》を用意してあるはずだからだ。

「…………では御厨翁は、久我家に配慮して輪堂咲《わたし》に泊まれ、と？」

ここが分水嶺《ぶんすいれい》だ。越えれば、奇鳳院《くほういん》の下知だとしても、久我への協力などできなくなる。

それは老爺も熟知しているのか、にこやかに首を横に振った。

「まさか。ですが、こちらで別に用意した宿へ泊まって頂けたら、諒太殿の安堵も得られるでしょう。ご安心ください。久我家にほど近く、鴨津で一番と名高い高宿だとか」

――やはり、既に宿も用意済み。

無駄だと知りつつも、苛立ちから咲は皮肉を舌に乗せた。

「……無論、男客は居ないのでしょうね？　知らぬ宿で男が一緒に屋根を借りているなど、それこそ醜聞になりかねないのですが」

「御心配なく。完全に借り切っております故、咲殿以外の客がそもそもおりませんので」

「…………判りました。では、宿への紹介をお願いします」

僅《わず》かに本末転倒の手落ちを期待するが、老爺はにこやかに否定する。

――結局、舌戦で御厨至心の上を行くことは叶《かな》わなかった。

咲の行動を決定するためにどれだけの出費をしているのか。

どう考えても無駄遣いが過ぎる。善意の建前で糊塗《こと》した法理の目的に、内心で舌打ちをしながらも咲は最終的に折れる事になった。

# 6話　鴨津《おうつ》にて、向かい風に歩む　4

「――咲《さき》お嬢さま」

「……何？」

斜陽の陰りはまだ見えない未《午後2時》の刻の中頃、久我《くが》家の正門に背を向けて、人々の行き交う大通りに続く緩やかな石畳の坂に二つの影が落ちた。

――その遠慮がちにかけられた声に、先を行く影が足を止める。

未だ眉間《みけん》に皺《しわ》を寄せている咲は、不機嫌を絵に描いたような表情で晶《あきら》に視線を向けた。

「すみませんでした。俺、咲お嬢さまにそんな噂が立っているなんて知らなくて」

「そんな噂？　……あぁ、私が考えているのはそんな事じゃないわ」

「え？」

てっきり、平民の自分との仲を勘繰られた事に対して不機嫌になっていたと思い込んでいた晶は、咲の返した応えに肩透かしを覚えた。

「いい？　晶くんとの関係を勘繰られることは、君が吹聴しない限りまず無いわ。あれは、御厨翁《みくりやおう》の偽言《はったり》よ」

「偽言、ですか？」

「表向き、晶くんの教導役は阿僧祇《あそうぎ》の叔父さまよ。実際、大部分の教導は叔父さまが担当しているから、「疑問を持つ余地なんてないわ」

咲が第8守備隊に逗留《とうりゅう》している理由は、守り役であった阿僧祇厳次《げんじ》への信頼からであると説明されている。

それに、神無《かんな》の御坐《みくら》に関して話が通っているのは、奇鳳院《くほういん》の一族を除けば、側役《そばやく》2人と輪堂孝三郎《りんどうこうざぶろう》、加えて娘の咲しかいない。

神無《かんな》の御坐《みくら》の詳細は、晶本人も知らない機密事項だ。

教導に入っている咲であっても、情報漏洩《ろうえい》の虞《おそれ》から神無《かんな》の御坐《みくら》に関する知識は表層をほんの触りを教わる程度に留まっている。

晶や咲に、奇鳳院《くほういん》が知る情報全てを教える事はできない。

何しろ想像するだけでも、故郷では抑圧されたものに近い扱いを受けてきたのだ。

この事実全てを知れば、晶が憎悪で衝動的に動いてしまう可能性がある。

――それこそ、単独で國天洲《こくてんしゅう》に攻め入ってもおかしくないほどに。

奇鳳院嗣穂《くほういんつぐほ》は、晶の激怒を嗜《たしな》める事はできるだろう。

思い止《とど》まるように願う事も可能だ。

……だが強権を用いて現実に止めることは、奇鳳院《くほういん》にとっても越権行為となってしまう。

何故《なぜ》ならば、珠門洲の大神柱《朱華》が晶の行動全てを許容するからだ。

朱華《はねず》は晶の暴走すら笑顔で受け入れる。民草と晶を天秤《てんびん》に掛けるなら、躊躇《ちゅうちょ》なく晶を選ぶ。

その先に残るのは、統治すら覚束ない破滅しかないとしてもだ。

その結果を容認できない以上、晶が自身に関連する全ての情報を得てなお、自制を利かせられるだけの精神的な成長を、奇鳳院《くほういん》は促す事しかできないのだ。

「……私が怒っているのはね、私たちを呼び寄せた理由がこんな下らない罠《わな》を仕掛けるためっていう事よ」

そして、その罠にまんまと陥った己自身に、だ。

久我法理《ほうり》の狙いは、咲を側室として久我諒太《りょうた》に娶《めと》らせる事で間違いないだろう。

そのためには、教導している晶の存在が邪魔になる。

理由までは突き止められていないだろうが、奇鳳院《くほういん》が晶を気に掛けている事はそれなりに知られている。

そうである以上、晶に直接干渉する事は奇鳳院《くほういん》の不興を買う恐れがあるため、実行は難しい。

だからこそ手始めに、咲と晶を物理的に引き離す手段を取ったのだろう。

到着して直ぐに面会が叶ったのも、これで頷《うなず》ける。

一度でも同じ宿で夜を過ごす事を赦《ゆる》してしまったら、用意していた言い分が弱くなってしまうからだ。

だから、咲たちがいつ到着しても面会できるように、事前に準備していたのだろう。

憤懣《ふんまん》やる方ない感情で吐き捨てる咲を余所《よそ》に、晶はこの問題をどうしたものかと頭を悩ませた。

この類の話題に無縁であった晶でも、咲の気持ちが諒太に向いていないことは理解しているが、華族の婚姻問題に巻き込まれるのは勘弁してほしかった。

現在、最も関心を向けているのは、妖刀の浄化に動いている武藤《むとう》と陸斗《りくと》の動向である。

正直なところ、奇鳳院《くほういん》や輪堂家の思惑に向けられるだけの余裕が無いのが実情であった。

「それで、どういたしましょうか？」

「……仕方ないわね。どうせ、久我家《向こう》も手を回しているんでしょうし、初手《最初》は相手に譲りましょう。私はこの先に有る高宿に泊まるわ。とりあえず、晶くんも宿の場所を確認しておいて。最悪の場合でも、私たちの連携は取れるようにしておきたいし」

「はい。……それにしても、どうして久我家は咲お嬢さまに拘《こだわ》るんですか？ 失礼ながら、輪堂家との関係を悪化させてまで望むほどの理由はないと思いますが」

「――傍目からは、ね。私が期待されているのは、久我くんの抑え役よ」

晶の言及通り、久我家が咲を望む理由は殆《ほとん》ど無い。

三女とはいえ、同じ八家の姫を側室に望むなど傲慢《ごうまん》に過ぎる考え方であるし、これで輪堂家と争う羽目になったら目も当てられない事態になりかねない。

だが、それでも望みたくなるほどに、久我法理は焦っているのだろう。

久我法理の最終目的は久我諒太を奇鳳院嗣穂《くほういんつぐほ》の伴侶《はんりょ》にする事だろうから、残りは側室として迎えるしかない。

――久我家は、伴侶選考が取り止めになった事をまだ知らない。

神無《かんな》の御坐《みくら》が奇鳳院《くほういん》嗣穂の伴侶として内定している事実は、機密事項故《ゆえ》に探れていないからだ。

実際、神無の御坐《晶》が居なかった場合の選考結果は、同年代では諒太にほぼ決定していた。

家格、文武における実力は、久我家が自信を持って送り出せる程度には満たしていたからだ。

それでも話題上で難航していた理由が、性格や思慮の浅さといった問題が最大の懸念点として取《と》り沙汰《ざた》されていたからだ。

久我諒太は、格下と認識した者に対する興味を無くす欠点がある。加えて、賢くはあるが思慮深くは無かった。

四院の伴侶としては、致命とも云える欠点を有しているのだ。

……特に、義王院静美《ぎおういんしずみ》の伴侶として公表されている雨月颯馬《うげつそうま》と比較すれば、2つも3つも格落ち感が否定できない程度には、明確な瘢痕《あばた》と云《い》えた。

「……八家で顔馴染《かおなじ》みだから、私の言葉は比較的に聞いてくれるの。それに、埜乃香《ののか》さんを側室に迎えたって事は、火行の衛士を側室にする必要があるわ」

「五行相生、ですね」

五行運行において、基礎という概念を司《つかさど》る土行は非常に強力だが、あくまでも五行の一角に過ぎない以上、強力であっても最強ではありえない。

木克土。即ち、土行に克《か》ち得るのは木行なのだ。

加えて木生火、木から火は生じるため、木行の精霊遣いは火行との相性が飛び抜けて良い。

木行の衛士《えじ》を加えることは、珠門洲《しゅもんしゅう》において土行の精霊遣いを制御する上での最適解と云えた。

つまり、帯刀《たてわき》埜乃香と火行の衛士が組めば、久我諒太が暴走したとしても力尽くで押さえ込む事が可能となるのだ。

「うん。上位華族である埜乃香さんの実力は、かなり高いはずよ。久我家に来て半年も経っていないはずなのに、もう久我の内部を取り纏《まと》めている。御当主さまの刀自《奥さま》がやらなきゃならない出迎えを代わりにやってたから、内政の手腕も軽んじられないわ」

帯刀埜乃香の優秀さ。それこそが、久我法理の抱えてしまったもう一つの誤算だったのだろう。

埜乃香は壁樹洲《へきじゆしゆう》の華族だ。このまま久我の内政を任せれば、壁樹洲の華族が珠門洲の八家に対して無視できない発言力を持つ可能性がある。

加えて、正室に奇鳳院《くほういん》嗣穂を望んでいる以上、もう後一人、珠門洲出の側室を迎える事で埜乃香《ののか》の政治力を牽制《けんせい》しつつ、久我家を取り纏めさせるしかない。

そのために必要な側室の最低条件は、帯刀と同格以上の家格を持ち、婚姻先の決まっていない妙齢で未婚の火行の衛士、という事になる。

最低でもこれだけの条件を揃えた者を、珠門洲に属する華族の中から選出しなければならないのだ。

ここまで来れば、候補など殆《ほとん》どいなくなる。

強引にでも咲を取り込もうとしていたのは、その辺りが理由だろうと咲は推測した。

「ともかく、こんな開けた場所でする会話じゃないし、もう行きましょうか。——晶くんも最低限の自衛はしておいて。奇鳳院《くほういん》の後ろ盾が守ってくれるはずだけど、害意だけが相手を陥れる手段じゃないから」

「…………はい」

見渡す視界に人の影は見当たらないが、雑音の中で咲の小声を抜いてみせた埜乃香という例がある。

此処《ここ》で気を抜いて会話に興じるのは、流石《さすが》に怠慢に過ぎるだろう。

周囲に気を配りながら踵《きびす》を返す咲に、晶は短く首肯を返すに留《とど》めて、その後を追った。


「―――あれ？」

久我の屋敷に続く坂を下る最中、視界の下の方から数人が登ってくる光景に晶は思わず声を上げた。

それ自体は不思議でもない。太陽はまだ高いし、晶たちとの面会だけが久我家の用事では無いだろう。

だがその一団は、晶の記憶にあるどの衣服よりも奇妙な格好をしていた。

この真夏の炎天下で黒の長衣に身を包んだ痩身《そうしん》長躯《ちょうく》の男を筆頭に、やや簡素な青の服を着こなす二人の男性。その三人に囲まれているのは、純白の長衣に身を包んだ年齢《よわい》18ほどの少女。

衣服もそうだが、何よりも晶の目を惹《ひ》いたのは彼らの髪の色であった。

高天原《たかまがはら》の人間では見たことのない、淡い色彩の髪色。

亜麻色、赤色、―――そして中央の少女が持つ、輝かんばかりの金色の髪。

「どうしたの？　―――あぁ」

思考に沈んでいた咲も、晶の反応からその一団に気付いた。

「西巴《せいは》大陸の人たちね。華蓮《かれん》ではまだ見かけることが少ないだろうけど、鴨津《ここ》だったら、たまに見かけるわ」

視線を合わせないように。暑気の籠《こも》る微風だけが、両者の間を吹き渡る。

——結局、互いに視線を合わせることなく歩調を変えることなく、何事もなくすれ違った。

「……っはあぁぁぁ！」

一団が視界から消えると同時に、晶は安堵《あんど》から大きく息を吐いた。

「そんなに緊張すること？　見た目に慣れないのは分かるけど、結局のところ、同じ人間《ひと》よ」

「初めて見ましたので。お嬢さまは慣れておられるのですか？」

「珍しくはあるけど初めてって訳でもないし、緊張するほどじゃないかな」

努めて何でもない風に、咲から応えが返る。

凄《すご》いなぁ、と場違いな感心を抱きつつ、先刻の一団を思い返した。

「……華蓮で流行《はや》っていた洋装とは、随分と別なものでしたね。向こうの流行《最先端》って、ああいうのなんでしょうか？」

「流行とは関係ないんじゃない？　——あれって確か、『アリアドネ聖教』の司教服だったはず」

「え⁉」

さらりと告げられた内容に、晶は思わず声を漏らした。

嗣穂から聞いた、『導きの聖教』の母体宗教。

随分と重要な情報な気もするが、咲が警戒を見せていない事に、咲と晶のどちらが間違っているのか不安になる。

「『アリアドネ聖教』と『導きの聖教』の関係を復活させるのが、向こうの目的では？」

「動いているのは『導きの聖教』であって『アリアドネ聖教』は無関係だというのが、向こうの言い分よ」

「だ、大丈夫なんですか？」

「相手は大国よ、表向きの言い分は守るはず。……先《ま》ずは妖刀の浄化に集中しましょう。久我家に宿を決められてしまった以上、私が動ける余裕は今夜しかないし」

残る不安を振り払い、晶は咲の言葉に肯《うべな》いを返す。

――だが、一度口にした不安は、澱《おり》のように何時《いつ》までも心の中に残っていた。

◇

――……あの2人。

ベネデッタは、肩越しにちらりと視線を巡らせた。

無意識に探したのは、先刻にすれ違った年齢《とし》の若い男女2人の姿。

しかし、真夏の陽炎《かげろう》に遮られて、既に2人の背中を見つける事は叶《かな》わなかったが。

『ベネデッタ《ベティ》、どうかしたかい？』

幼い頃からの知己であり、その縁からこの極東まで付き合わせてしまった友人のサルヴァトーレ・トルリアーニが、ベネデッタの仕草を見て声を掛けてきた。

『……先刻《さつき》の2人だけど、どういう関係かなって』

少女の見慣れなくも仕立ての良い異郷の衣服と、少年の諭国《ロンダリア》に影響を受けたと見られる軍服に似た服装。

すれ違った時、少年は一歩引いた立ち位置で、少女の歩みを邪魔しないように立てていた。

――単純に考えるなら、良家のお嬢さまと従者の立ち位置なんだけど。

『お嬢さま《レディ》と従者《スクワイア》じゃないか？　……騎士《カバリエレ》と評してやるには、可哀想なくらい貧相に過ぎる』

偉丈夫で知られるサルヴァトーレの評価に、ベネデッタは思わず噴き出した。

少年《晶》には悪いと思ったが、ベネデッタの騎士を自任するサルヴァトーレと比べれば成長期であったとしても細過ぎる。

『貴方《あなた》と比べたら、それはね。――そうじゃなくて、お嬢《咲》さまの方が従者《晶》を気に掛けているように感じたから、少しだけ関係が気になったのよ』

立ち位置や歩き方を見れば、貴族と従者の関係であるとは思う。

だが少年に対する少女の仕草が、どうにも上位の存在に対する敬意に似た香りを放っていたように感じた。

『主従の立場をわざと入れ替えたんじゃないか？　子供たちは、よくそんな悪戯《いたずら》をするだろう。……何処かのお転婆姫が東部の避暑地《ゼノベアの港町》に足を運んだ際に、騎士の友人と立場を無理矢理入れ替えて、海岸に遊びに行ったのは懐かしい思い出だ』

『サルヴァトーレ《トト》!!　……もう、何歳《いつ》の話をしているの？　10年以上前の若気の至りじゃない』

幼い頃、自身がしでかした悪戯の顛末《てんまつ》をバラされて、ベネデッタの頬にさっと朱が差す。

その様子にサルヴァトーレと肩を並べて歩くアレッサンドロ・トロヴァートが、快闊《かいかつ》に笑いながら会話に口を挟んできた。

『はは。カザリーニ嬢のお転婆振りか。そういえば、トルリアーニ卿《きょう》は聖女殿の幼馴染《おさななじみ》であったな。貴公は、その類の噂話《テ引き出し》が多そうだ』

『正《まさ》しく！　彼女のやらかしには、大体、私が巻き込まれていますからね。――語り尽くすには、一晩じゃあ足りないくらいだ』

『ほほう。……では、貴公の口を軽くするために、一晩、酒に付き合ってもらおうか』

『トロヴァート卿!!』

『おおっと、聖女殿のお怒りに触れてしまったかな？』

流石に、自身のしでかした悪戯の数々を酒の肴《さかな》にされては堪《たま》らない。

ベネデッタは柳眉《りゅうび》を逆立てて、笑いながら肩を竦《すく》め合う2人の聖堂騎士《パラディーノ》を睨《ね》めつける。

――その時、

『――お三方、そこまでにしておいてください』

前方を歩く司教のヴィンチェンツォ・アンブロージオが、厳しい口調で釘《くぎ》を刺した。

『母国語《ヴァンスイール》を使っておられるから、極東の猿どもに盗み聞かれる恐れは少ないでしょうが、無闇に情報をくれてやる道理も無いでしょう。こんな準備不足で謁見に臨まねばならないのは、流石に私でも予想外なのです、不安要素は少しでも削っておきたい』

『……………ええ、申し訳ありません、アンブロージオ卿』

会話の中身は、他愛《たわい》のない個人《プライベート》の過去話だ。

苦笑するしか使い道の無い話題の一つ。抜かれたところでそこまで固執する者もいないだろう。

そこまで目くじらを立てる事もあるまいと僅《わず》かに反駁《はんばく》を覚えたが、結局は口にする事も無く、べネデッタはアンブロージオに首肯のみを返した。

アンブロージオの危惧《きぐ》も理解できるからだ。

ヴァンスイールは世界のほぼ反対側に位置している。距離が隔絶しているが故に高天原はそこまで警戒をしていないだろうが、『アリアドネ聖教』との過去を考えれば、関係性も良好とは言い難い。

『——しかし、領主に面会の依頼を出した途端に叶うとは、少し予想外でした。こちらから出した要望故に、拒否もできませんでしたし』

ベネデッタたちは当初、面会までに一日の猶予があると踏んでいた。

だが、鴨津の領主の反応を見るために当日の面会予約を入れると、こちらも意外なほどにアンブロージオの意思が通る。

難癖をつけるための無理強いが通ってしまい、逆に慌てたのはアンブロージオの方であった。

『……未来を読めぬ以上、我らが何を行いに来たのかは知られていないはずです。島国の、それも一領主。どうせ、都合よく暇を持て余していたのでしょう。とりあえず、この地の教会に1ヶ月の逗留《とうりゅう》が叶えば、こちらの最低条件は叶ったも同然です。後は、ここの領主からどれだけの譲歩を引き出せるか、ですね』

『…………はい』

何処《どこ》かに落とし穴があるような見えぬ不安にベネデッタは駆られるが、アンブロージオの言葉に異論がある訳ではない。

ベネデッタたちの来訪を確認していたのだろう。

石造りのそれと比べたら堅牢《けんろう》とは程遠い木造の門が、それでも重い音を立てて開かれる。

その向こう側で、ベネデッタと同じ年頃の少女が深々と頭を下げて、来訪を歓迎する姿が見えた。

# 7話　それぞれの思惑、徒然《つれづれ》と想《おも》う　1

「――父上、全ての業務が終わった事、ここに報告します」

「そうか。ご苦労」

夕陽の昏《くら》い茜《あかね》が差す書斎の手前で、諒太《りょうた》は父親である久我法理《くがほうり》にそう短く報告だけを入れた。

久我法理も、いつも通り短く応《いら》えを返すだけに留める。

「……諒太」

諒太も口を入れることなく襖《ふすま》を閉めようとするが、今日に限って珍しく法理が諒太の退室を呼び止めた。

「応《おう》」

「咲《さき》殿の手応えはどうだった？」

「……問題ねぇよ。御厨師範《みくりやせんせい》も口出ししてくれたから、あの平民は引き離せた」

「御厨殿の手助けがあって、成果がそれか。……不甲斐《ふがい》ないな」

月宮《つきのみや》流の師範として招いている御厨至心《ししん》は、央洲《おうしゅう》でそれなりに名を馳せる華族の出である。

実のところ、老いたりといえ華蓮《かれん》に対してもそれなりの発言力と伝手を持っているため、長谷部《はせべ》領の政治力学上の均衡を保つ駒としても無視はできない。

だが、あの老人は央洲の華族であって、珠門洲《しゅもんしゅう》の華族ではない。師範《契約》として以外の行動に対して動かすのには、有形無形に拘《かかわ》らず無償ではあり得なかった。

央洲の老人に借りを作るのは本意では無かったが、咲を久我家に取り込むために支払った手間を考えると万一の手抜かりも許されないため、御厨至心に口出しを願ったのが事の次第である。

一応、最低の目標として設定していた教導している防人《さきもり》との引き離しは成功したが、久我法理としては夕餉《ゆうげ》を共にするくらいは成果を期待していた。

「仕方ねぇだろ。何でか知らねぇが、あの平民は嗣穂《つぐほ》さまに随分と気に入られているんだ。百鬼夜行の後だって、わざわざ守備隊の屯所に出向いてあいつを庇《かば》ったくらいだぜ？　調べてもなんも出てこねぇし、下手《へた》に突《つつ》いて機嫌を損ねるよりかぁマシだ」

「……確かにな」

諒太は口を尖《とが》らせた。

だが、その抗弁にも一理はある。唸《うな》りながら法理は腕を組んだ。

法理の目的は、諒太を嗣穂の婿とする事だ。

より正確に言及するならば、珠門洲に対する揺るぎない発言力を手中にする事である。

輪堂《りんどう》咲はそのための布石に過ぎず、咲を手中に収めるのと引き替えに奇鳳院《くほういん》が後見まで引き受けた平民を害して、奇鳳院嗣穂の印象を損なうというのは本末転倒でしかない。

――帯刀《たてわき》埜乃香《ののか》が、良い買い物過ぎたな。

咲の見立て通り、法理は埜乃香《ののか》の優秀さを危惧していた。

無理に無理を重ねて壁樹洲《へきじゆしゅう》から木行の衛士《えじ》を側室に望んだのだが、年齢16の小娘が久我の屋敷に逗留して3ヶ月ほどで客人の出迎えを任じられるほどに優秀なのは予想外であった。

結果が良過ぎたり手応えが無さ過ぎたり、どうにもここまでに振った賽《さい》の振れ幅が大きく結果に悪く作用している。

「嗣穂さまからの神託は確かなんだろ？　『導きの聖教』が行動を起こすのは来週末。だったら、咲の件はそれまでに片を付ければいい。――どうせ行動を起こす前に押さえれば、雑草共は地の下に潜るだけだ。それならば派手に火を点《つ》けて、一切合切を根切《根絶やし》りしてやれば後腐れは無くなる」

「――その通りだ」

2週間前に奇鳳院《くほういん》から齎《もたら》された神託は、『導きの聖教』の蜂起に関するものであった。

久我が長谷部領を統治するより以前に『アリアドネ聖教』から分派した『導きの聖教』は、過去に数度、龍脈の基点となる風穴の管理権を巡って武装蜂起を起こした前科がある。

最終的に『アリアドネ聖教』からの告発と破門に近い交流断絶を受けたため、現在の『導きの聖教』は民間信仰ほどの勢力しか持っていない。

加えて長期間にわたる教義の断絶から、『導きの聖教』は原典となる『アリアドネ聖教』とはかけ離れた教義へと変化したとも聞いている。

『導きの聖教』最大の集団が鴨津《おうつ》郊外の廃村を占拠したという情報は掴《つか》んでいたものの、少数の集団に限られた騒動であるため神託があったとしても法理はそこまで問題視はしていなかった。

実のところ諒太が言及した通り、一斉蜂起を誘発させて後顧の憂いを断つ大義名分とする程度にしか考えていなかった。

「――先刻《さつき》来てた奴らは『アリアドネ聖教』の？」

「そうだ。いつも通りの布教と改宗の要求、今日の奴らは一層に強烈だったぞ。何しろ、鴨津中心の風穴上にある神社《やしろ》を取り壊して教会を建てろとまで云《い》ってきたからな。……我らに土地神を捨てろ、それが義務であると。アンブロージオと云ったか？　あの司教、したり顔で宣《のたま》わってきたわ」

鴨津の中心にある風穴は長谷部領最大の風穴、つまるところ久我家に於《お》ける最重要地である。そこを寄越せという事は、長谷部領に於ける支配権を寄越せという事に他ならない。

常識的に考えて大真面目に提案してくる事自体、正気を疑われても仕方のない行為だ。

断られる事は勿論《もちろん》のこと殺されても文句は云えない発言にも拘らず、後ほどにまた交渉させて頂くと言い切り、席を立ったアンブロージオの風貌《ふうぼう》を思い返して、法理は苦々しく口の端を歪《ゆが》めた。

「……父上。『導きの聖教』を根絶やしにする前に、『アリアドネ聖教《あいつら》』を叩《たた》き潰《つぶ》した方が良くないか？　合流されたら厄介だぞ」

「その通りだ。……だが、難しい。過去に『アリアドネ聖教』は『導きの聖教』を切り捨てる代わりに、政治的な不干渉《領事権》を手中にしている。奴らは波国《ヴァンスイール》の使者という体裁も取っているからな、少なくとも我らからの干渉は不可能に近い」

当時、頭が痛かったのは『導きの聖教』の暴走で『アリアドネ聖教』としての存在力は皆無に等しかったからだが、現在の状況と併せて考えると厄介な契約を交わしてくれたものだと、法理は嘆息を禁じえなかった。

高天原《たかまがはら》に対する干渉を物理的にやらかしてくれさえすれば、それを口実に何から何まで斬り捨ててやるのだが、毎年してくる事と云えば改宗の要求ぐらいで高天原としても強引に手を出す事はできなかったのだ。

「……時機が良過ぎるのが気になるが、合流は危惧しなくてもいいだろう。『アリアドネ聖教』の自由を保証している根拠は、『導きの聖教』とは別組織であるという彼奴目等《きゃつめら》の証言一つだ。たかだか廃村一つを占領するために苦労して守ってきた領事権を台無しにするほど、奴らは無能でも短慮でもない」

「判ったよ。——だけど守備隊に警戒するよう指示はしたぜ。今夜から護櫻《ごおう》神社に一部隊が常駐するはずだ、戦力は割かれるだろうが無いよりかはマシだろ？」

「いいだろう。とりあえずの判断としては充分だ」

諒太が出した無難な指示に、満足そうに頷《うなず》いてみせる。

これまでの主張を考えても、『アリアドネ聖教』の第一目標は鴨津中央にある風穴を珠門洲の龍穴を陥落せしめるための橋頭堡《きょうとうほ》とする事で間違いはないと、久我法理は確信していた。

使者の体裁を取る以上、波国《ヴァンスイール》が送り込める戦力は限られている。

加えて鴨津を攻略するための時間は本国との距離を鑑みても短時間でなくてはならず、戦力を注ぎ込む判断を誤ればその時点で目的の破綻《はたん》は免れない。

廃村一つを占領するなどと云う寄り道を許せるほどの余裕など、法理は与えるつもりは毛頭なかった。

「……ああ、序《つい》でだ。あの平民《金魚のフン》、警備する守備隊に放り込んでいいか？　あの貧弱さだ。鍛える場所の提供って事なら、咲も否とは云わねえと思うが」

「そうだな、守備隊の防人に鍛えて《シゴい》やれと伝えろ。どうせなら、実戦に出ないように細工《足腰立てない》してやるのもいい」

奇鳳院《くほういん》が晶を送り込んできた理由が、法理にはいまいち掴めなかった。

嗣穂が目を掛けている以上、地力は悪くないと思うがどうにも覇気が足りなく感じられたからだ。

百鬼夜行で怪異を浄滅せしめる大功を納めてみせたとは聴いているが、本人を直に見ても首を傾《かし》げる程度の意気しか見えてこない。

まさかの誤報を疑いもしたが、それでは奇鳳院《くほういん》が目をかけている理屈が通らなくなる。

久我家の意向が極端に奇鳳院《くほういん》の内部で横行する事を嫌った、奇鳳院紫苑《くほういんしおん》現当主の釘刺《くぎさ》しと云うのが一番らしい理由だが、さて。

疑問が疑問のまま、法理の脳裏が晴れる事は無かった。

晶《あきら》と咲の距離感に危惧を抱く前に、晶自身をもう少し調べるべきであったか。

神託が絡む一件に捻じ込んできた意図は実戦を経験させるためだろうが、取り立てられて一ヶ月の平民崩れなど足手纏《あしでまと》いの看板を背負っているようにも見えてしまう。

——尽きぬ悩みが眉間《みけん》に皺《しわ》を刻む。諒太が退室した後も、法理が思考から現実に浮かび上がる事は暫く無かった。

◇

ばさり。晶が今まで触ったことのない上質の寝具《ベッド》の上に、やや重い音とともに持ち込んだ呪符が広がった。

「手当たり次第に呪符を買ったけど、やっぱり足りないかな」

武藤《むとう》との戦いを経て思い知った事がある。

落陽柘榴《らくようざくろ》を与えられたとしても、精霊力を潤沢に宿していたとしても。……結局のところ晶には半人前以前の実力しかないのだ。

落陽柘榴《らくようざくろ》を失ってしまうと、晶に抗う術《すべ》はない。

ため息とともに呪符を入れていた袋を手にすると、その奥からするりと一枚の呪符が滑り落ちた。

今の晶から見ればやや拙《つたな》い手跡の真言《マントラ》と、その上の墨痕《ぼっこん》鮮やかな『玄生《げんせい》』の二文字。

幼い頃に書き上げた初めての回生符、その最後に残った一枚であった。

暫く複雑な面持ちで眺めてから袋の中に戻す。

呪符に認《したた》められた『玄生』の文字は、三年前にくろが直に筆を取ってくれたものである。

それは、晶が玄生であるという最後の証明。

――こればかりはどれだけ困窮しようとも、晶に手放す意思は無かった。

「取り敢えず、落陽柘榴《らくようざくろ》を手放さないようにしよう」

湯水のように戦闘で呪符を行使うよりも、そちらの方が手っ取り早い対策になるだろう。

懊悩《おうのう》に一応の決着をつけると、きゅるりと腹が鳴いて空腹である事を主張し始めた。

「……飯、食いに行くかな」

こんな時でも空腹を忘れない自分に情けなさを覚えつつ、寂しさの目立つ巾着《きんちゃく》袋を懐に仕舞い込む。

一日くらいなら抜いても構わないだろうが、食事は晶にとって数少ない楽しみの時間だ。

# 7話　それぞれの思惑、徒然と想う　2

「――らっしゃい‼」

ガラリ。嵌《は》め硝子《ガラス》の引き戸を開けると、客の立てる喧騒《けんそう》の奥から威勢のいい声が飛んできた。

日中の暑気に負けない熱と湯気が、蕎麦《そば》の香りと共に晶の鼻腔《びこう》を満たす。

未《いま》だ幼さが目立つ風貌の少年が入《はい》って来た事で客の幾人かが無遠慮に視線を向けるが、少年の服装が防人の隊服である事に気付いたのか、直ぐに慌てて視線が散っていった。

痩《や》せた高地でもよく育ち庶民の胃袋を支える蕎麦は、高天原《たかまがはら》で最も手軽で安価な食材の一つである。

晶《あきら》が寂しい懐と相談して直ぐに出した答えもまた、蕎麦の店であった。

厨房《ちゅうぼう》にいた店主であろう壮年の男性に一番安い掛《か》け蕎麦の注文を通し、折よく空いていた壁隅の席に腰を下ろす。

――またか。

あからさまな視線は無くなったものの、ちらりちらと掠《かす》め見るそれに変わったに過ぎず辟易《へきえき》とした嘆息が漏れた。

防人となれるのは基本的に華族出の者だけである。こう云っては何だが、防人が場末の蕎麦屋《そばや》に腰を下ろす事など滅多にない。

華族と接する事の無い平民たちにとって、防人を間近に見る事は、厄介事と然《さ》して変わらない感覚なのだろう。

防人となってからの一ヶ月の間、晶はその事を嫌という程に肌で感じていた。

好奇からくる視線への対処は難しく、何か起きれば久我《くが》家や咲《さき》に迷惑が掛かる。

視線を向ける程度ならと、晶は努めて無視の姿勢を決め込んだ。

無反応な晶の様子に、やがて周囲も飽きたのか向けられる視線も散っていく。

――暫くしてから晶の眼前に湯気の立つ椀《わん》が一つ、ゴトリと重い音を立てて置かれた。

葱《ねぎ》と蕎麦が泳いでいる椀に箸《はし》を突き立てて、底から蕎麦を掻《か》き混ぜる。

空腹を訴える胃袋を宥《なだ》めながら大きく一口――。

「相席、いいでしょうか？」

口調に僅《わず》かな違和感の残るもののそれでも充分に流暢《りゅうちょう》な言葉使いに、晶は寸前で箸を止めた。

視線を上げると、そこには昼間にすれ違った異国の女性の姿があった。

素早く周囲に視線を走らせる。目立ちはしないが、店内に一つ二つ空席は見受けられる。

わざわざ晶に相席を願う理由はないはずであった。

――つまり、晶の対席に用があるという事だ。

「………どうぞ」

「ありがとうございます。――給仕《カメリエレ》、彼と同じものを」

晶の肯《うべな》いに微笑《ほほえ》みを浮かべて、木組みの椅子を引いて女性は座った。

失礼が無い程度に改めて、晶は女性の姿を具《つぶさ》に観察する。

肩のやや下まで伸びる金糸の如き髪と抜けるような白磁の肌、猫を思わせるやや吊《つ》り上がった藍《あい》の瞳。

朱華《はねず》を知っているからこそ驚きは無いが、高天原ではまず見かけない白磁の芸術を思わせる女性。

異常なのは周囲の反応も、だろう。

晶以上に異物であるはずの女性の姿に、しかし周囲の喧騒は僅かにも揺らぐ事は無い。

まるで特徴の無い客が入店《はい》って来たかのように、店主は注文を受けて厨房の奥に消えた。

——何かの術か。

起きている異常に、晶は確信を持った。

結界術の一つに人除《ひとよ》けを目的としたものがある。仮令大洋《たというみ》を隔てた向こうの国家であっても、似たような呪術が存在する事は簡単に想像がついた。

努めて感情を表面《かお》に出さないように意識しつつ、晶は掛け蕎麦を一口に啜《すす》った。

醬油《しょうゆ》と鰹節《かつおぶし》の風味。うどんよりもやや塩味《えんみ》の立った熱い出し汁が、蕎麦の香りと共に咽喉《のど》から胃腑《い》までを灼《や》いて落ちていく。

その感触に深い満足を覚えながら、晶は椀の中身を飲み干す勢いで掻き込んだ。

汁を飲み干してからやや経って顔を上げると、先程と変わらぬ微笑みが晶の視線を迎え撃った。

どうやら、律儀に晶を待っていたようである。

——これは逃げられないな。

その姿勢に嘆息をして、晶は居住まいを正して聞く姿勢を取った。

「——初めまして、高天原の騎士殿《カバリエレ》」

「初めまして、じゃあ無いですよ。先刻《さつき》、久我家の屋敷前ですれ違いましたから。だから、俺の前に座ったんですよね？」

「はい。食堂《シイ》を探していたら、偶然に貴方《あなた》の姿を見掛けまして。お一人の御様子でしたので、会話の相手をお願いしようと」

胡散臭《うさんくさ》い。晶の双眸《そうぼう》に険が宿るが、少女の微笑みが崩れる様子も感じられない。

……だが、嘘でもないだろう。晶はそう確信を持った。

わざわざ、半端モノの防人《さきもり》に接触を図ったのだ。お世辞程度の嘘を交えて、徒《いたずら》に相手の警戒心を煽《あお》る理由も無いからだ。

「――そうですか。貴女《あなた》みたいな美人に話し相手を求められるなんて、俺も捨てたもんじゃないな」

「ええ、自信を持つに値するかと」「それで？」

前戯じみた言葉の応酬は晶の好みではない。さっさと切り上げようと女性の言葉尻《ことばじり》を捕まえる。

「？」

「俺に訊《き》きたい事があるのでは？　応えられる事はあまりありませんが」

「偶然とは考えないんですか？」

「俺ごときに呪術を行使《つか》って、わざわざ対席を狙って？　冗談でしょう。貴女は、そこまで軽い身分とも思えませんが」

「何故《なぜ》、私の身分が判ったのですか？　一応、身分を示すものなんて身に着けてないはずなんですが」

「波国《ヴァンスイール》はかなり遠い国と聞きました。尋常じゃない費用を掛けて高天原まで足を向けるのは、商売のためか外交《政治》のため。どちらにしても、金子《カネ》を持ってる身分の方だ。——ついでに店前《おもて》に立っている2人、貴女の護衛と見ましたが？」

「……正解です。貴方と接触したのはいい誤算のようですね」

嵌め硝子越しに見える男性の影を指摘すると、女性はそれまでとは別種の微笑みを浮かべてみせた。

やはり子供扱いされていたようだ。呪符組合で『玄生《げんせい》』として交渉してきた経験が活《い》きた事に感謝しつつ、本題はこれからと気を引き締める。

だが、相手の出鼻《でばな》を挫《くじ》いてやる位はしておくべきだろう。

「さて、どうですかね？　俺は防人でも成り立ての下っ端だ。貴女の質問に答える気は無いですし、その気が有っても答えられないですよ」

「そうでもないでしょう。——自己紹介が未だでしたね、私は波国《ヴァンスイール》にて爵位を戴《いただ》いておりますベネデッタ・カザリーニと云《い》います。騎士《カバリエレ》殿の名前をお訊きしても？」

「……晶と云います。先刻も聞きましたが、かばりえれとは？」

「済みません。……ええと、士族、でしたか？」

士族、防人の事か。まさか大洋《うみ》の向こうから来たばかりの女性《ベネデッタ》が、晶の出生を詳細に知っているなどとは思えない。

であるなら、ベネデッタが晶の身分を誤解した理由は一つだろう。

ちらり。傍らに立て掛けてある落陽柘榴《らくようざくろ》に視線を向ける。

その視線の意味に気付いたのか、ベネデッタは大きく頷《うなず》いて勢い込んだ。

「はい。高天原でも、精霊器を所持するのは士族の者のみと聞き及んでいます。それ故に晶さまは貴国の貴族であるとお見受けしましたが」

「……大体はその認識で間違いは無いですが、俺に関しては見当違いですよ。例外中の例外ですが、俺みたいな平民出の防人もいますし」

「そうなんですか？　……まあ、それでも問題ありません。私がしたいのは世間話ですよ」

「？」

穏やかに言葉を紡ぐベネデッタの前に、晶と同じ掛け蕎麦の椀が置かれた。

嬉《うれ》しそうに椀を寄せて、立ち昇る蕎麦の香りに鼻を鳴らす。

「ああ懐かしい香り、お店に入った時から気になっていたんです。この麺《パスタ》の名前を訊いてもいいですか？」

まあ、それ位なら押し黙る必要もあるまい。

怫然《ふつぜん》としつつも、特に抵抗なく口を開いた。

「……掛け蕎麦です」

「ソバ、ですか。――本当に良い香り。私の記憶にもあるんですけど、どこで嗅《か》いだのかしら？」

そう呟《つぶや》きながら、懐から金属製の匙《スプーン》と肉刺《フォーク》を取り出した。

匙に出し汁を一掬《ひとすく》い。品の良い所作で、桜色の唇が匙の汁を嚥下《えんげ》する。

ベネデッタの頬が可憐《かれん》に綻《ほころ》ぶ。どうやらかなり気に入ったようだ。

『少し塩辛いけど、美味《おい》しい出し汁《スープ》ね。――魚醤《コラトゥーラ》かな？　故郷のものと比べたら随分と癖が無いけど』

口早に呟かれたそれは、波国《ヴァンスイール》の言葉であったため晶が理解する事は叶《かな》わない。

だが、慣れた味が好まれるのに悪感情は覚えない。ベネデッタの様子に晶の警戒は少し緩んだ。

「──ああ、懐かしいはずです。蕎麦《グラーノ》の麺《パスタ》ですか、ピッツオケリ、教会でよく食べました」

「波国《ヴァンスイール》にも蕎麦が？」

「蕎麦《グラーノ》？　ええ。北部の特産品です。故郷では乳脂《バター》と乾酪《チーズ》で煮るものが主流でしたが、海のものと合わせると風味が変わって美味しいですね」

「山の食材ですか？　そちらも美味しそうだ」

「ええ、冬を越すための大切な恵みの一つです」

波国《ヴァンスイール》の食材の名前だろう。どういったものかさっぱりだが、適当に相槌《あいづち》を打った。

だが、何であれ故郷の食べ物に興味を持たれて嬉《うれ》しいのは、ベネデッタも同じである。

晶の同意に、嬉しそうに肯《うべな》いを返した。


しばらくして、ベネデッタの前にある椀が幾許《いくばく》かの出し汁を残すのみとなった辺り、頃合いと見て晶が本題を切り出した。

「……さて。俺はこれで帰りますが」

「はい。愉《シ》しい《イ》時間でした。お礼と云っては何ですが、こちらの勘定は私で持ちます」

小金といっても馬鹿にできないその誘惑に、金策にひいこらしている晶は思わずぐらりと心が揺れる。

――だが、

「……結構です」

50厘《中銭5枚》が晶の手から離れて、机上で軽い音を起《た》てる。

くるくると不格好に踊るそれは、相手に借りを作らない晶の決意そのものでもあった。

「俺の上位《うえ》には貴女との接触を報告はしますよ。これでも恩義ある相手だ、無下にはしたくない」

「それは困りますね、大事《おおごと》にはしたくないのです。――暫くで構いませんから、内緒でお願いします」

疑問に思う。訊かれた事も答えた事も、当たり障りどころかただの世間話だ。

接触してきたベネデッタの地位こそ問題だろうが、口を噤《つぐ》むほどのものでは無い。

――ああ、そういう思惑《こと》か。

だからこそ、ベネデッタの狙いに気付く。

会話の内容にも場所にも、あまり意味はないのだ。

ベネデッタの目的は、晶との接触そのもの。

基本的に、高天原側の下っ端である晶とベネデッタの個人的な接触は歓迎されない。

幾ら実情に問題が無くとも、それは間諜《かんちょう》を疑われる立派な理由となりかねないからだ。

――つまり接触を密約に変える事で、水面下の交渉の足掛かりにするためである。

言葉短く確約はしないとだけ返して、晶は足早に店を後にした。

『ベネデッタ《ベテイ》、交渉はどうなった？　奴は随分と険しい表情《かお》をしていたが』

晶と入れ替わりにベネデッタの前に立ったのは、店前《おもて》に立っていたサルヴァトーレであった。

幼少の砌《みぎり》からベネデッタの護衛となるべく教育を受けたサルヴァトーレは、年齢が近いこともありベネデッタにとって最も気の置けない友人の一人でもある。

周囲に聴かれることを怖れたのか故郷の言葉での問いかけに、ベネデッタも微笑みで応じてみせた。

『ええ。聖下の預言は確認したわ。――サルヴァトーレ《トト》も食べない？　すごく美味しいよ』

『蛮族の食い物だろう？　貴族の我らに相応《ふさわ》しいとも思えんが』

『もう、分かっているでしょ？　最低でも2週間は逗留《とうりゅう》するのよ、この地の食事に慣れておく事は損じゃないわ。それに、高天原が属領《ディペンダンテ》として正式に認められたら、交渉を有利にするためにも食事の知識は礼儀として必須《ひっす》よ』

『……………まあ聖女さまのお勧めだ、一つご相伴と願うか』

友人からの強引な勧めに苦笑を返して、サルヴァトーレは晶が座っていた席に腰を下ろす。

高天原の標準より一回りは大きな体躯《たいく》に、木組みの椅子が抗議の軋《きし》みを上げた。

『信用しなさい。見た目はかなり違うけど、これ、ピッツオケリよ。確か、サルヴァトーレ《トト》の好物だったでしょ？』

『ピッツオケリ？　にしては乾酪《チーズ》が見えないが』

『多分、魚醬《コラトゥーラ》の出し汁《スープ》がこっちでは一般的なのよ。晶さまも乾酪《チーズ》は知らなかったみたいだし、そもそも無いのかも』

『晶さま？　それが奴《ガキ》の名前か』

『うん。彼のお陰で沢山の事が分かったわ。——先《ま》ず、彼には私のお願いが効かなかった』

『真逆《まさか》、聖アリアドネの威光を無視したのか⁉』

ベネデッタの落ち着きと裏腹に、アリアドネ聖教の教義に傾倒するサルヴァトーレは椅子が上げる軋みを余所《よそ》に熱《いき》り立った。

『晶さまの身柄は未だこの地の蛮神が縛っているのだし、充分に予想できた結果よ。残念だけど、最終的には私たちの前に立《た》ち塞《ふさ》がるでしょうね』

『何故分かる？』

『これまでの聖伐でも、敵対した蛮神は自身の恃《たの》みとする戦力を必ず最終局面に間に合わせてきたわ。私も聖下の預言が無ければ半信半疑だったけれど、私の聖術を無効化した以上、晶さまは珠門洲の神柱が寄越した戦力の一端でしょう』

『なるほど』

『……さて、そろそろ動きましょうか。預言の一節に従うなら、この後、晶さまに恩を売れるはず』

サルヴァトーレが掛《か》け蕎麦《そば》を食べ終わった頃を見計らい、頷《うなず》いて2人は立ち上がった。

黒髪黒目の高天原の者たちが日々の終わりを楽しんでいる机の間を、この場にそぐわない異質な2人が泳ぐようにすり抜けて姿を消した。

だが、そんな異常も店の中にいる者たちが気付くことは無く、喧騒《けんそう》は乱される事無く日常のままに続いていく。

後に残るのは、２人が居たという痕跡《こんせき》のみ。

座る者がいなくなった机の上には銭貨が一枚、鈍く輝きを残していた。

ＴＩＰＳ：士族について。

華族出の防人と衛士《えじ》を総称したもの。

基本的に『氏子《うじこ》籤祇《せんぎ》』の防人は華族以上の者にしか出てこないが、ごくごく稀《まれ》に平民が防人を引いた実例が存在する。

防人以上と華族は等しく見られるため、その区別として設けられた。

平民出、及び、氏子であっても職業としての防人へ昇任した者は見做《みな》し防人として一段階低く扱われる。

現実はそうであっても、この地位を内心強く望む平民は意外と多い。

# 8話　沈めと叫ぶ、落日の炎を希い《こいねが》

夕陽が一条、心を残してやがて消える。

打って変わって夜闇が鴨津《おうつ》の街を染め変える頃、晶《あきら》は咲《さき》と共に護櫻《ごおう》神社へと足を向けていた。

防人の羽織が二つ、人気《ひとけ》の少ない路地を急ぐ。

沈黙の合間に、余り機嫌の宜しくない口調で咲が口から言葉を飛ばした。

「久我《くが》くんを抱き込めたら最善だったんだけれど、昼の調子を見たら無理よね」

「はい。結果的に、咲お嬢さまの負担が増えた事は……」

「それは良いわよ。私も久我家には一言云いたかったし、意趣が返せるならこの程度の小細工は協力する」

それは、咲にとっても本音の一端であった。何しろ、鴨津に来てから久我家には良いように振り回されているのだ。

二位と五位。八家の序列に差が有るとはいえ、久我家の扱いでは輪堂《りんどう》家としても、咲本人としても思うところはある。

「護櫻神社の神域を開ける準備はできているの？」

「事前の話では、武藤どのが護櫻神社に先行しているはずです」

「神父《ばどれ》はこの状況も掴《つか》んでいるかしら？」

「嗣穂《つぐほ》さまの目的が神父《ばどれ》の釣り出しなので。……ただ、絶好の機会と云えば、神社に向かっている今しかないかと」

鴨津の要である護櫻神社は、一見、無防備に見えても霊的に守護された神域の入り口だ。流石《さすが》にこの一帯への手出しは考えにくい。妖刀を目当てに襲うならば、晶の云う通り神域に入る前が難度としてもかなり下がる。

「そうね。けど、引っ掛かるのよ。……恐らくだけど、神父《ばどれ》の目的は、妖刀の入手じゃないわ」

「！！？」

咲の断言に、晶の足が止まる。

咲は幼い頃より、父親に様々な交渉の場へと連れていかれた経験があった。晶と比べれば、遥《はる》かにこういった政治的な推察に思考が回る。

「当然でしょう。妖刀を手に入れるだけならば、御井陸斗《みいりくと》という第三者に妖刀を盗み出させるなんて遊びは入れないわ」

「罪を被せて、我関せずを決め込むとかは考えられますが」

「いいえ。華蓮《かれん》に対する陽動作戦なら考えたけど、華族が隠していた音々切《ねねき》りの詳細を知っていたり、陽動程度にしては手が込み過ぎている」

盗む手段に遊びが多く、成功を前提としていない。一方で、音々切りが目的なのも間違いはない。

「妖刀の周囲で、御井が騒ぎを起こす事自体が目的だった？」

「多分ね。勿論《もちろん》、考え過ぎかもしれないけれど、相手にとって都合良過ぎるのが不安よ」

「……気を付けるに越した事は有りませんが、未だ大丈夫でしょう。『導きの聖教』は少数なのが弱みです、派手に動くのは躊躇《ためら》うはず」

周囲は住宅街だ。人除《ひとよ》けの術を行使されていたとしても、派手に騒ぎを起こせば効力に限界が訪れる。

動くにしても、今、晶たちが動いているのと同様に少数精鋭が鉄則になるはずだ。

「護櫻神社に入ってからでも手出しは難しいわよ。八家が治める風穴は、龍脈に於《お》ける要衝地と決まっているの。当然、擁している土地神も相応の神格を持っているはず」

「それはそうなんですが……」

当然とも云《い》える咲からの指摘に、晶は口籠《くちご》もった。

咲の云いたい理由も判る。だが、それを理解して尚《なお》、晶の心中に晴れる事のない疑問が蟠《わだかま》るのだ。

それは、鴨津に足を踏み入れた時点で感じていた違和感。

この風穴が、鴨津を支えるに相応しい規模を誇っているのは事実である。

――……だが本当にここは、久我が治めている風穴なのだろうか？

だが、それを考えるのも後の話か。

再開した歩みは遅れを取り戻そうと小走りに変わり、やがて見据える先に護櫻神社の鳥居が飛び込んできた。

◇

鳥居の傍《そば》で待っていた武藤《むとう》と陸斗は、到着した晶たちに向けて軽く手を上げた。

「お待たせ。そちらの準備は万全かしら」

「人除けの結界は既に張ってある。……何もなければ、一刻は維持される」

「そう。――本題に入りましょう。妖刀の浄化には何をすればいいのかしら？」

直球で切り込む咲の言葉に、武藤も肯《うべな》いを返して戦いに赴く少年たちを見渡す。

緊張は見える。だが危ぶむほどでもないと、武藤は内心で安堵《あんど》した。

「浄化の手順だが、難しいものじゃない。神域の奥にある龍脈に曝《さら》して、精霊器と付喪神《つくもがみ》を強引に引き剥《は》がす。これだけだ」

「……生身で神域に侵入しろ、と？」

「安心しろ。現世《うつしよ》と神域の接合点である神社は、ただ人でもある程度までは生身で潜る事ができるようになっている」

武藤の説明に、茅之輪《ちのわ》神社での記憶が晶の脳裏に蘇《よみがえ》る。

神格の高い神社に侵入した時の、現世を塗り替えられる感覚。知らず、腰の落陽柘榴《らくようざくろ》に手が伸びた。

――チリ。鞘《さや》に納まった落陽柘榴《らくようざくろ》が、柄《つか》に触れた晶の不安を鼓舞するかのように震える。

記憶の底で、朱金《しゅきん》の微笑《ほほえ》みが晶の怯懦《きょうだ》を挑発した。

「潜った後は？」

「拝殿の前で柄を社《やしろ》に向けて、切っ先を鳥居に向けろ。龍脈に馴染《なじ》んでないから付喪神も抵抗するが、それを耐えれば四半刻もないうちに浄化は終わる」

思った以上に簡単な儀式、肩透かしに武藤を除く全員が呆気《あっけ》に取られる。

「先刻も云ったが、時間がない。『導きの聖教』はもとより、膝元《ひざもと》で騒ぎを起こされたら久我家が黙っちゃおらんだろう。人除けの結界は充分に組んだが、誤魔化せるのは半刻あれば良い方だ」

久我法理《ほうり》の権力志向は、周辺の領地にとってかなり有名な事実だ。

鉄道輸送の利権を盾に、土地の買収や権利の買い占めなどは公然の秘密となっている。

「神父が釣れる釣れないじゃなく、久我家に露見《ばれ》する前に逃げなきゃいけない訳か」

「納得できたな。――なら、開けるぞ」

晶の呟《つぶや》きに応じて、武藤は護櫻神社の鳥居へと向き直る。

翻る掌《てのひら》から呪符が6枚。宙を滑り、鳥居の入り口から奥へと立つ石灯籠《どうろう》へと貼り付いた。

幽《かす》かな灯明が、その奥へと先導するかの如く石灯籠に灯る。

「――神域の維持で、俺は動けん。この奥では手助けができんから自力で何とかしてくれ」

素っ気なくも、そこに立つ少年たちを案じる確かな響き。示し合わせるでもなく、晶が先頭に立った。

「有り難うよ。……あんたとは色々とあったが、これでチャラだ」

「抜かせ。ツケておいてやる、有り難く覚えておけ」

ちゃっかりしてんな。そう漏らして晶が闇の奥へと消える。

晶の背中を追うようにして、迷いを見せる事なく咲が足を続けた。

「……そう云《い》えば、阿僧祇《あそうぎ》の叔父さまの思い出話で、武藤っていう方を聴いた事が在ったわね。陰《おん》陽師《みようじ》の家系なのに、武闘派気取りの変人だったって」

「公安の身故、詮索は無用とお願いいたします。……が、まぁ、阿僧祇の奴が云っていた武藤でしたら、奴に借りていた金子《カネ》ごと忘れていただけたら嬉《うれ》しくありますな」

「面白そうだし、覚えておくわ。――殿《しんがり》を任せきりにしたこと、御免なさい。こちらは私たちで何とかするわ」

武藤の返事を待ちはしない。振り切るように、小柄な少女の姿も闇へ。

最後に陸斗が武藤の前に立った。躊躇った後に、武藤に向かって頭を下げる。

「……色々とありがとうございます」

「充分に感謝しろ、御井の坊や。……無事に帰ってきたら、坊や呼びを考えてやる」

言葉少なくも確かな礼に、武藤は首肯を返した。

交わす言葉が途切れる。その沈黙に戻す言葉も無く、最後に一つだけ頭を下げて陸斗は鳥居の闇へと足を向けた。

「――御井」引き留める声に、先に立つ二人を追う足が止まる。

「精霊力と生き血を代償に、刹那の異能を与えるのが妖刀だ。あれに溺れた奴らは、必ず異能を掴んだ際の願いごと破滅へと向かう。どんな結果になろうとも、決して、音々切りに執着するな」

武藤の助言に何を感じたかは分からない。だが、陸斗は決然と肯いを返し、神域の向こうへと力強く足を踏み出した。

届いただろうか。少なくとも、陸斗の迷いを振り切れたならばいいのだが。

少年たちには、此方の心配など気に留める余裕も無かったろう。武藤は声を抑えて苦笑を浮かべた。

――気息を整えて、武藤は気配も浮かばない大路の奥を睨《にら》み据える。

「さて。邪魔者はいなくなった。――出てこい、下手人。居るのは判っている」

人の姿も隠す夜の闇に、武藤は確信を以《もっ》て声を掛けた。

――――…………………。

応じる気配は無く、返る響きも沈黙のみ――。

だが居るのは判っている。完璧に近い隠形だが、刳《く》り貫かれたように空白の気配が漂うからだ。

「……下手人とは、又、響きも古い。容疑者、が適当でないかと愚考致しますが」

否。仄《ほの》かな閒けさの間隙から、男が1人、歩み出た。

灰色の長衣《インバネス》に山高帽。見た目にも印象の薄い中年。武張った事に無縁そうな男に対して、武藤は油断も覗《のぞ》かせずに呪符を構えた。

「公務執行妨害を前にして、容疑《うたがい》も何もなかろうさ。……貴様が『導きの聖教』の神父《ばどれ》か？」

「はて？　どうでしたか、……やれやれ、年齢《とし》のせいか物忘れがひどくなっていけません」

「――そうか。では、無理矢理にでも思い出させてやろう。記憶の隅まで、忘れた小細工ごと洗《あら》い浚《ざら》いな‼」

相手が馬鹿正直に応じてくれるなどと、期待は端《はな》から掛けていない。

武藤の右手が翻り、指先から放たれた呪符が夜闇を舞う。

宣言を開戦の合図に代えて、応じる言葉を待たず武藤は相手目掛けて地を蹴《け》った。

――視界に迫る男の口元で、何処か歪《いびつ》な三日月が刻まれた。

◇

現世と神域の境界となる鳥居を跨《また》いだ瞬間、晶たちを取り巻く空気が澄み渡った。

奥へと導くように、石灯籠の燈火《とうか》が暮明《くらがり》の石畳を照らし出す。

「これが神域なんでしょうか？」

「……多分な。以前と空気が似ているから、間違いは無いと思う」

不安気な陸斗の呟きに、晶が同意を返した。

清浄な空気そのものが、晶たちを圧《お》し潰《つぶ》さんとばかりに牙《きば》を剥《む》く。

それは、晶の記憶と同じ、見えざるも尊き重量《おもさ》を宿していた。

「――急ぎましょう」

歩む速度もやや速めに、咲は一歩を踏み出す。

「武藤殿も云っていたけれど、時間が無いわ。悠長に迷うくらいなら、さっさと終えて神域を出ましょう」

「はい」

少女の呟きに、晶の肯いが返った。

神域と鳥居を繋《つな》いだ武藤に何かあれば、侵入を防ぐ意図も含めて入り口は閉じられてしまう。

そうなってしまえば晶たちもどうなるか。知識にはないものの、碌《ろく》な結果では無いと容易に想像は付いた。

「無駄にする時間は無いわ。大急ぎで付喪神を祓《はら》って、神域を閉じないと」

後に続く言葉は無く、沈黙のまま先の見えない石畳を足早に走り抜ける。

――やがて三人は、大きく開けた本殿前に辿《たど》り着《つ》いた。

神域を満たす清浄な雰囲気《くうき》は変わらず、しかし、その奥から圧《の》し掛かる拒否の意思に三人の足が否応なく止まる。

――鬼《キ》、飢《キ》、飢《キ》、、、。

神域の重圧に恐怖を覚えたのか、封印を超えて妖刀が鍔《つば》を鳴らした。

「本殿から鳥居に刀の切っ先を向ける、でしたね？」

「ええ。抵抗が有るけど、それを過ぎれば四半刻程度で終わるって」

晶の確認に、咲の同意が返った。

晶たちの促しに陸斗は応じ、その親指が音々切りの鍔に掛かる。

チキ、、、。響く僅かな鞘走りの後に、何処か妖《あや》しい輝きを湛《たた》えた白刃が解き放たれ、

――瞬後、轟《とどろ》く雷鳴と共に、封じていた柄と鞘が弾《はじ》け飛んだ。

瘴気《しょうき》の爆発が神域を揺らして過ぎ、土煙と破片が晶たちの視界を奪う。

その向こうで、爆心地に居た陸斗の身体《からだ》が弾き飛ばされる光景が目に飛び込んだ。

衝撃で体勢を奪われたか、受け身が取れていない。

「――陸斗っ‼」

その事実を理解した瞬間、晶の足は爆心地に向けて地を蹴った。

——遅い。

凡《およ》そ3間。距離が遠い、陸斗が落ちるまでの余裕がない。

——速さが欲しい。

切実に願う。咲が、厳次《げんじ》が垣間に行使《つか》う、時を刻むような疾走《はし》りが。

既に2度は見た、可能《でき》るはずだ。手に届かぬ無理へ届けと、晶は己を超えて誰かに願った。

——見下ろす南天が歓喜を叫び、晶の渇望に応じる。

奇鳳院流《くほういんりゅう》精霊技、中伝、——隼駆《はやぶさが》け。

晶の足元で精霊力が爆裂し、一呼吸すら無い刹那《せつな》に石畳に刻む残炎の軌跡が陸斗の下へと延びる。

一歩3間を刹那に駆け抜け、陸斗の襟首を掴《つか》んだ晶の矮躯《わいく》が瘴気の渦から抜け出た。

その背を狙う瘴気の奔流が、横薙《よこな》ぎに追い縋《すが》る。

「疾《シ》ッ」

翻る晶の左手から界符が宙を舞い、立ち上がる障壁が瘴気と晶を隔てる。

しかし、立ち上がった結界は晶が期待したほどの効果を見せることなく、赤黒い波濤《はとう》の底へと呑《の》まれて消えた。

「くそっ」

理解できない結果に舌打ち一つ。それでも辛《かろ》うじて、落陽柘榴《らくようざくろ》を下から上へと切り上げる。

奇鳳院流《くほういんりゅう》精霊技、初伝——。

「鳩衝《きゅうしょう》っ！」

遡《さかのぼ》る臙脂《えんじ》の切っ先に従って、莫大《ばくだい》な精霊力が吹き荒れた。

かち上げる衝波と瘴気が互いを喰《く》い合い、――呪詛《じゅそ》に凝る白刃がその間隙を斬り裂く。

直前まで目にしていた妖刀とはかけ離れた、長大な刃渡り。

動きを忘れて瞠目《どうもく》し硬直する晶の視界へ、防御を赦《ゆる》さぬとばかりにその斬撃が届いた。

――激突。

斬撃が瘴気の乱流を携えて奔《はし》り抜け、無慈悲に晶を通り抜ける。

「晶くん！」

咲の悲鳴が木霊《こだま》する中、

――弾き飛ばされた落陽柘榴《らくようざくろ》が、神域の天高くでくるりと寂しく円を描いた。

◇

夜の闇を裂いて撃符が3枚、灰色の男に肉薄する。

――到達。

同時に精霊力が撒《ま》き散《ち》らされ、男を爆炎の渦に呑み込んだ。

これで終わりなどと、油断する心算《つもり》も一切ない。

火生土。炎の衝撃に隠れて放たれた土撃符が火行の精霊力を呑み込み、勢いを増した無形の槌《つち》が男を一帯ごと圧し潰す。

――弩《ド》ォ‼

轟音《ごうおん》と共に、茫漠《ぼうばく》と土煙が上がった。

「まだまだぁっ‼」

軒昂《けんこう》と猛る声を上げて、金界符を引き抜く。

金界符の術式を瞬時に書き換えて、武藤は金気の鎖を編み上げた。

五行相生を利用した呪符の連鎖行使。合計5枚分の威力を倍加させた封縛の鎖は、大鬼《オニ》であって
も暫くの足留めが可能な強度を誇る。

──男が手の内を晒《さら》すよりも早く、勝負を決める。

更に畳み掛けるべく金気の鎖を放ち、武藤は一歩。

刀を手にした灰色の男が土煙と縛鎖を斬り断ち、踏み出す武藤に刃《やいば》を向けた。

──理論上は可能である。しかし、精霊力も行使しない素の太刀《たち》で5枚分の縛鎖を斬り落とすと
は、灰色の怪人が誰であろうと並みで済む技量ではない。


「これで終わったと思われては、心外ですなぁ」

「さっさと片を付けさせてほしいものだな！」

武藤の苦無《くない》と男の刀が火花を散らして斬撃を重ね、
弾かれるようにして両者は距離を取った。

──嫌な剣だな。

内心で、武藤は歯噛《はが》みをした。此方《こちら》の間合いに滑り込むような、厭《いや》らしい剣筋。

強くは無い。だが、単純な力量ではない相性の悪さを、武藤はその剣筋から嗅《か》ぎ取った。

相手の得物《えもの》が精霊器で無い事実だけが救いか。

彼我の間合いを測りながら、武藤は慎重に口を開いた。

「見た事のない剣筋だな。……貴様、何処の出身《で》だ？」

「さあて。随分と昔の事、記憶にも残っておりません。ですが、私にかまけていて良いのですか？

——神域に侵入《はい》られた方々は、随分と大変なご様子ですが」

「…………なに」

軽く交わされる応酬に、武藤は愕然《がくぜん》と護櫻神社へと視線を向ける。

——その瞬間《とき》。神域の入り口を貫く赤黒い輝きの奔流が、武藤の視界を灼《や》いた。

神域から溢《あふ》れる瘴気に虚を突かれた武藤は、逃げる足を喪う。

「くそっ」

失策に吐き出す悪罵《あくば》も遅く、精霊力を全身に巡らせて防御を取る。

——間に合わない。

瘴気の直撃を覚悟した武藤の耳に、涼やかな声が届いた。

「——護り給え《defensio》」

幾重にも重なる銀の輝きが、武藤の眼前にそそり立つ。

間を置かずに、轟音を立てて瘴気が激突。地を揺るがしながら互いを削り合った。

——やがて瘴気の勢いも尽き、銀の輝きだけが静寂を残して聳《そび》え立《た》つ。

「人も魔も月夜に誘われるのは、海を越えたこの地でも変わりはしないと云《い》ったところかしら？」

玲瓏《れいろう》な響きと共に、暗闇の向こうから少女の影が差した。

穏やかな口調で告げるその胸元で、『アリアドネ聖教』の聖印が僅かに揺れる。

「……良いのか、ベネデッタ《ベティ》？」

「ええ。遠き友邦の神前を妖魔《ようま》が穢《けが》すというならば、我らに立たぬ理由はありません」

更に姿を現す男二人が、少女の応《いら》えに剣を抜く。

「——という事だ。4対1だが、真逆《まさか》、卑怯《ひきょう》と云うまいな？」

「真逆、真逆。実に好都合というもの」

鈍く月の輝きを照り返す白刃を前に、気負う事なく怪人は懐から呪符を引き抜いた。

赤黒い炎が男の周囲で燃え上がり、その奥から瘴気を滴らせた狼の群れが姿を現した。

「呪詛《じゅそ》で強化した群狼に御座いますれば、——真逆、卑怯とは云いますまいな？」

「当然のこと」

灰色の怪人から返る挑発に、それでもベネデッタの口調が崩れることは無い。

「この世界が聖下の身元に在る以上、我らに退《ひ》く理由はありません。——そこの方、妖魔《デイモン》は私たちが引き受けます。飼い主の方はお任せしても良いかしら？」

「……感謝する」

異国の人間に恃《たの》むことに忸怩《じくじ》たる思いはある。だが、それを内心で押し殺して、武藤は灰色の怪人を捕縛するべく呪符を構えた。

◇

——落陽柘榴《らくようざくろ》も失った晶へと迸《ほとばし》る白刃を目にした瞬間、咲の身体は自然と動いていた。

初動で生まれる反動を強引にねじ伏せ、彼我に空いていた凡そ10間を瞬時に踏み貫く。

そこまでしても未だに届かない間合いを無視し、中段平突きを腰撓《こしだ》めに放った。

奇鳳院流《くほういんりゅう》精霊技、中伝、——百舌貫《もずぬ》き。

鋭く奔る火閃が一条。狙いは甘くも辛うじて白刃を掠《かす》め、その軌道に火花を刻む。

——足りない！

そう思考へと到るよりも早く、咲の精霊《エズカ媛》が金切りに似た叱咤《しった》で精霊力を引き摺《す》り出した。

これまで行使したどの精霊技よりも疾《はや》く、精霊技が繋がる。

奇鳳院流《くほういんりゅう》精霊技、連技、——細波短冊《さざなみたんざく》。

爆散。衝撃に火花を引き摺った白刃が、晶の脇を掠めて消えた。

衝動的な行動のツケとして、全員がもんどりうって石畳に転がる。

「陸斗、無事か⁉」

「ああ。…………問題、無いっ」

晶の傍らから返る応えは、想像するよりも精気に満ちていた。

だが直接、爆心地で瘴気を浴びたのだ。油断なく、清め水を陸斗に振り掛ける。

その横で、同じく清め水を呑み干した咲が、袖《そで》で乱雑に口元を拭《ぬぐ》った。

「これで、相手の狙いがはっきりしたわね」

「……はい。恐らくは妖刀自体が、相手の用意した罠《わな》だったのでしょう。そう考えれば、これまでに邪魔が入らなかった理由に説明もつきます。それに……」

黒幕が細工した音々切《ねねき》りを陸斗が盗み出し、官憲によって接収される。

隠匿されていた妖刀だ。官憲ならば、安全を確保するためにも浄化を決定するはずである。

神域に官憲を誘い込むことができれば、後は自身の尖兵《せんぺい》となった妖刀そのものが土地神の神域を切り刻むまで黙って見ていれば良い。

「音々切りが！」

虚空高くを見上げる陸斗が、警告を叫んだ。

揃って見上げた視線の先で、妖刀が生命得たかの如く脈を打つ。

一つ、二つ。暴走時にただでさえ巨大化していたその全長が、晶たちの見る前で肥大していく。

——刃渡りだけでも2丈《6メートル》に及んだ頃に、その成長は漸く止まった。

「大きくなっただけか？」

「いや。付喪神なら手足が生えるはずだが、彼奴はそれが未だ無い」

怪訝そうな陸斗の呟きに、晶の推測が重なる。

自然と視線が地面へ落ちる。燻《くすぶ》る土煙の晴れた先に、何時《いつ》の間にか歪に捻れた一本の樹が聳え立っていた。

「樹？」

拍子抜けした陸斗の呟きに大樹が蠢《うごめ》く。

「……だったら良いがな。多分、巨大な太刀を充全に振るうため、移動を捨てて肥大した腕一本になったんだ」

樹幹から這う根がうねり、不定期に波立ち樹皮が隆起した。

根から幹へ。果ては枝先へと赤黒い輝きが集まり、瘴毒の塊が水滴《しずく》となって地面に滴り落ちる。

それらが脈打つ度に、神域が悲鳴を上げた。清浄な空気が都度に大樹へと吸い上げられ、代わりに茫漠と吐き出される瘴気が神域を染めていく。

「神域が！」

その光景を目にした咲が悲鳴を上げた。

神社の神域は、その土地を支配する土地神が座す風穴と直結している。

取りも直さずそれは、大地を巡る龍脈と直接接続されている事実を隠喩していた。

神域を構成する霊気を喰らい瘴気に変える大樹。そんなものが風穴の直上に据えられてしまえば、龍脈そのものが瘴毒に侵されてしまいかねない。下手をすれば、永久にその土地が瘴気に沈んでしまう。

「切り倒すわ！」

「咲お嬢さま、頭上《うえ》です‼」

勢い込もうとした咲の足が、晶の警告に踏み止まる。

見上げる少女の視線の先で、大樹が躯《み》を捩《よじ》りながら幹の突端に生える音々切りの白刃を振り翳した。

晶たちが回避に移ると同時に、轟然と振り下ろされる斬撃。茫漠と巻き上がる土煙を突き破り、晶は火撃符を大樹の幹に放つ。

神柱の加護に後押しを受けた呪符が、爆風すら圧し除ける業火に変わる。

本来ならば大型の穢獣《けもの》ですら灼き祓う威力。しかし、大樹が刻む妖刀の軌道に、虚しく業火は霧散した。

「呪符を無効化した！」

「——音々切りの異能は健在ね」

撃符が仄《ほの》かな火の粉と散り消える光景に、晶と咲は苦く音々切りの脅威を認めた。

身構えた晶たちを嘲笑うかのように、音々切りを掲げる大樹が脈動を見せた。

——飢《キ》、剪《キ》、禍《カ》飢《キ》、キッ！

一つ、二つ。脈打つ度に、音々切りの宿す瘴気が凝っていく。

音々切りであった大太刀から滴る瘴気を舐めながら、大樹がその柄《つか》を握り締めた。

——その光景は最早、樹というよりも根を生やした巨腕と称するに相応《ふさわ》しい存在。

望みを無為に返す結末を理解しながら、晶は決然と陸斗へと視線を向ける。

「こうなったら仕方がない。妖刀を斬って浄滅させる」

強化された妖刀と云えど、所詮、相手は付喪神だ。本体となる刀を断ってしまえば、容易《たやす》く浄滅できるだけの存在でしかない。

妖刀の浄滅を宣言する晶に、陸斗は苦悩を浮かべた。

——だが、それでも反駁は口にしない。

何としてでも妖刀を押し止めないと、龍脈から穢されてしまうからだ。

それは守備隊に所属するものとして、何としてでも喰い止めなければならない事態である。

沈黙のままに肯《うべな》いを返す陸斗に安堵《あんど》して、晶は咲へと視線を向けた。

「俺たちで数秒だけでも押さえつけます。——お嬢さま、精霊技で妖刀を浄滅できますか？」

呪術を斬り裂く音々切りだ。有効な手段となるのは精霊器のみ。

「落陽柘榴《らくようざくろ》は？」

「……回収は難しいでしょう」

咲の問い掛けに、晶は落陽柘榴《らくようざくろ》が弾《はじ》き飛ばされた方向へと苦く視線を遣った。

その先は音々切りが暴風を刻む制空権の只中《ただなか》。残された手段は、咲の持つ焼尽雛《しょうじんびな》で精霊技を叩き込む事だけ。

落陽柘榴の威力であれば容易いが、預った精霊器《落陽柘榴》を探すだけの余裕を音々切りが与えてくれるとは思えなかった。

「分かったわ。晶くんたちの足留めと同時に、石割鳶《いしわりとんび》を最大威力で叩き込む」

悩む時間は僅かに、咲は覚悟を告げて前に出た。

「先刻から見ていたが、音々切りの効果は刀身の周辺に限られているようだな」

「……ああ。納刀の音に異能を乗せることもできるけれど、巨大化しているから今は無理なはずだ」

陸斗からの返事に、晶は安堵を吐いた。

巨腕に集中するだけで、無効化される事なく相手の行動を縛ることができるからだ。

うねる巨腕が更に伸長し、瘴気の滴る妖刀を振り被る。引き絞られた上段の一撃に、晶は血相を変えて警告を上げた。

「来るぞ‼」

――掻禍《カカ》ッ！　禍飢《カキ》、剪《キ》、鬼《キ》イィイィイッツッ！

巨腕が嗤《わら》い、瘴気の刃が神域の際を容易く斬り裂いた。

ここが陰陽師《武藤》の構築した結界でもある以上、陰陽殺したる音々切りの前には無力なのは道理か。

神域の向こうから垣間見える夜空を目にし、晶の懸念が確信に変わる。

余裕が一切、無くなった。現神降ろしで強化した身体が宙を舞う中、迷うことなく晶は界符を総て引き抜いた。

「陸斗。出し惜しみはするな。有りっ丈を叩き込め！」

「応‼」

宣言と共に、界符の群れが虚空を裂いて渡る。

その総てが火界符。励起された陽炎《かげろう》の結界が、幾重にも巨腕を縛り上げた。

見立て通り巨腕は異能を振るえないのか、妖刀を振り被る姿勢のまま動きが止まった。

「──お嬢さま！」

「ええ、任せて‼」

晶の声に背中を押され、咲は大きく踏み出した。

全力の現神降ろしから薙刀《なぎなた》を衝《つ》き込む。

奇鳳院流《くほういんりゅう》 精霊技、中伝──。

「──啄木鳥徹《きつつきとお》し！」

身体《からだ》をぶつける勢いで、薙刀の穂先を化生の幹に突き立てた。

幾重にも踊る爆炎が巨腕を揺らし、その根元に大穴を穿《うが》つ。──さらに一歩。

奇鳳院流《くほういんりゅう》 精霊技、連技《つらねわざ》──。

「鉢冠《はちかぶ》──っっ」

駄目押しに精霊技を繋げようとした咲の脇腹へ、巨腕の一部が解けて迫った。

鞭と撓《しな》る一撃を、辛うじて薙刀で防ぐ。

「くぅううっっ」

振り抜かれる穢《ケガ》レの一撃《重み》に、防御の上から少女の身体が浮く。

「お嬢さまっ！」

「――晶くん、後はお願い‼」

虚空に踊る小柄な身体。その言葉を最後に、咲は虚空に刻まれた星空の隙間へと消えた。

――飢《キ》、禍《カ》飢《キ》、剪、鬼《キ》イィィイッッ‼

抗う手段を喪ったことを理解しているのか、歓喜すら滲む妖刀の叫声が轟く。

瘴気に凝った白刃がそのままに、捲き上がる砂塵《さじん》すら斬って晶に迫った。

鈍く輝くその閃《ひらめ》きを見据え、晶は隠し持っていた呪符を引き抜く。

木生火。励起した木撃符に、火撃符を更に重ねる。木気を喰《く》らって跳ね上がる火気を強引に統御し、晶は生まれた衝撃を地面に向けて放った。

轟音。熱波が下から上へと膨れ上がり、軌道を変えられた白刃が晶の頭上を過ぎて去る。

妖刀の切っ先が消えた隙に、透かさず晶は一歩、、。

「ち！」

舌打ち一つ。晶の背中へと戻り来る白刃へと、火撃符を放つ。

――励起。

爆炎の衝撃に妖刀の向く先が迷い、落ちる勢いのまま深く地面へと突き立った。

「俺が！」

明白《あからさま》な隙に誘われ、陸斗は火界符を懐から引き抜く。

妖刀を封じるべく放たれた呪符は、風すら斬って巨腕を模した大樹へと肉迫。

——斬。

陸斗が剣指を振り下ろすよりも早く、閃く白刃が呪符と交差した。

塵《ちり》に還《かえ》った呪符は虚しく風に舞い、妖刀の斬撃が再び同じ軌道を刻む。

回避は疎《おろ》か、防御すらままならない。迫る確実な死を目前に、

——陸斗の瞳には焦りすら浮かんでいなかった。

その視線の先に見据えるものは、火撃符を囮《おとり》に放った水界符。

その手に印を結び、陸斗は真言《マントラ》を一息に叫んだ。

「のうまく・さんまんだ・ばざらだん」剣指を落とす。「——かん！」

界符から幾条もの鎖が舞い、飛来する斬撃を追うように妖刀へと巻き付く。

それは嘗《かつ》て、御井家の祖である陰陽師《おんみようじ》が遺した、不動縛呪の秘儀。

華蓮でも高名であった陰陽師と力を併せて興した、陰陽闘法の技術の一端。

封印とは違い恒久的な効力は望めないが、一時的であるならば強大な化生ですら足留めを可能とする陸斗の奥の手。

幾重にも巻き付く鎖の重みに妖刀がその勢いを失い、

——やがて見る間に止まった。

封印の鎖が音々切りへと巻き付いていく。その度に元の大きさへと戻っていく刀身を油断なく見据えながら、陸斗は石畳に転がっていた音々切りの鞘《さや》を拾い上げた。

「気を付けろ！」

「……異能を行使した時、音々切りの主導は間違いなく俺が握っていた。現在の暴走が神父《ばどれ》の術に因るものなら、異能を行使する事で俺に主導が戻るはずだ」

晶の警告に、陸斗は手を振って返した。

音々切りの異能は、術が励起している時点で有効となる。

以前の行使では無効化されていなくとも、現時点で異能を行使すれば妖刀を暴れさせている要因を消し飛ばせる可能性が高い。

陸斗は慎重に、音々切りの切っ先を鞘の鯉口へと差し込む。

「――俺の血をくれてやる。音を、、、」

鎖を軋《きし》ませる妖刀へと半ばまで鞘を通し、陸斗は腕に音々切りの白刃を宛がった。

異能を行使しようと宣言を口にした時、不穏な振動《揺れ》が陸斗を伝う。

――陸斗の誤算は、妖刀さえ封じれば大樹も又、動きを止めると思い込んでいた点であろう。

妖刀が本体である事は事実だ。しかし、肥大した付喪神の巨腕までも封じきるほどの力量を、陸斗は持ち得ていない現実を理解していなかった。

大樹を構成する枝の一本が唐突に裂け割れ、鎖ごと鞘を振り払う。

鞘を持っていかれた衝撃に踏鞴《たたら》を踏む陸斗目掛け、自由を取り戻した妖刀の切っ先が斜めに疾走《はし》った。

「陸斗！」「此、、奴っっ!?」

歯噛みをする。力を喪い崩れゆく身体を叱咤しながら、陸斗は虚空高くで踊る音々切りへと掌を翳した。

——届かない。

浄化が無理なら、妖刀を封印段階まで戻す。異能さえ無事なら、村人たちを呪いから解き放つ確実な手段が残るというのに。

——音々切りに執着するな。

神域へと向かう直前に告げられた、武藤の忠告が蘇った。

——判ってはいた。理性《あたま》では、疾《と》うの昔に。

妖刀を浄化して精霊器を手にしたところで、御井家が華族へと返り咲くことは無い。

何故《なぜ》ならば、瘴気は穢《ケガ》レの代名詞でもあるからだ。どんな理由であれ瘴気を利用して得られた成果に、評価される余地は与えられ無い。

華族としての地位を取り戻し、村人たちを解放する。祖父が願い陸斗が力を尽くしたとしても、妖刀を利用したという事実は、その悉くを穢して無為に貶めてしまうのだ。

赤い飛沫《ひまつ》と共に陸斗が崩れ落ち、幾条もの触手を波立たせた巨腕の大樹が虚空に跳ねた。

——残るは独り。後方に立つ晶に向けて、妖刀が牙《きば》を剥《む》く。

「頼む、晶。音々切りを斬ってくれ‼」

陸斗の叫びが耳に届く。晶の視界に、杭の如き音々切りの枝が幾重にも連なって映った。

——死。

剣林弾雨と化す音々切りの切っ先。冷酷《つめ》たく落ちる致死の群れを見据え、恃《たの》まれた陸斗の願いに応えるべく、心奥に燃え盛る一握の炎を掴んだ。

「絢爛《けんらん》た————っっつつ‼」

己の本能が希《こいねが》う侭《まま》に断罪折伏の権能を抜刀《ぬ》こうとして、

——嘗ての記憶に、晶は寸前で踏みとどまった。

音々切りに斬り裂かれ瘴気の漂う護櫻神社が、灼け爛《ただ》れた舘波見川《たてばみがわ》の光景と重なる。

——駄目だ。あれは駄目だ。あれを解放すれば、妖刀諸共に神域まで消滅しかねない。

致命的な躊躇《ためら》いが回避の暇《いとま》を逃し、瘴気に凝る一撃が晶へと迫った。

衝撃。貫かれる苦痛を覚悟するが、晶に到達する寸前で朱金の精霊光が弾き飛ばす。

朱華《はねず》の加護。何よりも有り難かったその護りを目に、晶は大きく歯噛みをした。

朱華に縋って、生まれたばかりの幼子のように護られて。

嗣穂の善意に御膳立てされて、漸く鴨津に立つことができて。

晶自身が何かをできただろうか。崩れ落ちる陸斗のように道理を外れたとしても、他人のために己を顧みず動けただろうか。

燻る想いと鬱屈に震えながら、晶の奥底に住まう仔狼が口の奥へと牙を仕舞った。

忙しいだけの変わらない優しさに慣れた獣が、己の前肢に顔を埋《うず》める。

——何もできていない。何も成し得ていない。

晶は未だ、誇れる自分として両の足で立てていないのだ。

「忘れるな」

晶の唇から、思わず己に対する怒りが漏れる。

与えられた安寧に溺れた仔狼を、晶は有りっ丈の声を出して怒鳴りつけた。

「――俺は信じたはずだ」虚空を泳ぐだけの右手へと、晶は打開の一手を求めて願う。

「恥じない己に成れる可能性を。未だ、寂炎雅燿《じゃくえんがよう》すら手にしていない時に信じることができたはずだ‼」

怯懦《きょうだ》は良い。逃げるのも良いし、迷う事だってあるだろう。

だけど安寧に溺れる事は、子供であることを忘れた晶にはもう赦《ゆる》されることは無い。

変化しない日々に慣れたら、何時《いつ》か眠るように死んでしまう。

与えられただけの寂炎雅燿《じゃくえんがよう》が放つ理不尽なだけの暴力など、今の晶に恃む資格は無い。

晶の中に眠るあの神器を完全に統御するだけの覚悟は、晶の中で未だ育っていないからだ。

手に入れる必要がある。

寂炎雅燿《じゃくえんがよう》と同格の神器を、晶自身の望みで掌中に納刀《おさ》めねばならない。

――だから、応えろ。

不満を唸るだけであった仔狼の横面を張り飛ばし、腑抜けた眼を覚まさせる。

鬱々と見返す仔狼の記憶に、嗣穂の微笑みが重なった。

寂炎雅燿《じゃくえんがよう》と晶は、契約に依り魂魄《こんぱく》で結びついている。何《ど》れと引き離されようが、呼べば応える晶の半身。

天啓の如く、晶は理解に落ちた。

寂炎雅燿《じゃくえんがよう》と同じ位階だと謳《うた》うならば、落陽柘榴《らくようざくろ》も又、晶の呼びかけに答えなければならない。

――そうでないと、道理に合わない。

目に映る虚空にではなく、晶は自身の心奥へと必死に指先を伸ばした。

そこには何もない。未《いま》だ、晶には満たされていない。

銘を叫ぶだけでは足りない。契約に至らず、覚悟も未熟。

――何よりも、焦げつくほどの熱情を以《もっ》て彼女を求めた事は無い。

日輪に泳ぐ鳳凰《ほうおう》の姿を幻視する。

焦がれんほどに鳳《おおとり》を望む少年の渇望。遠く彼方《かなた》で朱金《しゅきん》に彩る童女の口元が、僅かに深く微笑《ほほえ》みに彩られた。

――其《そ》れは、日輪を蝕《むしば》む影。落日に願う再生の焔《ほのお》。

――紅蓮《ぐれん》の柘榴《ざくろ》が沈むは、衰亡に謳う刹那《せつな》。

久しく声を上げなかった仔狼が、高らかに戦意を叫ぶ。

見通す事さえできない闇が広がる心奥へと、晶は必死に腕《かいな》を伸ばした。

「斜陽に沈め」

昏《くら》く灼ける日輪の影を望み、晶の口から契約の詔《みことのり》が零れる。

――その銘は、

「――落《らく》、陽《よう》、柘榴《ざくろ》ぉっ‼」

突如として、心奥から浮かび上がる柄《つか》を晶は掴む。己のために在ると思えるほど馴染むそれを抜き放つままに、臙脂《えんじ》の刃《やいば》が軌跡を刻んだ。


「くふ」

――南天が支配する神域に、風と花の薫りが舞う。

万窮大伽藍

童女が微笑むその傍ら、嗣穂は予想を超えた結果に瞠目した。

現時点で晶が到達している力量は、咲の報告から確認している。

その結論から、今回は神気の行使に慣れさせるだけを目的にしていたはずだ。

自身の願いに及ばない力量、制御できない寂炎雅燿《じやくえんがよう》。神器を完全に制御するためには、精霊力を練り上げ、神気に昇華させる必要がある。

晶が力量の不満を零した際に、現神降《あらがみお》ろしの更にその先へと目を向ける切っ掛けも与えた。

予定通りに成長する晶に、安堵《あんど》すら感じていたくらいである。

――寂炎雅燿《じやくえんがよう》の抜刀を躊躇《ためら》ったその直後、晶が落陽柘榴《らくようざくろ》の契約を強引に奪うまでは。

晶と落陽柘榴《らくようざくろ》が契約をしていない事実は、既に確認をしている通りだ。

そうであるにも拘《かかわ》らず、晶の願いに落陽柘榴《らくようざくろ》は応えてみせた。

「……あかさまから落陽柘榴《らくようざくろ》の契約を奪《い》う。有り得る事象でしょうか？」

「不可能とは云わんさ。神器とは、神柱の偉業を象として与えた器物。妾の半身である以上、全てを与えた晶に応えぬ道理は無い」

彼方《かなた》の神域を映す水盆に視線を奪われながら、朱華は弾む口調で嗣穂の疑問に答えを返す。

許可を与えている、だから可能。

……原理だけを見れば確かにそうだろうが、

「そんな無茶を赦してしまえば、それこそ収拾がつかなくなってしまいます」

「問題は無い。妾は晶の全てを赦す故の」

神柱から契約を強引に奪ったのだ、本来であるならば逆鱗《げきりん》に触れてもおかしくない。

晶だからこそ許容される暴挙の結果を愛《いと》おしく見下ろし、朱華は愉しげに声を弾ませた。

「振るうが善い、晶。それは日輪に落ちる妾の影、生まれぬはずの影を象《かたど》る矛盾の刃。如何《いか》なるものもその刃を妨げる事は能《あた》わず、其方の道を切り開く刃となってくれるであろう」


南天に希う侭、膩脂の斬撃が大樹の杭を幾本か斬り飛ばす。

だが、その斬撃だけでは及ばない。晶の視界に映る未だ健在な杭の群勢。

そして、その奥に潜む本体の妖刀、陰陽《おんよう》殺しの音々切り。

——間に合わない。

晶の奥底で叫ぶ仔狼と裏腹に、理性が冷静に告げる。

回避よりも後退よりも、落ちる杭が晶を撃ち抜く方が疾《はや》いからだ。

灼き付くような思考の中、不意に厳次の声が蘇った。

——精霊技よりも、ただの一撃の方が疾い。

そう。何よりも疾く、ただの一撃を。

空回る晶の生存本能が、その言葉の通りに臙脂の刃へと命じた。

神器とは神柱の本質、偉業の側面を鍛造した武器である。

偉業の再現が神域特性と呼ばれる以上、再現するための過程もまた神器には存在する。

それこそが権能。意識するよりも早く行使が可能な、神器の機能。

晶の足元に蟠《わだかま》る影が刃を象り、晶に迫る杭を撃ち落とした。

一つ、二つ。見る間に斬影はその数を増して、杭の悉《ことごと》くを斬り祓う。

抵抗もできないままに巨腕の大樹が切り刻み尽くされ、妖刀のみが夜闇に晒《さら》された。

手足を奪われた妖刀に、移動する術《すべ》は無い。だが、勝利を確信して息を吐いた晶へと向かい、地面に落ちるだけだったはずの妖刀が虚空を翔ける。

刹那の油断を突かれ、晶の対応が指弾の狭間だけ遅れた。

僅かに間に合わない。それを理解して尚《なお》、晶は怖れることなく一歩を踏み込む。

如何なる術に因るものか、勢いを増す妖刀。その刀身に一条だけの縛鎖が巻き付いた。

「かん‼」

痛みを堪《こら》えながら、陸斗の剣指が不動縛呪を結ぶ。縛鎖は妖刀の勢いを僅かに削いで、音々切りの異能に容易《たやす》く散った。

指弾の狭間だけ削がれる妖刀の勢い。何よりも価値のあるその刹那に、晶の踏み込みが追い付く。

赫《あか》く昏い閃《ひらめ》きが弧を描いて交差。

――刹那、総《すべ》ての音が凍り付いた。

硬質の何処《どこ》か寂しい音が、静寂を取り戻した石畳に響く。

灼断の一撃に滑らかな断面を曝し、妖刀は半ばから分けられて地面に落ちた。

神域に戻る清浄な精霊力に中《あ》てられたか、妖刀から青白い焔が上がる。

浄化の炎が瘴気に塗《まみ》れた残りを灼き尽くすのに、それから数分も掛かる事は無かった。

# 終　神託は終わりを告げず、声を潜めて童女は笑う

護櫻《ごおう》神社の上空に穿《うが》たれた亀裂《あな》の向こう。刀に引き摺《ず》られながら縛呪の鎖が舞い踊る光景が、結界の異常に気付いた武藤《むとう》の視界に映る。

その事実を認めた陰陽師は、公安という立場すら忘れて本音の笑みを頬に刻んだ。

「御井《みい》の坊や。ちゃんと行使できるじゃないか」

構築した結界を相手に投射する、陰陽師のための戦闘技術。

御井の姓を聞いた時から真逆《まさか》とは疑っていたが、やはりそうだったか。

視線を後方に向けた武藤へと目掛け、低い姿勢から滑るような歩法で灰色の怪人が迫る。

「余所見《よそみ》とは、随分と余裕です、なぁっ！」

怪人の繰り出す刀の切っ先が、嘲《あざけ》りを伴いながら武藤の脇腹へと突き込まれた。

必中の軌道を刻むその切っ先が陰陽師を貫くその寸前、

「――必要無いからな」

焦る響きすらない武藤の宣言と共に、その動き総てが縛り付けられた。

「ふむ⁉」

困惑が滲《にじ》む怪人の身体を、縛呪の鎖が一重二重《ひとえふたえ》と縛っていく。

僅かに赦《ゆる》された身動《みじろ》ぎで、怪人は辛《かろ》うじて武藤の方へと視線を戻した。

――その額に剣指が落ちる。

「結界を投げて、動く対象を縛る。――随分と乱暴な手段を隠しておられる」

「陰陽術が戦闘で一歩を譲った理由は、精霊技よりも発動に手間が掛かるからだ。ならば、構築してから相手に投射すればいい」

絶対の勝利を確信して、武藤は悠然と口を開いた。

武藤の祖先と陸斗《りくと》の祖先。当時、陰陽師として名を馳《は》せた二人が協力して興したその技術は、御井家側での継承が上手《うま》く行かなかったため廃れたと聴いていた。

今になっては武藤元高《もとたか》しか行使できないものだと思っていたが、御井家も細くしぶとく技術を繋いできたようだ。

武藤にとっては、それが何よりも嬉《うれ》しかった。

「疾《シ》ッ！」

舌打ちに似た呼気と共に瘴気の炎が爆《は》ぜ、引き千切られる鎖の破片の向こうで灰色の怪人が後退の気配を覗《のぞ》かせる。

後方へと地を蹴《け》った怪人の肩口に苦無《くない》が突き立ち、新たな縛呪の鎖が怪人を再び捉えた。

「逃がすか。――貴様の企み、洗《あら》い浚《ざら》い吐いてもらうぞ」

「くく。お見事ですが、今宵はこれで。……皆さまとは、又、お会いできるのを楽しみにしております」

「――待て‼」

嘲《わら》り嗤う声と共に、怪人の輪郭が朧《おぼろ》に溶け始める。

幻術。怪人の本体を探して武藤の視線が周囲を彷徨《さまよ》う中、怪人は皮肉な一礼を残して完全に消え去った。

――後に残ったのは、力を喪《うしな》い地に蟠る鎖と怪人に刺さっていた苦無が地に落ちた姿だけであった。

◇

虚空の裂け目を抜けた咲《さき》の眼前に広がるのは、夜に眠る日常の鴨津《おうつ》である。

低空ではあるが、本来はただ人の身で及ぶ事のできないはずの夜の空を少女は泳いだ。

やがて落ちていく視界の先に映る武藤と幾人か。高天原《たかまがはら》のものでは無い金の髪に経緯が判らず困惑するが、穢獣《けもの》と戦っている光景に目下の敵ではないと判断する。

銀に輝く障壁で防御しながら、両脇に立つ異国の防人《さきもり》が押し込むように数を削る光景。

狗《いぬ》の穢獣《けもの》が十数体余り。あそこまで密集していたら、咲であれば一撃で灼き尽くせる。

その好都合に、咲は夜空の高みで薙刀《なぎなた》を構えた。

際限なく高まる精霊力に、菫《すみれ》の精霊光が火の粉へと変わる。

『地啼《な》け、裂け割れ、雷々太鼓、諸人《もろびと》呑《の》みて、灼け踊れ』

少女の身体が呪歌と共にくるりと舞い、業火諸共に切っ先を穢獣《けもの》の只中《ただなか》へと向ける。

「――石割鳶《いしわりとんび》！」

大地を割り噴き上がる炎が、地で牙を剥く総てを灼き尽くした。

「吹《フ》ウゥッ」

総てが終わった事を見届けて、咲は漸《ようや》く肩の力を抜いた。

油断なく踊る菫色の精霊光が炎と共に散り、後に残ったのはそれまでと変わらず鳥居が見下ろすだけの静かな神前の通りだけ。

——エズカ媛《ヒメ》が、警戒を囁《ささや》く。

自身の精霊に促されるままに、咲は視界を後方へと巡らせた。

そこに立つ異国の防人たちの姿に、知らず焼尽雛《しょうじんびな》を握り締める。

咲が石割鳶を落とすまで穢獣《けもの》を押し留めてくれた恩人であるが、咲の後方に立つ護櫻神社は鴨津の風穴。

——紛《まご》う事なく久我《くが》の最重要地である。

基本的に、久我は異国の人間がこの地に立つことを赦していない。

そして咲も久我の意向を無視してこの地に立っているため、内心で対応に困る。油断なく相対しながらも、切るべき口火の台詞《せりふ》に咲は困り果てた。

「先《ま》ずは、ご助力感謝いたします。……昼に久我の屋敷前ですれ違った方ですね」

「ベネデッタ・カザリーニと申します。不浄を祓《はら》うは教会騎士としての本分ゆえ、許可なく手を出した事はご理解いただければ」

代表だろうか。ベネデッタと名乗る少女が、一歩前に進み出た。

微風に棚引く金色の長髪が、月光を同じ色に染める。

——美しい。

慣れない異国の、それでも圧倒的な美が、追及しようとする咲の舌鋒《ぜっぽう》を鈍らせた。

「助かったのは事実です。ですが、この一件を……」

「月の気紛《きまぐ》れに誘《いざな》われた一時の夢。――皆さんにも事情はおありと存じていますので、殊更に吹聴は致しません」

「……感謝いたします」

咲の要求に予想はついていたのか、云《い》い募ろうとした言葉の先を遮ってベネデッタは断言をした。

何の根拠も無い。しかし咲は、その言葉を疑う事はできなかった。

鳥居の向こうから、陸斗に肩を貸した晶《あきら》が姿を見せる。

――向こうも終わったのだろうか。抜き身の落陽柘榴《らくようざくろ》を鞘《さや》に戻しながら、咲の方へと合流するべく小走りに駆け寄ってきた。

「お嬢さま、ご無事です――」

咲の傍らに立つベネデッタを見止め、晶の走る勢いが削がれた。

しかしベネデッタは、微笑みを浮かべるだけで踵《きびす》を返した。

「それでは、私はこれで。――そうですね、此度《こたび》の一件で返礼をいただけるなら、後日、仲介を挟まない会談を設けていただきたいのですが」

「……私たちは無役の身。それで宜しければ、其方《そちら》に伺わせていただきます」

「楽しみにお待ちしております。――それでは、晶さんもこれで」

一陣に薫る異国の風が残したのは、誰をも魅了するような大輪の笑みだけ。

悠然と去っていく少女の背中を険しい視線で見送る咲とともに、晶は肩を並べて立った。

「お嬢さま。ベネデッタとは一体何を……」

「ベ、ネ、デッ、タ？　随分と馴《な》れ馴れしいけど、知り合いなの？」

棘《とげ》に満ちた声が晶へと向く。軽く口にするのも憚《はばか》られる剣幕に、晶は自然と後退《あとずさ》りをした。

──どうしてだろうか。何を云っても、怒られる気配しかしない。

「後で報告しようと思っていました。……知り合いと云うか、先刻に知り合ったばかりです」

弁明じみた口調で、ぼそぼそと蕎麦《そば》屋《や》での遣り取りを説明する。

それで納得する様子もなく、咲の機嫌が上向く事も無かったが。

「……たったそれだけで呼び捨てなんて、随分と脇が甘いんじゃない？」

「す、すみません」

言葉を重ねるごとに、返る声の険も鋭さを増していく。

膨れた頬の咲をどうしたものか。困り果てている晶に、撤収の準備を終えた武藤が声を掛けた。

「──そろそろ時間だぞ、晶。お嬢さまを連れて撤収をしろ」

「あんたは？」

「音々切《ねねき》りが神域を斬り裂いてくれただろう？　流石《さすが》にここまで暴れられたら、久我家に素知らぬふりはできないさ。……奇鳳院《くほういん》の名前を出せる自分が、久我家相手でも一番角が立たん」

早く行けと掌《てのひら》を振る武藤に、それでも晶は懸念を口にした。

「そういえば、神父《ばどれ》とやらは出てきたのか」

「逃げられたが、黒幕らしいのはな。だが、あれが神父《ばどれ》とは到底に信じられん」

晶の問いかけに、武藤の脳裏に印象の希薄なその男が蘇《よみがえ》る。

刃《やいば》まで交えたというのに、既に記憶から薄れ始めているその男が行使したのは、波国《ヴァンスイール》のものとは似ても似つかない呪術であった。

「『導きの聖教』の神父《ばどれ》を名乗る以上、波国《ヴァンスイール》の聖術を行使するのが正道のはずだが、……結局、相手の見せた術は真国《ツオンマ》辺りの符術《ふじゅつ》だけだ」

「使い走りを差し向けたんじゃないのか？」

元より神父《ばどれ》からすれば、本人が出張らなければならない理由も無い。

しかし、武藤は軽く首を振り、結論を急ぐ事を避けた。

遠くに上がる喧騒《けんそう》が段々と近づく。

追及するにも余裕が無い。取り敢えずは機嫌を直した咲が、晶の手を引いて踵を返した。

「そろそろ、此処《ここ》を離れた方が良いわね。……武藤殿、後はお願いします」

「お任せを」

去っていく晶たちを見送る武藤に、それまで沈黙を守っていた陸斗が口を開いた。

「随分と難しい表情《かお》だな。何がそんなに引っ掛かっているんだよ？」

「……相手が見せた符術が問題でな。精霊力ではなく、瘴気《しょうき》を封じていた」

真国《ツオンマ》に伝わると聞く外道邪法の一つに鬼道《グイタオ》と呼ばれる呪術がある事を、武藤は知識として知っていた。

曰《いわ》く、精霊力の代わりに瘴気を行使する、邪仙の技術《わざ》。当然、ただ人と相容れる技術ではない。

仮令《たとえ》、異国の神柱を奉じる集団であろうが、瘴気を行使《つか》う者など捨て駒に迎える事も躊躇《ためら》うはずだ。

そこまで考えてから、陸斗へと視線を移す。斜めに裂けた衣服から覗く肌に、血の滲む跡と青白い炎を漏らす回生符が視《み》えた。

「……怪我をしたのか？」

「晶に回生符を融通してもらった。それなりに傷が深かったのに、もう動けるほどに痛まない。――華蓮の回生符は別格だよな」

「玄生《げんせい》の回生符なら華蓮でも稀《まれ》だ。有り難く受け取っておけ」

肩を竦《すく》めて陸斗の軽口に応じてやる。陸斗の口調にやせ我慢は見られない。安堵《あんど》の息を吐いて武藤は視線を喧騒が近づく通りの向こうへと戻した。

「こうなってくると、『導きの聖教』について調べる必要もあるな。お前にも付き合ってもらうぞ」

「当然だ。『導きの聖教《奴等》』をどうにかするのが、俺の目的だぞ。嫌だと云っても付き合ってもらう」

反駁《はんばく》からか、気炎を吐く陸斗の声に怯《おび》えは見えない。

その事実に安堵して、武藤は僅《わず》かに笑いを浮かべた。

「その意気だ。宜しく頼むぞ、御井の青二才」

坊やから僅かな成長を果たしたその響きに、残念ながら陸斗が気付く事は無い。

神社の騒ぎに気が付いたのだろう。通りの向こうが騒《ざわ》めきを帯び、人が近づく気配に武藤は陸斗に手を振った。

「そろそろ行け。久我にバレたら不味《まず》いのは、お前も同じだろう」

「……感謝する」

洋装の陰陽師《おんみょうじ》が見せた気遣いに頷《うなず》きを返し、陸斗も晶たちに倣って暗闇へと気配を消す。

遣り手で知られる久我の当主をどう誤魔化すか。それだけを思考に巡らせながら、一人だけその場に残った武藤は狩猟帽を伊達《だて》に被り直した。

◇

「くふ」

りぃん、りん、り……。穏やかな微風が、盛夏の薫りを伴って伽藍《がらん》を渡る。

幾重にもさんざめく風鈴の音の下、朱塗りの杯を手にした朱華《はねず》が喉を鳴らした。

——また一歩、晶が大きく成長した。

急ぐ晶と咲の姿が、朱盆に起つ細波《さざなみ》の向こうに消える。

「……予定以上に、晶さんが成長しましたね」

「うむ。強引に神器の契約を奪ったのう」

朱華と共に一部始終を遠見法で眺めていた嗣穂《つぐほ》が、今はもう揺蕩《たゆた》うだけの水面を眺めて呟《つぶや》いた。

火行の象の一角を強引に簒奪《さんだつ》された感触。本来それは神柱の権能を喪う感触に等しいが、殊、晶の所業であるならば話は変わってくる。

晶の裡《うち》に納《おさ》められた、二振りの神器。

奇鳳院《くほういん》が所有する中でも朱華の象の表裏を司《つかさど》るそれらは、同時に宿す事で朱華との繋がりを一層強める意味合いを含んでいた。

予想よりも早いが、これで前提条件は総て整った。晶が理解に到れば、神託に於《お》ける勝利は確定する。

「あかさまが下された神託まで10日。——それでも、間に合うかは微妙ですね」

「——問題は無い。理解こそが総てなれば、晶が己を知れば事は必ず成る」

時間が無いと渋る嗣穂に、朱華は笑顔を向けた。

その確信が何処《どこ》から来るのか。己の奉じる神柱を見遣るが、その深慮を吐露する事無く朱華は華蓮の街並みを見下ろすばかりであった。

「アリアドネ聖教にその意図は無いでしょうが、波国《ヴァンスイール》の外交官が向ける食指を赦《ゆる》すのは危険です」

「奴《やつ》らの目的は涅槃《ねはん》教であって妾《わらわ》ではない。仲良く互いを喰《く》い潰《つぶ》してくれるなら、この地に領土が還《かえ》る余地も残ろう」

くすくす。嗣穂の指摘にも、稚《いとけな》い童女の笑い声に揺るぎは見えない。

「武藤。——派遣させた公安に、状況の制御を命じます。立槻《たちつき》村の解決を隠《かく》れ蓑《みの》にすれば、上手《うま》く動いてくれるでしょう」

「導きの聖教か。……懸念が残るとすれば、その一件じゃな」

話題に引っ掛かるものを覚えたのか、朱華の声色に翳《かげ》りが帯びた。

朱華の神託は、この後に起こる叛乱《はんらん》を示唆するものであった。しかし、妖刀の騒動は神託に掠《かす》りすらしていない。

起きるはずの無い騒動が起きている。それは奇鳳院《くほういん》の歴史上で直面する、初めての状況であった。

「元々、無関係の騒動なのでは？」

「導きの聖教がアリアドネ聖教の一分派である以上、無関係では通じんさ。……であるならば、可能性は絞られる」

思慮に沈む朱華は、朱塗りの盃《さかずき》を傾けて変若水《おちみず》を干す。

口元から微風に乗る朱金の輝きは、やがて何にもならないままに散り消えた。

「一つ、そもそもの前提が違うか。二つ、妖刀の件は失敗する事が予定だったか」

その予想を享《う》けて、嗣穂の眼差しも鋭いものに変わった。

それは何方《どちら》にしても、厄介な問題しか残さない。朱華の口にした前提は、何方も神託を誤魔化す手段のとば口であるからだ。

見通されている情報に信頼が置けなくなった今、華蓮に立つ嗣穂たちに出せる手札はそこまでない。

「……私が鴨津に向かう必要はありますか」

「晶の成長を妨げる事になりかねん。――賽《さい》が投げられた以上、今回は控えておけ」

伽藍に渡る風鈴の音が止《や》む。

静寂の満ちる間隙に不穏さを覚え、嗣穂は無意識に万窮《ばんきゅう》大伽藍の外へと視線を遣った。

動く手段も無い嗣穂のもどかしさは他人事《ひとごと》のまま、そこには常と変わる事のない明るさに満ちた華蓮の街並みだけが広がっていた。

◇

眠らぬ鴨津の中心部を眼下に収め、灰色の怪人は屋根伝いに逃走を図っていた。

「――ヒ。腕は利くが、詰めは甘い。所詮《しょせん》は陰陽師、荒事には物足りぬか」

にたり。そう嘯《うそぶ》く灰色の口が、三日月に罅《ひび》割れる。

刀は奪われたが、あれは元々、何処かの民家を襲った際に盗んだ、ただの打ち刀だ。

失った処で何ら痛痒《つうよう》を覚えぬ上に、己の巣に帰れば代わりは幾らでも見つかる。

興味も無い金物から意識を離し、代わりに得た興味に怪人は昏《くら》く嗤《わら》った。

記憶に過《よぎ》ぎるは、年齢も熟し切った陰陽師。それと若く柔い女の衛士《えじ》。

――嗚呼《ああ》。何と、何と、旨《うま》そうな人肉であったか。

「陰陽師は筋張ってようが、年季の入った脳みそ。女の方は、噛《か》めば甘い血と肉が堪能できる！」

飽くなき食欲が欲を叫び、怪人の口から涎《よだれ》が溢《あふ》れる。

――刺屍《シシ》、死《シ》ッツ!!

猿叫に似た哄笑《こうしょう》が咽喉《のど》を衝き、怪人は堪《こら》えきれず鴨津の一角にある高層建築の屋上に立ち止まった。

満月に近い皓月《こうげつ》が照らす中、怪人は肩を震わせ一時の嗤いに耽《ふけ》る。

そうして一頻《ひとしき》り、衝動が去り、冷えた思考で自問自答をした。

――待て。自分は今、何を考えていた？

脳みそ？　血に肉？　それではまるで、――化生《バケモノ》のようではないか。

「……俺は人間だぞ。人間の、はずだ」

混乱から漏れる疑問に応えるのは、潮混じりに唸《うな》る風の音だけ。

――否《いや》。

「――流石に、人語を繰るだけの穢獣《けもの》紛いには、この辺りが関の山で御座いますか」

残念そうな響きだけを伴った嘲弄《ちょうろう》が、潮鳴りの風に乗って怪人の耳へと届いた。

「誰だ」

酷《ひど》く記憶を掻《か》き混ぜるその声が、怪人の自我を玩弄《がんろう》する。

突如として襲う頭痛に、堪《たま》らず膝《ひざ》から崩れ落ちた。

「なん、だ、、？・」

吐く息の熱すら障る苦痛の中、怪人であったモノが必死に視線を声の方へと向ける。

風が吹き荒《すさ》ぶだけであった屋上。夜闇の広がる先に、一人の男が佇《たたず》む姿が見えた。

――疼痛《とうつう》が脳髄を揺らし、彼我の境界が曖昧《あいまい》に彷徨《さまよ》う。

男の黒衣が風に踊り、月明かりが垣間見せたその相貌《そうぼう》に怪人の眼差しが大きく開かれる。

「俺、だと……⁉」

自身のよく知る己自身の相貌が、記憶の外でぬ、う、る、りと三日月を刻む。

「身共の記憶を模造して面を刻んだのですが、所詮は猿。本能に負ければ、自我も保てぬは道理と見える」

「猿？　何を云っている。俺は、、俺ハ……！、！」

混乱と苦痛に藻掻《もが》きながらも、必死に怪人であったモノは否定を叫んだ。

だが、その抗いを無駄と嘲笑《あざわら》い、黒衣を翻した眼前の男は怪人の相貌の縁に手を掛ける。

「止めろ。俺を、オ、レ、自、身、ヲ奪ウナ！」

抵抗も虚しく、男の手によって皮と肉が諸共に引《ひ》き剥《は》がされた。

夜闇に高く、男の手に依って晒《さら》されるは怪人の面相だったモノ。

月明かりに浮き上がるそれは、肌の質も精巧な木彫りの面であった。

「これは身共の所有にて。貴殿に貸し与えたのは、ただの気紛《きまぐ》れに御座いますよ」
ヒ、ヒ。引き攣《つ》れるような嗤い声を喉奥に立てて、黒衣の男は身体を揺らす。
後に残されたのは、顔が剥がされた一匹の白猿。

――屍《シ》、屍《シ》、イィイ……。返セ、返セェ。

喘鳴《ぜんめい》に似た吐息に混じり、這《は》いつくばる白猿が妄執を吐く。

その頭蓋《ずがい》を踏《ふ》み躙《にじ》り、男が思案の呟きを漏らした。

「波国《ヴァンスイール》が事を起こす前に神域を穢《けが》しておく心算《つもり》であったが、この様子では断念せざるを得んか。

……音々《ねねき》切りも浄滅したようであるし、やはり神託の水面下に潜みながら動くのは限界があるな」

手にした面の眼孔へと視線を合わせる。その奥に広がる闇を覗《のぞ》き込み、残念そうに首を振った。

「所詮は猩々《しょうじょう》。人語を真似《まね》るだけの猿に、本能以外の記憶を期待するのも酷と云うもの」

呟く黒衣の男は、猩々と呼んだ白猿を無慈悲に踏み潰す。

猩々が瘴気に換わり虚空に散る間際、男は口元に歪《ゆが》んだ三日月を浮かべた。

「まぁ、良い。所詮は、本祭前の座興に過ぎん。神託に囚われるくらいなら、欲を掻かぬが長生きの秘訣《ひけつ》よ」
ヒ、ヒ。瘧《おこり》のように肩を震わせながら、黒衣の男は夜闇へと滲《にじ》むように姿を消す。
後に残ったのは、何もない夜の屋上。その一角で暫くの間、猩々の無念を煮出したかのような瘴気が蟠《わだかま》っていたが、やがて風の唸りに紛れたのか跡形もなく散っていった。

# 閑話　暮明の隘路《あいろ》にて、通りゃんせと唄う

――國天洲《こくてんしゅう》、五月雨《さみだれ》領、領都廿楽《つづら》にて。


そのみたちの調査は難航を極めていた。

晶《あきら》が表に出た記録を殆ど見つける事ができなかったからだ。

頼みの綱として廿楽にある上級中学校と上級小学校を探ったが、晶が通った形跡もない。

市中にそれとなく聞き込みもしたが華族への興味は薄く、辛《かろ》うじて知識に及んでいたのは雨月天山《うげつてんざん》とその継嗣たる雨月颯馬《そうま》の名前のみ。

晶の行く先に手詰まりが見えかけた時、意外な方向から晶の名前が浮かび上がってきた。

――4年ほど前に、剣術の全国大会行きを熱望された平民の少年がいたと。

その名前が晶と聞き及び、僅かな情報に希望を賭けたそのみが足取り重く帰ってきたのが、先刻の事であった。

「……何ですって⁉」

予想の斜め上どころか明後日の方向に向かった報告に、楓《かえで》の柳眉が逆立つ。

既にその感情を通り越したそのみは、楓の反応を待たずに報告を続けた。

「……3年前に尋常小学校を中途退学した子供の情報は、とりあえず全部、抜いてきたわ。名前は、

不破晶。後見は不破直利《ふわなおとし》で、豪農の子供である不破晶は、伝手《つて》を辿ってこちらの預かりになった

……と」

「………待って、待って待って。理解できない。壁樹洲《へきじゆしゆう》の不破って、八家の⁉」

想定すらしていなかった名前に混乱して、とすん、と長椅子《ソファー》に腰を落とす。

「何で、そんなところが出張ってきてるの？」

「………そっちは不思議じゃないわ。不破の直系が雨月の縁者に婿入りしたのは、結構、話題に上ったし。問題なのは、晶さまが不破《いい》を名乗っていた方」

尋常小学校は平民が通う小学校であるが、華族の出が通う場合もよくある。

多くは没落華族や上級小学校に通うには問題のある子供が送られるのだが、その場合は、部下か架空の姓を名乗らせることが多かった。

――つまり、雨月は少なくとも晶が小学校に上がる頃には、雨月として不適格と判断していたことになる。

否《いや》、可能性はもう一つある。

「…………不破と結託して、壁樹洲に晶さまを売ったとか」

先の見えない状況に楓は、理屈を飛躍させた陰謀論を持ち出すが、そのみは首を振って否定した。

「皆無とまでは云《い》わないけど、あり得ないと思うわ。――壁樹洲の不破と云えば、４００年前の内乱の原因となった神無《かんな》の御坐《みくら》を生んだ家系。神無《かんな》の御坐《みくら》の扱いには、人一倍、気を遣うはず。……雨月も無いと思うわよ？　神無《かんな》の御坐《みくら》に釣り合う対価なんて存在しないのだし、自分たちの未来を売り払って何の得があるの」

晶を壁樹洲に売る企みが成功したとしても、義王院《ぎおういん》がハイそうですかと引き下がる訳もない。後に残るのが晶という保険をなくした雨月だけならば、その処分は苛烈を極めた後に郎党は首を野晒《のざら》しにされる事も覚悟せねばならないだろう。

——であるならば、

「証拠だけを見て単純に考えたなら、雨月は晶さまを疎《うと》んじていた。少なくとも、自分の直系だと認めていなかった」

「だから、何で？」

そのみが出した結論を、楓は堂々巡りの疑問で返した。

仕方がない。結局は、そこに戻ってしまうのだし。

「…………分からないわ。それこそ楓さんに情報を期待して、こっちに戻ってきたの。そっちは何か情報を見つけた？」

「ごめんなさい。こっちで有益なのは……。あ、でも、気になる情報が一つ」

千々和《ちぢわ》楓は、木材を主に扱う千々石商会の娘だ。

良質の木目で評判の五月雨杉は木材商として垂涎《すいぜん》の商材であり、大店《おおだな》としても逃したくない太客でもある。

無論、それは雨月としても同様であり、木材以外の商いを求められるほどにその関係は深かった。

当然のこと、そこから発生する情報は多い。殆どは無関係の日常品であったが、ここ最近の大取引が楓の注意を惹いた。

「宴会？　こんな時期に、ですか？」

「それもですけど、支社長によると、内々の開催と云うのに随分と規模が大きいらしいと」

盆の前。しかも前刀自《とじ》の法要を控えているのではなかったのか。

眉間に皺《しわ》を寄せたそのみを前にして、楓が少し笑顔を返した。

「――強引には難しいでしょうが、支社長に潜り込めるか訊《き》いておきましたわ」

「流石《さすが》。ですが、面相《カオ》が割れる可能性のある私たちは、遠慮した方が良さそうですね」

静美《しずみ》の側役《そばやく》として公的な場に出ることの多い二人は、潜入工作には向いていない。

荷が重いだろうが、此処《ここ》は千々和商会の支社長に出張ってもらうのが妥当だろう。

つまらなそうに呟《つぶや》くそのみに、楓は茶目っ気を強く滲ませた視線を向けた。

「あら。てっきり私は、もう少し過激な火遊びに誘われると思っていましたが？」

「…………やるの？」

火遊びの内容《中身》に気付いて、そのみは探るように楓の視線を迎え撃つ。実のところ、彼女もその選択肢は有力な一つとして考えていた。

成功すればこれまでに無い鮮度の情報が、確実に入手できるからだ。

しかし、事を起こせば事態の成否如何《いかん》に拘《かかわ》らず、迅速に五月雨領から脱出しなければならなくなる。

「ええ。――どのみちこれ以上、粘っていても入手できる情報なんて高が知れていますもの。でしたら賭けに出るのも、また一つの道、でしょう？」

「――そうね。否定はしないわ」

「流石、そのみさんです。頼もしいわ」

ぽん。両の掌《てのひら》を打ち合わせながら、楓はにこりと頬を綻ばせた。

「では、火遊び相手の殿方を選びましょうか」

ばさり。卓上《テーブル》に人名が列挙された資料が広がる。

中には、雨月の陪臣が席次順に挙げられているのが見て取れた。

「……理想は、席次が下から数えた方が早い、実力は凡百、野心は人一倍。――楓さんは、何人ならイケます？」

「精霊力頼みですけど、3名なら持久戦で粘ってみせます。そのみさんは？」

「知ってるでしょう？　水行の使い手で初見なら、同行家《八家第七位》に敵はいないわ」

「その看板に偽りなし、と証明してくださいな。では、私が壁になりますので、そのみさんが仕留めてください」

挑発気味な楓の言葉にも、動揺する素振りも見せずにそのみは肯《うべな》いを返す。

ぽんぽんと、人名の中から手頃そうな相手を選び出しながら、期せずして二人の台詞《せりふ》が重なった。

「「それじゃ、闇討ちの場所を決めましょうか」」

◇

――三日後、夜半。

雨月の陪臣である鹿納峰助《かのうほうすけ》は、やや過ごした深酒で上機嫌になりながら、雨月で催された宴会からの帰路についていた。

夏虫の鳴く中、左右に田圃《たんぼ》が広がるだけの暮明《くらがり》の畦道《あぜみち》を、提灯《ちょうちん》の灯りが頼りなく足元を照らしている。

「鹿納さま、今日は珍しく酒を過ごされましたな」

「は、はは。雨月の忠臣として、同期たちにあまり見せられんなこれは」

宴会へ参加した部下からの、からかい半分のおべんちゃらを苦笑いで返す。

事実、普段は酒を嗜《たしな》まない鹿納であったが、今日の宴《うたげ》は特別であった。

何しろ、数年来の気がかりであった雨月颯馬の嫡男認定が、人別省にようやく通ったのだから。

「御当主も、これで少しは肩の荷が下りた事だろう。……あの穢《ケガ》レ擬《もど》き、随分としぶとく生き汚くしがみついてくれたからな」

「全くにございますな！」

あからさまな部下の追従にも、心地よく鹿納は首肯する。

鹿納に限らず、胸を撫《な》で下ろした陪臣は相当にいたはずである。

3年前の晶の追放だが、雨月の中でも慎重な姿勢を見せる者はごく少数であったがそれなりに居た。

特に難色を示した筆頭は、不破直利であった。

雨月の縁者と縁組をしたとはいえ、雨月を名乗る事は認められない入り婿だが、それでも八家の直系であり、雨月天山であってもそれなりに気を遣わなければならない相手だった。

それ以外にも、陪臣の中には義王院への配慮から、明確な姿勢を決めかねている者もちらほらと居たため、雨月天山も強硬姿勢を取りかねていた時期があったのだ。

そういった曖昧な状況で、一足早く晶の排除に動いたのが鹿納を始めとした席次の低い陪臣たちであった。

彼らは、剣術の指南時において、積極的な私刑《リンチ》に及び、悪評の流布に余念無い連携を見せたのだ。

鹿納らの危惧は、別段に雨月への配慮からではない。

もし、晶がこのまま成人した場合、当主になれない晶は陪臣へと降りる事になる。

その場合、雨月の面目を保つ意味もあるため、晶の席次は一位に据えられる。つまり、雨月陪臣の席次は上から一つずつ下がってしまう可能性があったからだ。

雨月陪臣として用意されている席次の枠は十二位まで。晶が降りた場合、陪臣の間で椅子取り合戦が引き起こされる事になるのだ。

精霊を宿さない穢《ケガ》レ擬《もど》き、それも実力を伴わぬ凡人以下。

そんな者の下で、他者を蹴落とすための権力闘争を繰り広げなくてはならない将来を、陪臣下位の者たちが嫌ったための暴挙であった。

晶が生き延びている限り、この懸念は常に陪臣たちに降りかかる。

晶の死と云う報は、雨月天山と同様に陪臣たちにとっても慈雨と云えた。

「ふ。酒匂《さこう》どのも、此度《こたび》の報に随分と気分が良さそうであったの。儂《わし》も、あれの排除に一足早く参じた甲斐《かい》があったというもの。おかげで、御当主よりお褒めの言葉を戴いたわ」

「機を見るに敏とは、正に鹿納さまの事にございますな」

「ははは」

部下たちの阿諛追従《あゆついしょう》も、酒の巡った今は心地よい。

そう。鹿納は浮かれていた。

鹿納の席次は十位。雨月陪臣でも古参であるのに、下位に甘んじている現状が鹿納には不満であったからだ。

それ故に、鹿納は晶排除に一早く参じた陰功を手に、席次を上げることを密かに狙っていた。

──まだよ、まだこれからよ！　儂の時代はまだ終わっておらん‼

酒の勢いも手伝って意気軒昂《けんこう》と野心を燃やしながら、提灯で照らされた足元を一歩踏み出し、

──暗い視界の先に、灯りも持たずに立つ者がいることに気付いて足を止めた。

「む」「何者だ？」

部下たちも困惑で足を止めた。

灯りを持っていない暮明《くらがり》の向こうに佇んでいるため、風貌も捉えることができない。

唯一、相手が背丈ほどもある薙刀《なぎなた》を手にしている事だけが、鹿納たちが捉えられた相手の特徴であった。

如何にも胡乱気《うろんげ》な相手の出《い》で立ちに、鹿納たちも剣呑《けんのん》な空気を纏《まと》う。

「鹿納さま」

「うむ。──答えよ、何者だ！　儂が誰か知っての狼藉《ろうぜき》か！」

夜気を裂かんばかりの鋭い舌鋒《ぜっぽう》は、それでも相手の動揺を誘うに至らない。

それればかりか、ふ、ふ、と僅かに肩を揺らして、嘲笑する気配が返ってきた。

「女、だと？」

笑い声から、相手が年若い女性だと判り、思わず部下の警戒が緩む。

しかし、その次に返ってきた言葉に、全員が固まった。

「ええ、ええ。無論のこと、知っての行いにて。雨月陪臣、十位の鹿納どの。

――一手、ご指南いただきたく」

「っっ！　無礼なっ！」「貴様ァ！」

女の台詞に糊塗《こと》されたあからさまな嘲弄の響きに、部下たちが一気に気色ばむ。

止める間も無く腰の精霊器を抜き放ち、一触即発の緊迫した空気が場を支配した。

「……女性の辻者か。今のご時世に、こんな阿呆《あほう》な真似《まね》に及ぶ輩《やから》がおるとはな」

「はい。よほど、自分の腕に自信があると見えますな」

血気盛んな若者は、女の煽《あお》りに簡単に乗ってしまったが、流石に鹿納と子飼いでも古参の二人は冷静に状況を確認する。

相手の素性は知れないが、こんな暴挙に出る以上、実力にはそれなりに自信があるのだろう。

左右は田圃に挟まれた、やや広い一本道。

水の張られた田圃に踏み込めば、間違いなく泥に足を取られてしまう。

開《ひら》けているだけで、逃げ場の無い隘路《あいろ》に誘い込まれたのと同じ状況だ。

ちらり。後方を確認する。……予想通り、そこには退路を塞ぐ形で別の女が立っていた。

既に太刀《たち》を構えて、臨戦態勢を取っている。

のみならず、太刀から煌々《こうこう》と精霊光が立ち昇っているのが見て取れた。

場所の選定も、襲撃の時機《タイミング》取りも上手《うま》い。

僅かに油断を誘う仕草と裏腹の隙の無さが、相手の技量を無言のうちに伝えてくる。

――不味《まず》いな。

鹿納は内心で歯噛みをした。

部下たちの技量は判断がついている。相手は佇《たたず》まいから想像するだけだが、部下たちと同等か上辺り。

勝利をするだけならともかく、確実に、は断言ができない。

だとすれば、どうするべきか？　酔った思考に活を入れて、素早く戦力を振り分けた。

「吉長《よしなが》、小牧《こまき》、秦野《はたの》。協力して薙刀の方を押さえ込め。柳《やなぎ》は後ろの太刀だ」

「「「はっ‼」」」

「儂は精霊力を賦活させて酔いを醒《さ》ました後に、太刀の方を叩き潰す。……少なくとも、貴様らと同等の遣い手だ。後れを取ってやるな！」

「「「承知‼」」」

全員の声が、意気軒高と重なった。

場に渦巻く戦意。

――その、あまりにも、鈍い反応に、ようやくか、と薙刀を持つ女が肩を竦《すく》めた。

提灯が田圃の脇に投げ捨てられて燃え上がり、一際、明るい輝きを周囲に残す。

それを皮切りに、鋭い剣戟《けんげき》の音が暮明《くらがり》に沈む一隅を彩った。

# 閑話　行きて交い、こおり鬼の比べあい

「ちいぃぃ、えりゃあぁぁぁっ‼」

相対する楓《かえで》たちと鹿納《かのう》たち。

戦端が開かれると同時に、鋭く斬り込む初撃を放ったのは、鹿納の部下であった。

独特の呼気と共に、現神降《あらがみお》ろしで強化された身体能力にものを云《い》わせて突きを放つ。

やや強引に捻《ねじ》り込む形の突きは、それでも正確に薙刀を持った楓の正中を捉えていた。

楓は、迫りくる太刀の切っ先を見据え、

「――疾《シ》ィィィイッツ‼」

放たれた突きに、それでも怖気《おじけ》ることなく裂帛《れっぱく》の気合と共に滑らかな歩法で一歩、楓は力強く地面を踏み込んだ。

薙刀の穂先に籠められた膨大な精霊力が、唸《うな》りを上げて山吹《やまぶき》色の軌跡を宙に刻む。

狙うは、迫りくる太刀の脇腹。

激突。

ガリガリと互いに霊気を削りながら、薙刀の穂先が太刀の表面を滑った。

霊力同士の干渉による反発で鎬《しのぎ》を削り、遂には突きの軌道を明後日の方向にいなす。

「吹《フ》ゥッ！！？　ぐっ」

突きをいなされて泳ぎかける上体に耐えた瞬間、男の鳩尾《みぞおち》に薙刀の石突《いしづ》きがめり込んだ。

その堪《こら》えようのない激痛に、文字通り、男の身体がくの字に折れ曲がる。

初手で得られた数呼吸分の隙を逃さず、楓は精霊力を練り上げた。

義王院流《ぎおういんりゅう》精霊技、初伝――

「――半月鳴《はんげつな》らし！」

――撞《ド》ゥンッ
鈍い音を立てて無形の衝撃波が男の内臓を直撃、問答無用でその意識を刈り取る。

崩れ落ちる男の向こうから刃《やいば》を振《ふ》り翳《かざ》した男が二人、左右から躍り出て楓を挟み込む。

「貴ぃ様あぁあっっ‼」

――上手い。

素直に楓は感嘆した。

眼前に立っているのがたった一人、それも女。

面目《メンツ》に拘《こだわ》りたくなる状況を作ったのに、見栄を張らずに一人を囮《おとり》に視界を塞いでから、追撃の連携で逃げ場を奪いつつ確実に首を取る。

お手本になるほどの、定跡《セオリー》通りの対応。

――これが武門筆頭、八家第一位の雨月家か‼

だが、だからこそ読みやすい。

彼我の距離は未だ離れているが、右の男が唸る精霊力のまま太刀を袈裟《けさ》切りに振るう。

それは、遠間の相手を攻撃する基礎の精霊技。

義王院流《ぎおういんりゆう》精霊技、初伝──

「──偃月《えんげつ》！」

放たれた水気の斬撃が迫る。

迫りくる死に怖気ることなく、楓は薙刀を八相構え《木の構え》から舞うように穂先を躍らせた。

義王院流《ぎおういんりゆう》精霊技、中伝──

「──惑い弄月《まどろうげつ》！」

山吹色の精霊光が薙刀の軌跡を宙に刻み、偃月《えんげつ》を正面から迎え撃つ。

独特の轢音《れきおん》と衝撃を残して水気の刃が霧散。精霊光が撒き散り、

──その陰を潜るようにして三人目の男が楓の懐に入り込み、止《とど》めの一撃を放ってきた。

義王院流《ぎおういんりゆう》精霊技、中伝──

「──弓張月《ゆみはりづき》！」

下から上へ掬《すく》い上げるような太刀の斬撃が、楓の左肩目掛けて伸びる。

その軌跡に沿って、精霊光の刃が虚空を刻んだ。

──やはり、それなりに手練《てだ》れだ。

中伝からの連技《つらねわざ》で追撃を狙っているのか。堅実に確実に楓の退路を断って仕留めようとする姿勢は、充分に評価に値する。

──だが、詰めが甘い。おそらくは、薙刀使いと戦った経験が少ないのだろう。

薙刀の最大の利点は、太刀と違い、穂先と石突きを回転させることにより間断なく攻勢を維持できる点にある。

薙刀相手に、太刀で連技《つらねわざ》の速度比べを図った時点で、楓の勝利は確定したのだ。

男が放った弓張月《ゆみはりづき》を半身で躱《かわ》し、楓は巻き取るように薙刀を引く。

その瞬間、薙刀の穂先が後ろに、石突きが男の顎を跳ね上げた。

義王院流《ぎおういんりゅう》精霊技、連技《つらねわざ》――

「――雙独楽《ふたつこま》っ！」

石突きを起点に衝撃波が男の脳を揺さぶり、二人目の意識を闇に沈める。

その姿勢のまま、精霊力を叩き込みながら薙刀を振るい、最後に残った男が放った偃月《えんげつ》を砕いて前進。

男の太刀と薙刀の穂先が、火花を散らして噛み合った。

「ぬっ……、ぐぅ」

刃先が噛み合った瞬間、男の咽喉《のど》から思わず息が漏れた。

上背も膂力《りょりょく》も、更には経験も勝るはずの己の体躯《たいく》で、これ以上、押し込む事ができない。

のみならず、じりじりと押し込まれてさえいる。

少女から立ち昇る、尋常では無い精霊光。

衛士《えじ》が宿す上位精霊を背景に、実力差を強引に覆しているのだ！

後先の思考を放棄して、精霊力の限界を絞り出す。

そこまでして漸《よう》く、少女の膂力との拮抗《きっこう》が叶《かな》っている。

故に、事ここに至って、男は認めざるを得なかった。

「……強いな」

「あら？　殿方は意地でも認めたがらないものと思っていましたが」

「三人がかりでこの為体《ていたらく》では、認めん方が逆に恥よ。だが、ここまでだ。直に鹿納さまと柳《やなぎ》どのが、後ろの女を潰してこちらに参戦される。そうなれば間違いなく、貴様程度では勝てんぞ」

「ええ、ええ。無論の事、承知の上にて」

楓の声音に、思わず嘲弄の響きが混じった。

闇討ちの定跡に、退路を塞ぐ者は正面の戦闘を苦手とする者を充てるとある。

当然、闇討ちの対処はこの定跡を下敷きにしたものであり、鹿納たちもこれに沿って判断している。

戦術の概要としては、数で正面の相手を牽制しつつ、持ち札最大の手札で退路を塞ぐ相手を叩き、後に反転し、残りを掃討すると云うものだ。

「故に、こちらの勝ち、なのですよ。定跡は、私たちも理解しているのですから」

「な……、に…………‼」

その言葉の意味を理解して、愕然と振り返る。

その視界に映ったのは、そのみが放つ冴《さえ》とした白銀の閃《ひらめ》きであった。

◇

戦闘に決着が付く少し前。

楓と男たちの戦端が開かれると同時に、柳と呼ばれた男がそのみに向かって滑るような歩法で間を詰めてきた。

想定通りであるならば、柳は鹿納の手駒の中では最強のはずである。

少なくとも、剣の技量においては間違いなく上を行っているだろう。

放つ精霊光からして、精霊の格は中位のかなり上。

そのみ《八家直系》が宿す上位精霊なら充分に勝機はあるが、それぐらいは相手にも勘付かれているだろう。

同じ水行の使い手である以上、手の内はばれているし苦戦は免れない。

柳に手間取って鹿納が参戦すれば、そのみの敗北は確定してしまう。

「仕掛けてきたのは貴様たちだ。——真逆《まさか》、卑怯と云うまいな！」

柳の背後から、鹿納の挑発が飛ぶ。

その台詞《せりふ》に、そのみは苦笑を口の端に浮かべた。

それこそ、その真逆だ。

まさか、数を恃《たの》みにされた程度で勝ち誇られると、正直、後が困る。

それでも、その苦笑を隙と見たか、柳がそのみの３間《約5・4メートル》手前で大きく踏み込んだ。

義王院流《ぎおういんりゅう》精霊技、初伝——

「——偃月《えんげつ》！」

精霊力の刃が幾条もの水気の尾を曳きながら、そのみを襲う。

柳の放った偃月《えんげつ》は酷《ひど》く脆《もろ》く、斬撃としては今一つの威力しかない。しかし、崩壊した刹那に、衝撃波が相手を弾《はじ》く特性を持っている。

衝撃が生む一拍の隙。それは穢獣《けもの》相手に不向きであるが、対人戦に於いてそれなりの威力を発揮する特性でもある。

――だが、

「破《は》あぁぁぁっ‼」

そのみは、気合一閃《いっせん》、太刀《たち》を下段構え《土の構え》から上へと、偃月《えんげつ》を斬り払った。

柳が期待した衝撃はおろか、精霊技を破壊する際の轢音すら響かない。

異常なまでに静かに、偃月《えんげつ》は精霊光になって霧散した。

「なぁっ‼」

初めて見るその光景に、柳の眼が大きく見開かれる。

迎撃された事に驚きはない。期待した衝撃がなかった事に驚いたのだ。

それは即ち、一拍の隙を作れなかった事を意味していた。

連技《つらねわざ》は初動における溜めの大きさ故に、初撃で相手を押さえる事を前提にしている。

その目論見が崩れた今、このまま行けば、無防備な腹を相手に晒《さら》すのは火を見るよりも明らか。

それでも身体《からだ》は、連技《つらねわざ》を放つための初動に入ってしまっている。

強引に技を中断して、仕切り直すだけの技量を持ち合わせていなかったのが、柳の敗北の決定打であろう。

義王院流《ぎおういんりゅう》 精霊技、連技《つらねわざ》――

「――捻《ねじ》りかんざっ！　……ぐっ」

連技《つらねわざ》を放つため、大きく平突きに構えた柳の懐深くに滑り込んだそのみが放った一閃が、柳の意識を容易《たやす》く刈り取った。

「何だと……‼」

精霊技でも剣技でもないただの横薙ぎが柳を沈めるのを目にして、鹿納は動揺を隠せなかった。

柳は、間違いなく鹿納の手駒の中では最強の一人だ。

衛士には届かなくも、中位精霊を宿している防人《さきもり》としては最強を見据えることが許されるほどの才があるのは、鹿納にあっても認めている。

少なくとも、対人の仕合いにおいて、白星が9割を超える逸材であるのは間違い無かった。

その柳に碌《ろく》な抵抗も赦《ゆる》さずに一撃で仕留める。

信じがたい光景に、不可能と理解しつつも退避の可能性を無意識に探った。

やはり、無理だ。

少なくとも、目の前のそのみを沈めない限り、鹿納に生き残る選択肢は残らない。

――それに逃げたところで、この一件が公《おおやけ》になった瞬間、鹿納の雨月陪臣としての生命《歴史》は終焉《しゅうえん》を迎えてしまう。

次の席次を狙う士族たちの数は、それこそ10の指では足りないからだ。

倒れ伏す柳に一顧だもせず、そのみが間合いを詰めてくる。

「…………な、舐めるなあぁぁぁっ‼」

刹那に溶けようとする彼我の距離に、挫けそうになる己の感情を必死に鼓舞する。

既に酔いは醒め、精霊力も体内を充溢《みた》している。

距離は充分。精霊技の撃ち合いは、間違いなく鹿納に初手が与えられる状況。

鹿納は、最も己に馴染《なじ》んだ精霊技を練り上げた。

義王院流《ぎおういんりゅう》精霊技、中伝——

「——清月鏡《せいげつのかがみ》！」

居合抜きに抜かれた太刀の軌跡に沿って、幾重にも精霊力の波紋が広がっていく。

一度の衝撃に対応できたとしても、二度、三度と重なる衝撃全てに対処はできない。

攻めにおいても守りにおいても優秀な精霊技。

それなりに修得難易度は高いものの、如何《いか》なる状況にあっても対応可能《撃つ場所を選ばない》な技が、鹿納の切り札であった。

——だが、鹿納は、自身が相対している者が、そのみ《同行家》である事に終《つい》ぞ気付かなかった。それが、勝敗の明暗を分けた。

迎え撃たんと迫る精霊力の波紋に、そのみは脇構《金の構え》えから太刀を疾走《はし》らせる。

太刀に精霊力が込められているものの、剣技とすら云えないただの一撃。

それが波紋と激突した瞬間、波紋が全てまとめて上下に斬り裂かれた。

そのみを弾くでも、轢音すらも無く、非常に呆気《あっけ》ない消滅。

「貴様っ！　真逆、同行《どうぎょう》の……‼」

精霊技を斬る。その現象に、鹿納はようやく相対している者の正体に感づいた。

そのみの着物がふわりと舞い、小袖の縁に小さく縫われた家紋が垣間に覗《のぞ》かせる。

——二つ扇に一枝の梅花。

八家第七位、同行家。

八家の中に在っては、最も精霊力に特出しない一族だ。

公的な場に姿を見せる事はあまり無く、領有の華族だが華族としての付き合いをしない一族としても有名である。

だが彼らには、ある有名な特性があった。

彼らが宿す精霊は必ず水行の精霊であり、必ず陽気《ようき》の相を帯びるのだ。

太極図において、水行の相は陰気《いんき》の極致に相当する。

——その添《そ》え星である陽気の相。

水行の陽気。それが意味するのは、水行の技に限り条件下での干渉と無効化を可能にするというもの。同じ水行に対する、絶対的な優位性である。

故に、義王院流《ぎおういんりゅう》の中には、同行家にしか行使できない精霊技が存在している。

同じ水行の使い手を殺すためだけの、異形の精霊技。

畏敬と嫌悪をもって同行殺《どうぎょうごろ》しとも囁《ささや》かれるその技、
義王院流《ぎおういんりゅう》精霊技、異伝《ことのつたえ》——白夜月《びゃくやづき》。

これに気付けなかった以上、柳であれ鹿納であれ、初めから敗北は決定のものであった。

そのみが返す太刀の峰で喉仏を強《したた》かに打ち抜かれ、悶絶しながら鹿納の意識は闇に沈んだ。


**TIPS：同行家について。**

**八家第七位、そのみは現当主の次女。**

**保有する精霊力は八家中で最下位。しかし、一族の血統として水行の陽気を宿しているため決し**

て侮れない相手。

異伝《ことのつたえ》、白夜月《びゃくやづき》。この精霊技だけで八家に上り詰めたと陰口を叩かれるが、争っても敗けるだけなので陰口止まり。

――ただ、これだけ長い年月が経てば対策も幾つか練られているので、絶対に勝利するためには初見が条件となる。

義王院の側役《そばやく》としてそのみが登用された理由は、長年の慣習を破って晶《あきら》を義王院の婿に望んだため、華族内の権力バランスが崩れかけた事の対策として。

側役としてそのみは様々な裏事情を知っているが、現当主は知らないという悲しい事実が存在するとかしないとか。

# 閑話　見えず問い、かごめかごめと探りあい

「…………………がっ」

冷酷《つめ》たい響きと共に、鹿納《かのう》の脇腹に鈍痛が走る。

肺腑を直撃する衝撃に息が詰まり、咳き込みながら鹿納の意識が浮上した。

「ぐ、……うお」

「はしゃぐな、愚物」

痙攣《けいれん》からのたうち回ろうとする鹿納の身体を、何者かが背中から踏みつけて、その鼻先に白銀の刃《やいば》を突きつけた。

その物騒な輝きに、意識が落ちる直前の記憶が蘇《よみがえ》る。

「……同行殺《どうぞくごろ》しが同行《どうぞく》を名乗るか。

雨月《うげつ》に刃を向ける。その意味を理解しての行いであろうな、同行家《どうぎょう》？

最悪、國天洲《こくてんしゅう》を割りかねん暴挙だぞ」

ぴくり。鹿納を踏みつけている同行そのかいよりも、周囲を警戒していた千々石楓《ちぢわかえで》が憤怒の表情を浮かべて身じろぎをした。

——どの口がそれを云《い》うか。

「————起きなさい」

彼女の心情は、口よりも目が語っている。

だが、誰よりも激昂《げっこう》すべきそのみは、楓に向けて唇に人差し指を当ててみせた。

そのみからの沈黙の願い出に、楓は少しの逡巡《しゅんじゅん》の後に首肯だけを返した。

「――理解しているわ。だからこそ、鹿納どのを標的に選んだの」

「何？」

「もし、この事が公になったら、当然、雨月家は同行家に報復を仕掛けなければならないでしょうね。ええ、貴殿の言葉通り、國天洲を割りかねないわ。――では、鹿納どのは、どうなるかしら？」

「…………………」

多分に嘲弄の響きが含まれたその問いかけに、鹿納は沈黙せざるを得なかった。

現状だけを見れば、鹿納は5人がかりで2人の少女と闘い、完膚なきまでに叩きのめされた事になる。

ここに、少女側が闇討ちをしてきた、や、同行家の者だった、等の副次的な情報は一切、加味されない。

純粋に、大の男5人が少女2人に敗北を喫したと云う事実しか残らないのだ。

情けない戦闘に情けない結末。

同行家への報復で汚名を雪《すす》ぐ機会が有れば、まだ救いはある。

だが、間違いなく汚名返上と引き換えに捨て駒扱いされて、磨り潰されるはずだ。

それは回避せねばならない。

少なくとも、どれだけ情けなくとも鹿納自身は沈黙を守らなければならない。

「ご自身の状況もよく理解されたようで何よりです。ご安心くださいな。私たちは、ここでの事を殊更に吹聴する気はありません。鹿納どのが口を噤《つぐ》めば、噂が広がる事も無いでしょう」

「………保証は」

「有る訳ないでしょう、敗けた手前で求める権利があるとお思いで？」

鹿納の視線が泳いだ。拒否と承諾の狭間《はざま》で、打算的に自身の利益を計算する。

その様を、冷酷な視線でそのみたちは見守った。

選択肢は有るようで無い。結果は訊《き》かずとも分かっていたからだ。

やがて、沈黙の後に鹿納は渋々と口を開いた。

「…………………何が望みだ？」

「まぁ！　素早いご英断、助かりますわ。では、お言葉に甘えて、幾つかお尋ねしたい事がありますの。正直に答えて頂けたら、お手間はそれほどかかりませんわ」

華やいだ声音で、そのみが鹿納の判断を褒めそやした。

……鹿納が少女たちの表情を見ることができなかったのは、彼にとっての幸いであっただろう。

年頃の少女らしい弾んだ声とは裏腹に、酷く冷酷《つめ》たい2人の視線が鹿納を見下していた。

それは、如何にして鹿納の記憶から情報を搾り取ろうか、鹿納のそれとは格の違う酷く冷徹な計算を働かせている女の目であった。

「まず、今日の宴会、どういった理由で開かれました？」

「……何？」

一体、何を訊かれるのか？　内心、戦々恐々としていた鹿納は、その余りにもくだらない問いに、思わず肩透かしを覚えた。

「何故《なぜ》、そのような事を聞く。特に隠している訳ではないぞ?」

「……ほんの軽い会話ですよ。正直に話していただくための入り口です」

雨月は宴《うたげ》の理由をはぐらかしていたのに、陪臣の口は随分と軽い。素早く、2人は視線を交わした。

会話を逸らすか話を進めるか、逡巡する内にとんでもない内容が鹿納の口から転《まろ》び出る。

「颯馬《そうま》さまの嫡男就任と義王院《ぎおういん》さまとの婚儀が、正式に認められた祝いだ。雨月の方々の長年の心残りであったからな、今は一族挙げての祝賀の最中よ」

「!?」

鹿納の口から出てきたとんでもない内容に、2人の口から吃驚が漏れかけた。

しかし、既《すん》のところで押し殺し、鹿納に迎合して情報を抜く事に注力する。

「……雨月家の嫡男は颯馬さまだと思っていましたが、違ってましたて?」

「対外も内々もそれで決定はしていた。だが、義王院さまが認めておられなかった。颯馬さまの上に、晶《あきら》という穢《ケガ》レ擬《もど》きがおったからな」

忌々しそうに語る鹿納の声色に、得意気な響きが混じる。

鹿納にとって晶の排除に一早く参じた事は、実情はともあれ紛れもない自身の功績であったからだ。

「穢《ケガ》レ擬《もど》き?」

対するそのみの疑問ももっともである。

晶は産まれた時点より、國天洲の大神柱である玄麗《げんれい》の加護が与えられている。

これは、國天洲における全ての行動に対して、晶は絶対の守護が得られている事と同義である。

判りやすく云うなれば、國天洲に足を置いている限り、いかなる穢《ケガ》れも晶を害する事は至難の業であるという事だ。

「ふん。精霊よ。あれには精霊が宿っていなかったのだ」

「…………それが？」

そのみたちは、疑問符を表情に浮かべながらお互いの視線を交わし合った。

精霊が宿っていない。

それはそのみたちにとっても、既に知る情報だったからだ。

精霊が宿っていないからこそ、神無《かんな》の御坐《みくら》足りうるのだ。

むしろ、その事実は誇りこそすれ、唾棄される謂《いわ》れなぞない。

「分かっておらんようだな。精霊が宿っていないという事は、精霊力が使えんという事だ。全くもって、雨月家始まって以来の出来損ないよ。御当主さまのお嘆きも相当なものであったわ！」

「「……!?!?」」

「儂《わし》とても、あれの排斥には手を焼いた。何しろ、精霊力が使えん無能を、能ある士族たちと共に剣術を教えねばならんかったからな。無能が感染《うつ》るのではないかと、皆戦々恐々していたわ。不破《ふわ》どのが教導に入ってくれなんだら、精霊技の的扱いにするのも吝《やぶさ》かではなかったわ」

ようやく、そのみたちにも、何が起きているのか朧げながらに全貌が見え始めた。

雨月における、口伝の欠如。それが齎《もたら》す分かりやすい悲劇に想像が至り、そのみたちの表情から色が消える。

「……精霊技は？　教えなかったのですか？」

「精霊力を持っておらんのだぞ？　そんな無駄な手間をかける訳なかろう」

「…………………」

あまりの言い草に、楓が現実逃避気味に夜空を仰《あお》いだ。

――そもそも、前提が間違っている。精霊では無く、神柱が晶を受け入れているのだ。玄麗の神気が晶を満たしている以上、晶は玄麗の神気を十全以上に行使する事ができる。

よくもまあ、晶が正気を失って神気を暴走させなかったものだ。

余程、晶は自身を律していたのだろう。

「あ、晶さんは、今、何方《どちら》に居《お》られますか？」

そのみの問いかけも、僅かに語尾に震えが見えていた。

ここまでやらかしているのだ。間違いなく、雨月に対する晶の心証はどん底と云ってもいい。

否《いや》。雨月を鏖《みなごろし》にする程度で晶が本道に立ち戻ってくれるなら、最早、安い買い物と云ってもいい。

幼少どころか産まれた時点から、抑圧され鬱屈とした生を送ってきたのだ。

最悪、人間性が捻《ね》じれていてもおかしくはない。

だが、晶に対して諫《いさ》める事はともかく、対立する選択肢は玄麗が容認しないであろう。

玄麗は、神無の御坐《晶》の行動の一切を許容するからだ。

今、この時点からでも晶を義王院の本邸に迎えて、晶の怒りを雨月にのみ限定するよう願うしかない。

「既にくたばったわ」

「は?」

何が起きているのか、理解すらしていない。幸せな雨月陪臣《鹿納》が小気味よさそうに短く返すに至り、そのみの思考が完全に停止した。

「三週間ほど前か、人別省からあれの魂石《こんせき》から輝きが消えたと報《しら》せがあってな、死亡の報せに雨月家は上に下にの大盛り上がりよ。人別省は、あれほど渋っていた颯馬さまの嫡男認定を10日程度で認めた。——全く、こんなことならさっさとあれを処分しておいた方が良かったわ」

「——何処《どこ》で亡くなったと?」

「知らん。あれは3年前に放逐処分となった。何処ぞかで、くたばったのであろうよ」

——がつっ。

そこまで云い終えた鹿納の首筋に太刀《たち》の峰が力任せに叩きつけられ、息を漏らす余裕も無く、再び意識が完全に闇に沈んだ。

後に立っているのは、荒い息を立てるそのみと、一見には冷静さを保っている楓だけであった。

「——ごめん、我慢できなかった」

「殺してなかったら充分ですわ。……私も、抑えられるか疑問でしたし」

流石《さすが》に腹に据えかねているのか、応じる楓の声音にも激怒の感情《いろ》が濃く含まれていた。

無理もない。事実を探れば探るほど、状況は最悪なものになっていくのだ。

ついには晶の死亡をこと得意げに吹聴されるに至って、そのみの我慢は限界を振り切れた。

「……これから、どうしましょう？」

「とりあえず最初の手はず通り、早急に五月雨領《さみだれ》を脱します。隣領まで行けば、追手が掛かる心配も無くなるでしょうし、姫さまに電報を送ることも叶《かな》うはずです。――雨月天山《てんざん》の登殿は、いつだったかしら？」

既に天山に対する敬称もなく、吐き捨てるようにそのみは即断した。

地に伏せる鹿納たちを一顧だにせず、楓も同意の首肯を返す。

「……確か、葉月《８月》の第２週の予定だったかと。電報で、晶さまの死を伝えますか」

「…………荒れるかしら？」

「間違いなく。くろさまが荒神に堕ちないように鎮《しず》めの儀式を執り行っても、どうしても瘴気溜《しょうきだ》まりの発生は止められないでしょう」

「……判断は姫さまに願いましょう。無能《鹿納》の証言一つで、くろさまを激怒させる訳にもいかないわ。――姫さまへの報告は必要でしょうけども」

悪手と理解しつつも、そのみは詳細な報告を躊躇《ためら》った。

洲を司る大神柱の激怒は、そのまま國天洲の災害に直結する。

被害が五月雨領だけで済めばよいが、神柱がただ人が線引きをした領境という些事に斟酌《しんしゃく》してくれる訳も無いからだ。

その結果どうなるか。

――確実に、國天洲は大荒れする。

その先でどんな悲劇を引き起こすのか、神柱の激怒を伝承でしか知らない２人には、真実を推し測ることは不可能であった。

「……さて。これ、如何《いかが》しましょう？」

死屍累々《ししるいるい》と倒れ伏す男たちを指して、楓が後に残った面倒に唇を歪めた。

精霊器の刃《やいば》には布を巻いていたから、手応えは充分にあっても死ぬほどではない。

闇討ちが終わって残ったのは、ただ気絶しただけの大柄な男が５人。

どう片付けるにしても、無能５匹の始末は面倒しか覚えなかった。

「放置しましょう」

当然、そのみの口調には迷いが欠片《かけら》も見当たらない。

「夏だから、一晩放置くらいでは死なないでしょう。風邪くらいはひくだろうけど、その程度、知ったことじゃないわ。――私たちはやるべき事をやりましょう。どうせ、こいつらの処分は近いうちに行われるんだし」

「……そうね。どうせ未来の無い滓《カス》、ここで寝てくれていた方が都合は良いわね」

ここまでの面倒を引き起こしてくれたのだ、事の顛末を聞けば義王院が直々に裁可を下す。

これ以上の情報も持っていないだろうし、この程度の愚物に拘《かかず》り合って時間を浪費する謂れも無い。

至極あっさりと鹿納たちを見捨て、楓が身体《からだ》を翻した。

その後を追って、そのかみもまた暮明《くらがり》の奥へと姿を消す。

後に残るは、気絶した5人の男たちと夏虫の鳴声《こえ》のみ。

そこに有った戦いの痕跡など何も知らぬと云わんばかりに、ただじりじりと鳴き続けていた。


TIPS：晶の加護について。

大神柱の加護は大別して3つ、加護を受けた洲《くに》における絶対の安全、神柱の有する神気の無条件行使、洲にいる精霊の合力。

ただし本来、これらは奇跡の領分であり、発動には晶の意思による決定が最低原則となっている。

さらに、洲に足を踏み入れているに限りという制限が掛けられているため、加護を得ている洲から離れればこれらは発動もしなくなる。

ちなみに晶が珠門洲《しゅもんしゅう》で呪符を書いていられた理由は、それ以前に玄麗が神気を満たしていたから。

呪符を書くだけならば、神気はそこまで消費する事も無いため。

# 閑話　それでも私は、貴方《あなた》を知りたくて

珠門洲《しゅもんしゅう》、洲都華蓮《かれん》、鳳山《おおとりやま》。

鳳山の中腹にある奇鳳院《くほういん》の屋敷。その奥まった一角にある洲太守の執務室に、限られた数人が集まっていた。

ばさり。紙を重ねる音と共に、桃花心木《マホガニー》製の机上に解体された呪符が広がった。

封じられていた神気は、既に失せている。

そこに残っているのは、真言《マントラ》が連ねられたただの紙でしかない。

机の主である洲太守にして奇鳳院《くほういん》当主である、奇鳳院紫苑《くほういんしおん》は短く切り揃《そろ》えた髪を耳に掻《か》き上げて、差し出された資料を取り上げた。

その前で恭しく立礼をした初老の陰陽師《おんみょうじ》が、丁寧に解体した術式を指で示す。

「記述された真言《マントラ》からして、華蓮でも木気と火気に近い龍脈を引き込んでいる事が判ります。照応する場所は東から東南まで。――玄生《げんせい》なる者は、その辺りに潜んでいるのでしょう」

「……術式の癖からは何か出ましたか？」

「先日に解析をいたしました回気符と、同じ作者の手跡によるものであることは間違いないでしょう。ただ……」

「ただ？」

机の主から問われた言葉に、目を伏せたまま珠門洲筆頭陰陽師である男はそう断じてから言葉を濁した。

基礎の呪符である回気符と最終到達点となる回生符には、精霊力を中庸に合わせる術式と励起する術式の二つが共通術式として存在している。

「――私の見立てでは、教導に木行の陰陽師が立っています。ですが、火行の陰陽師しか使う事のない真言《マントラ》の記述が確認されるなど、かなり変則的な指導を受けた事が見受けられました」

「火行⁉」

それまで机の傍《そば》で黙って報告を聞いていた奇鳳院嗣穂《くほういんつぐほ》は、明後日から投げられた報告に素《す》っ頓狂《とんきょう》な声を上げた。

第8守備隊から回収した回気符と、呪符組合から強権で取り上げた玄生の回生符。

咲《さき》からの報告もあり確信はしていたが、やはり何方《どちら》も晶《あきら》の手跡と断じていいだろう。

だが、國天洲《こくてんしゅう》で指導を受けたはずの晶の来歴に、火行が関わってくると云《い》うのは予想の外にあった。

「然様《さよう》です。が、ただの癖のようなものなので断言は難しいでしょう。私が腑《ふ》に落《お》ちないのは、回生符にある記述の配置が新旧で変更されていた件ですな」

「嵩《か》が配置程度。と云う訳ではなさそうですね？」

「はい。器となる術式と引き込んだ龍脈を結び付けるためには、自身の宿す精霊を中継せねばなりません。これらを一致させるための配置ですが、直近のものでやり直した跡が見受けられました。

――まるで、宿す精霊が変わったかのような変更ですな」

拝礼を一つ。陰陽師が扉の向こうに消える。

奇鳳院《くほういん》の姓を持つ母娘と側役《そばやく》が残った執務室の中で、一言も発さないまま嗣穂は思考に沈んでいた。

「何を考えているの？」

「……晶さんの術式の事です」

「回生符の術式を改編しているのは不思議ではないでしょう？　あかさまの加護に切り替える必要があるのだから」

自身に宿る精霊が変わる事などありえない。

その前提を絶対と思い込んでいる眼前の陰陽師は疑問にしか思っていないようだが、その言葉で嗣穂たちは確信を得る事ができた。

晶に宿る神柱の加護は、文月《7月》の朔日《あたま》で完全に切り替わっている。

それまで満ちていた玄麗《水行》は深く封じられ、代わりに朱華《火行》が晶を満たしているからだ。

時期や調整の方向から考えても、晶の副業が回生符の商いである事は得心できる。

「自室に引き込んでいる龍脈の調整も必要だったはず。……こんな短期間で龍脈を合わせる事ができるなんてかなりの力量です」

「通り一辺倒の知識では無理ね。まず間違いなく、応用する能力も相当に錬磨しているわ」

嗣穂《むすめ》の思考に注釈を加えながら、紫苑《はは》は机の上に置かれた回生符の術式を指でなぞった。

ベイ、ア、シャ――。身体《からだ》の回復を促す基本の術式が整然と並ぶ。

更に内部の術式構造に手を掛けると、人体の五行を調整する基本式が浮かび出た。

その内の一節。火行の術式で指を止める。

「ウン。……確かにこれは珠門洲《わたしたち》でしか扱う事は無いでしょうね。國天洲でこれを入れ知恵するなんて誰かしら？」

「木行の陰陽師は教導の不破直利《ふわなおとし》で間違いないでしょうが、晶さんの教導に火行が関わっていたなんて調べても出てきませんでした」

晶が雨月《うげつ》の出身である事は、かなり早い段階から確信を得られていた。

そこから辿《たど》れば、不破直利の影は直ぐに掴《つか》める。

「ただでさえ貴重な火行の陰陽師。洲の外に出るなら、記録にも残っていそうですが」

「根拠はウンの一文字だけよ、――結論を急《かお》ぐほどでも無いわ」

納得はしていない。如実にそう語る表情《かお》のまま、母親の慰めに娘は不承不承と肯《うべな》いを返した。

精霊技の習得速度、妖刀を担保に駆け引きへと打って出る胆力。お仕着せの学力では及ばないそれは、晶個人の才覚を源泉とした賜物である。

空の位に到った神無《かんな》の御坐《みくら》。その絶大な価値を脇に置いて尚《なお》、晶の価値はかなり高かった。

だが、それ以上に謎と問題を多く孕《はら》んでいるのも事実なのだ。

國天洲という問題に直面する時期が迫っている以上、対処するためにも晶の実情をできる限り詳細に把握する事が奇鳳院《くほういん》にとって急務となっていた。

何事かを思考しながら、嗣穂は扉の外へと足を向ける。

付き合いが一等に長い愛娘の不穏な仕草に、紫苑はその背中へと声を掛けた。

「待ちなさい、嗣穂。何をしようとしているの？」

「……今後は奇鳳院《くほういん》に限定して回生符を卸してほしいと、晶さんにお願いを」

「止《や》めておきなさい」

玄生という雅号に隠れて、晶が呪符組合に回生符を卸しているのは判った。

呪符の裏取引は厳密に言及すれば確かに違法である。

しかし、流通の絶対量に届いていない以上、黙認される程度の違反でしかない。

何しろ、陰陽師たちの小金稼ぎに口憚《はばか》る事無く利用されているくらいだ。

――つまり関係を持てた奇鳳院《くほういん》に対して、晶がその事実を沈黙する理由も無いはずである。

「笑って済ませられる程度の可愛《かわい》らしい腕白《やんちゃ》、私たちが殊更に追及するべきでは無いわ。……晶さんが云いたくなった時、驚いた向きを装えば不要な波風も立たないでしょ」

「ですが、練られていないとはいえあからさまの神気です。これ以上の拡散を赦《ゆる》すわけにはいきません」

「それに関しては、3区の呪符組合に圧力を掛けましょう。奇鳳院《くほういん》に隠匿して回生符の独占を企図したと突《つつ》けば、向こうも喜んで玄生の回生符を私たちに売るでしょう」

「別に収入を奪う心算《つもり》なんてありません。呪符組合よりも、私たちを頼る方が金子《カネ》の巡りも良いかと思っただけです」

宥《なだ》めるように釘《くぎ》を刺した母親に向けて、嗣穂はそれでも不満そうに頬を膨らませた。

朱華《はねず》の神気が呪符を媒介にして周囲に拡散するのは、奇鳳院《くほういん》として望ましくはないのは事実。

しかし、娘の本音がその他にあるのもまた事実だろう。

回生符の一件に関して晶が沈黙を堅持した理由は、想像に容易《たやす》かった。

晶の現状の殆《ほとん》どは、奇鳳院《くほういん》に依存している。

自身の立ち位置の不安定さから、奇鳳院《くほういん》に依る事のない収入の確保は晶自身の急務だったのだろう。

——突き詰めるとそれは、未だ奇鳳院《くほういん》が晶の信頼を得ていない現実を指摘するものでもあった。

秋波を向けた相手に素気無《すげな》くされたのだから、嗣穂としても面白く無いのは当然だ。

「私たちとの関係が始まって、漸《ようや》く一ヶ月《ひとつき》程度。収入を預けるほどの信用は、未だ育っていないでしょ」

「ですが……」

何時《いつ》になく抗弁な娘の態度に、紫苑は僅《わず》かに眦《まなじり》を緩めた。

娘の強勢も、またある意味で晶の心中と同じである。

報告を聴く限り、晶の態度に奇鳳院《くほういん》への不信は無い。それでも一歩を踏み出せないのは、信頼が無いからではなく過去の影からだ。

家族という信頼が最初から与えられなかったのは、調査からでも想像に難くは無かった。

——友愛を知らない訳ではない。だがそれは晶の場合、複雑な感情から成り立っているのも又、事実なのだろう。

「晶さんの総《すべ》てを手中に収めたいなんて傲慢《ごうまん》、捨ててしまいなさい。殿方は、締め付けるばかりでは逃げてしまいますよ。――真に相手を欲するならば、適切な逃げ道を用意するのも女の務めです」

「それでは好き勝手に動かれてしまいます」

「だからこそ、小金程度に絞っておくのです。……晶さんは火遊びに興味を持つ年齢では無いですし、回生符程度では食事に一品を添えるのが精々でしょ」

「……それは、お母さまの経験からですか？」

頑として譲らない母親に渋りながらも同意を返し、それでも意趣返しと嗣穂は唇を尖《とが》らせて反論した。

奇鳳院《くほういん》の伴侶《はんりょ》であった嗣穂の父親は、数年前に珠門洲東部一帯を呑《の》み込んだ百鬼夜行の際に亡くなっている。

……穏やかな父親であった。

嗣穂の知る限り酒も煙草《たばこ》も嗜《たしな》んだ姿を見せた記憶は無いが、紫苑とはよく酒を酌み交わしたのだと伝え聞いている。

――偶《たま》に身を隠して華蓮のドヤ街へ出向くのを好んだと、母親から耳にした時は意外な気持ちにも囚われた。

「さあ？　どうだったかしら」

奇鳳院《くほういん》に恋などは存在し得ない。婚姻相手に自身の意思はなく伴侶選考で決定するのが当然で、精々、愛に似たものを仮初《かりそめ》に育めれば充分。

少なくともそういう風に過ごしてきた紫苑は、良人の記憶を微塵《みじん》も滲《にじ》ませない笑顔で娘の抗弁をはぐらかした。

人生の重みが窺《うかが》える笑顔に、嗣穂は二の句を忘れて鼻白む。

「恋愛なんて、奇鳳院《くほういん》には不要な感情です」

「本来はね。だけど、貴女《あなた》は倖せものよ。私たち四院の生に於《お》いて、希少な季節を味わえるのだから。——存分に楽しみなさい。鳥の囀《さえず》りは刹那《せつな》を謳歌《おうか》するだけに、何よりも輝くのだから」

「……行ってきます」

母親からの綻《ほころ》ばんばかりの祝福に、反駁《はんばく》か照れ隠しか綯《な》い交《ま》ぜの表情を浮かべる。

桜染めの裾《すそ》を翻して執務室を後にした嗣穂を見送り、咽喉《のど》の奥で笑いを堪《こら》えながら紫苑は椅子に背を預けた。

「手間のかかる娘。自分の心に素直になれるなんて幸運、三宮四院には奇跡でしかないのに」

「お疲れ様です。……半神半人たる皆様は、嘘を口にできないはずですが」

労《ねぎら》いの声と共に、側役から差し出された湯呑《ゆのみ》を受け取る。

薫る焙《ほう》じ茶《ちゃ》の香りを口に含んで愉しみながら、紫苑は双眸《そうぼう》を閉じた。

「嘘を吐《つ》けないからこそ、私たち三宮四院《・・・・》は本心を語らないの。義王院との間に問題は多くても、あの子は誰よりも先にその奇跡へと手を掛けている」

神柱の血統を享《う》け継ぐ三宮四院は、本当の意味での恋愛を知る事はできない。

何故《なぜ》ならば、人の感性と神柱の感性は似て非なるものだからだ。

神柱の感性に多くを引き摺《ず》られる半神半人も、その宿業から逃れ得る事は無い。

神柱が神無《かんな》の御坐《みくら》を望むと同様に、三宮四院もまた神無《かんな》の御坐《みくら》を望むようになる。

これは本能だ。今は未だ、感情を認める事が怖くとも、抗い難い欲求で晶に惹《ひ》かれていくのだろう。

その片鱗《へんりん》は、先刻の会話で既に垣間見えていた。

――何《いず》れ、あの娘《こ》は知るでしょう。何よりも輝く恋という季節を。

窓の硝子《ガラス》越しに、華蓮の街並みへと視線を巡らせる。

嗣穂が強勢に出ようとした理由と、晶が距離を置こうとした理由。

それは、何方も同じ理由から来るものだ。

独占欲。自身が持つものを、手放したくないと願う強欲さ。それはただ、一言に願うばかりの本心。

そう。それは吐息に交えるような、遠く幽《かす》かに隠れる熱情。

潜める意味は遠くても、言葉は確かに心の奥底に秘められていた。

――それでも私は、貴方《あなた》を知りたくて。

# あとがき

お待たせいたしました。
『泡沫《うたかた》に神は微睡《まどろ》む』の2巻を、皆様の手元へと無事に送らせていただくことが叶《かな》いました。
手に取っていただいた皆様に、感謝を申し上げます。

今作は大幅に改稿を入れさせていただきました。大半が新たな物語ですので、WEB版に馴染《なじ》まれておられる方も新鮮に読んでいただけると思います。

『泡沫に神は微睡む』におけるテーマの一つに、主人公の少年期からの成長があります。
誰からも認められる事なく逃げるように生活してきた晶《あきら》は、突然与えられた穏やかな日々を戸惑いながらも過ごしていきます。

環境に満たされてしまった時、それまで抑圧されてきた人間は何を感じてどう行動するのか。
穏やかな時間に心の傷を癒やし、新たな出会いを迎えた晶は何を選択するのか。

周囲にいる者たちの思惑を中心に、今作の物語は動いていきます。

晶が成長していく、そのかけがえのない時間を共に味わっていただければ、作者として嬉《うれ》しく思います。


この場を借りて、あるてら様に感謝を申し上げます。

新たに描いていただいた登場人物の姿が、どれも印象の通りで驚きました。

特に奇鳳院嗣穂《くほういんつぐほ》の、幼くも支配者として立つ凛々《りり》しい表情。そして、垣間見える一人の少女としての表情。

複雑な背景を持つキャラクターをそのままに、姿を与えていただけた事、誠にありがとうございます。

あるてら様の絵に支えていただき、一段と物語に深みが増した事を実感いたしました。


最後にコミカライズの告知をさせていただきます。

6月よりコミックウォーカー様にて連載が開始される事となりました。

伊禮《いれい》ゆきとし様が描かれる新たな『泡沫に神は微睡む』の世界で、晶たちが成長し活躍する光景を楽しんでいただければ、原作者としてこれ以上の喜びはありません。


物語は新たな局面を迎えました。新たな出会いが晶の成長にどう関わっていくのか、楽しんでいただける事を願って止《や》みません。

今後とも、よろしくお願いいたします。

安田のら

カドカワBOOKS

泡沫《うたかた》に神《かみ》は微睡《まどろ》む 2
少年《しょうねん》は陰陽師《おんみょうじ》と邂逅《かいこう》し、妖刀《ようとう》を追《お》う

2023年 6 月10日 初版発行

著者／安田《やすだ》のら

発行者／山下直久

発行／株式会社KADOKAWA

〒102-8177
東京都千代田区富士見2-13-3
電話／0570-002-301（ナビダイヤル）

編集／カドカワBOOKS編集部

印刷所／大日本印刷

製本所／大日本印刷


Printed in Japan
ISBN 978-4-04-075007-1 C0093

# 新文芸宣言

かつて「知」と「美」は特権階級の所有物でした。

15世紀、グーテンベルクが発明した活版印刷技術は、特権階級から「知」と「美」を解放し、ルネサンスや宗教改革を導きました。市民革命や産業革命も、大衆に「知」と「美」が広まらなければ起こりえませんでした。人間は、本を読むことにより、自由と平等を獲得していったのです。

21世紀、インターネット技術により、第二の「知」と「美」の解放が起こりました。一部の選ばれた才能を持つ者だけが文章や絵、映像を発表できる時代は終わり、誰もがネット上で自己表現を出来る時代がやってきました。

UGC（ユーザージェネレイテッドコンテンツ）の波は、今世界を席巻しています。UGCから生まれた小説は、一般大衆からの批評を取り込みながら内容を充実させて行きます。受け手と送り手の情報の交換によって、UGCは量的な評価を獲得し、爆発的にその数を増やしているのです。

こうしたUGCから生まれた小説群を、私たちは「新文芸」と名付けました。

新文芸は、インターネットによる新しい「知」と「美」の形です。

2015年10月10日
井上伸一郎

最強の眷属たち――
その経験値を一人に集めたら、
史上最速で魔王が爆誕!?
第7回カクヨム
Web小説コンテスト
キャラクター文芸部門
特別賞